숨…

숨

발행일	2025년 6월 17일		
지은이	소쿠리씨		
펴낸이	손형국		
펴낸곳	(주)북랩		
편집인	선일영	편집	김현아, 배진용, 김다빈, 김부경
디자인	이현수, 김민하, 임진형, 안유경, 신혜림	제작	박기성, 구성우, 이창영, 배상진
마케팅	김회란, 박진관		
출판등록	2004. 12. 1(제2012-000051호)		
주소	서울특별시 금천구 가산디지털 1로 168, 우림라이온스밸리 B동 B111호, B113~115호		
홈페이지	www.book.co.kr		
전화번호	(02)2026-5777	팩스	(02)3159-9637
ISBN	979-11-7224-674-7 03810(종이책)		979-11-7224-675-4 0581 (전자책)

잘못된 책은 구입한 곳에서 교환해드립니다.
이 책은 저작권법에 따라 보호받는 저작물이므로 무단 전재와 복제를 금합니다.
이 책은 (주)북랩이 보유한 리코 장비로 인쇄되었습니다.

(주)북랩 성공출판의 파트너

북랩 홈페이지와 패밀리 사이트에서 다양한 출판 솔루션을 만나 보세요!

홈페이지 book.co.kr · 블로그 blog.naver.com/essaybook · **출판문의** book@book.co.kr

---

작가 연락처 문의 ▶ ask.book.co.kr

작가 연락처는 개인정보이므로 북랩에서 알려드릴 수 없습니다.

작가 노트 1

⋮

　우리는 끝없는 하루의 반복 속에서 숨을 쉰다. 밀려왔다가 사라지는 파도처럼, 가슴도 쉼 없이 부풀고 잦아든다. 숨결은 삶의 가장 근본적인 리듬이지만, 그 신비로움을 깊이 음미하는 이는 드물다. 아침 햇살이 창문 틈새로 스며들 때, 나는 천천히 숨을 들이쉰다. 금빛 공기가 허파를 적시고, 몸속 깊은 곳에서 새로이 생명의 불씨를 지필 때, 더 이상 그 숨결은 단순한 생리 작용이 아니다. 그것은 삶과 죽음의 경계에서 가느다란 실처럼 이어지는 미묘한 균형이다. 우리는 태어나는 순간 첫 숨을 들이마시며 세상에 발을 내디디고, 마지막 숨을 내쉬며 조용히 이별을 고한다. 마치 한 줄의 시가 시작과 끝을 가지듯, 숨결 또한 그렇게 우리의 이야기를 엮어 나간다.
　나는 숨을 당연하게 여겨왔다. 그러나 병상에 누운 어머니의 고른 숨결을 지켜보며, 그것이 결코 당연한 것이 아님을 깨달았다. 병원 복도를 오가는 사람들의 어깨 위에는 각자의 삶이 얹혀 있었고, 그들의 가슴이 오르내릴 때마다 또 하나의 이야기가 피고 지는 듯했다. 수많은 생명이 병실과 복도를 지나고, 공기 속에는 이름 모를 누군가의 기도가 섞여 떠돌고 있었다. 나는 문득 생각했다. 만약 숨결 하나하나가 문장이라면, 그 이야기는 어디로 흘러갈까? 삶은 결국 이 끝없는 호흡의 연쇄 속에서 스스로 써 내려가는 이야기가 아닐까. 철학자들은 인간 존재를 정의하려 했지만, 정작 가장 단순한 진실 — 우리는 숨쉬기에 존재하고, 존재하기에 숨 쉰다는 사실 ― 을 놓치고 있었는지도 모른다.

그 후로 나는 숨을 새롭게 바라보기 시작했다. 화창한 날에는 공기가 햇살처럼 부드러웠고, 비 내리는 날에는 습기를 머금은 기운이 가슴속 깊이 스며들었다. 밤이 찾아오면 적막 속에서 공기의 무게를 느끼곤 했다. 별들이 들숨과 날숨의 박자에 맞춰 희미하게 떨리는 밤, 나는 내 안의 고요를 들여다보았다. 숨은 단순한 생존의 수단이 아니라, 순간을 온전히 살아내는 방식이었다. 나는 숨을 들이마실 때마다 내 안의 감정을 끌어안고, 내쉴 때마다 그것을 세상에 풀어놓는다. 숨결은 눈에 보이지 않지만, 그 무형의 흐름 속에는 우리의 존재 이유가 담겨 있다. 우리가 뱉어낸 숨이 누군가의 첫 숨이 될 수도 있다고 생각하면, 이 세상은 보이지 않는 실로 엮인 하나의 거대한 이야기처럼 느껴진다.

삶이란 결국 끝없이 이어지는 숨결의 연속이다. 때로는 바람이 되어 흩어지고, 때로는 물결이 되어 퍼져 나가며, 우리는 서로의 숨결 속에서 흔적이 된다. 우리는 숨을 쉬며 우리의 이야기를 쓰고, 서로의 숨결에 귀 기울이며 작은 공명을 이룬다. 언젠가 마지막 숨을 내쉬는 순간이 오더라도, 그 숨결이 또 다른 시작이 될 것임을 나는 안다.

이 연작소설은 '숨'이라는 이름 아래, 각기 다른 숨결의 단면들을 모은 네 편의 이야기로 엮어졌다. 이 책을 읽으며, 독자 여러분이 자신의 내면에서 조용히 울려오는 숨의 목소리에 귀 기울였으면 좋겠다. 그리고 언젠가, 당신의 숨결이 누군가의 이야기에 닿기를, 그리하여 우리의 이야기가 끝없이 엮여 나가기를 나는 조용히 기도해 본다.

작가 노트 2:

나는 왜 그녀에게 숨을 건넸는가
'사는 이유'를 쓰며

「사는 이유」는 짧지만, 한 생애의 전모를 목격한 듯한 깊이를 남긴다. 인간은 얼마나 부서지기 쉬운 존재인가. 그러나 그 부서진 조각을 안고도 끝끝내 살아내는 존재이기도 하다. 이 작품은 그런 인간에 대한 시적 응답이며, 문학이 할 수 있는 가장 조용하고 아름다운 위로다. 그러나 이 단편은 단순한 치유 서사가 아니다. 고통을 말함으로써 잊는 것이 아니라, 끝까지 껴안고 살아가는 삶의 윤리를 품은 문학이다. 체리 홍의 '숨'은 생존을 위한 숨이 아니라, 존재를 위한 호흡이며, 그녀의 사랑은 타인이 주는 것이 아니라, 자기 존재를 받아들일 때 비로소 가능한 사랑이다. 『숨』이라는 서사적 호흡 속에서, 「사는 이유」는 가장 인간적인 숨결이 응축된 한 장이다. 체리 홍의 속삭임, "깊게 숨을 들이쉬고, 아무 생각 없이 가슴속 공기를 느껴보세요."라는 문장은 단순한 이완의 주문이 아니다. 그것은 상처와 억압을 지나 다시 살아가려는 존재의 시이자 선언이다. 이 작품은 조용히, 그러나 단호하게 말한다. "그대가 자신을 다치게 했더라도, 그 여정을 부정하지 말아요." 기억은 고통이지만, 또한 회복의 시작이며, 존재의 증거다. 그리고 그 숨결을 우리는 잊지 않는다.

「사는 이유」가 묻는 것

「사는 이유」는 『숨』 연작 가운데 세 번째 이야기다. 단출한 제목이지만, 내게는 오랜 시간 마음의 심연에서 되뇌어온 하나의 철학적 질문이었다. "나는 왜 살아야 하는가?" 그것은 단지 고통의 순간에 던지는 감정적 탄식이 아니라, 인간 존재의 밑바닥에서 솟아나는 근원적 물음이다. 체리 홍은 그 물음의 층위를 자기 살결과 숨결로 살아낸 인물이다.

체리 홍이라는 존재

『숨』을 써 내려가는 내내, 나는 의식 저편에 하나의 얼굴을 담고 있었다. 그녀는 소설 속 이름으로는 체리 홍이었지만, 실은 우리가 거리에서 무심히 지나치는 수많은 여성의 응시였고, 역사의 가장 낮은 자리에서 오래도록 숨을 참아온 존재였다. 그녀를 쓰는 일은 곧 나 자신의 고백이기도 했다. 사랑받지 못했던 시간, 살아 있다는 사실 자체로 통증이 되었던 시절들. 그 어둠 속에서도 필사적으로 한 줌의 숨을 찾아내려 했던 기억들. 나는 그녀 안에서, 그녀를 통해, 나의 내면과 마주했고, 말끝마다 고여 있던 침묵의 결을 어루만졌다.

침묵의 구조, 말할 수 없음을 말하기

나는 체리 홍을 피해자나 희생자로, 혹은 서사적 장치로 소비되는 흔한 비극적 인물로 그리고 싶지 않았다. 오히려 누구도 대신할 수 없는 고유한 존재, 자신의 숨을 끝까지 품고 버텨낸 주체로 세우고자 했다. 그녀는 말할 수 없는 상처를 지녔다. 그러나 그녀의 입을 봉한 것은 단지 가해자들만이 아니었다. 침묵을 미덕처럼 강요하는 가족, 죄책감을 도덕으로 위장한 사회, 외면을 생존의 방식이라 일러주는 시간. 이 억압의 복합적 구조는 그녀 안에 응어리진 채로 고여 굳었고, 그것은 숨마저 불편하게 만들었다.

숨, 그리고 무씨

그래서 나는 그녀에게 죽음이 아닌 숨을 건네고 싶었다. 단 한 사람, 누구라도— 그녀를 사람이라 부르며, 그녀의 존재를 있는 그대로 받아들여 줄 수 있는 누군가를 통해. 그리하여 무씨가 등장한다. 무씨는 상처를 고치는 사람도, 구원을 베푸는 이도 아니다. 그는 단지, 삶에 한 번 무너져 본 자로서, 무너지지 않으려 애쓰는 다른 존재 곁에 함께 주저앉아 주는 사람이다. 둘은 서로를 고치려 들지 않는다. 대신, 그저 함께 듣고, 조용히 끝까지 머문다. 그 침묵의 경청 속에서, 사랑은 숨처럼 일어난다.

끝내 살아 있게 둔다는 것

작업 과정에서 가장 오래 생각을 붙잡고 있었던 장면은 마지막 장면이었다. 차가운 구들장 위에 어둠처럼 웅크린 여자아이. 그리고 그녀 곁으로 다가와 조심스레 품어주는 한 사람. 그것이 오빠였든, 아저씨였든, 정체는 중요하지 않았다. 단 하나 분명한 것은— 바로 그 순간, 그녀가 처음으로 숨을 쉬었다라는 사실이다. 그 숨이 곧 사랑이었고, 구원이었으며, 존재라는 말의 첫 기록이었다. 그 장면을 쓰면서 나는 가슴이 메었다. 그리고 마지막 문장 옆에, '끝'이라고 적었다.

살아야 할 이유

 삶은 그 자체로는 종종 무의미하게 느껴진다. 하지만 우리가 누군가와 함께 숨 쉬는 순간, 존재는 이유를 되찾는다. 내가 체리 홍을 이 세계로 다시 불러내어, 끝내 살아 있게 둔 것도 그 때문이었다. 누군가에게 사랑받고, 자기 자신을 사랑하며, 오늘 밤도 살아 있는 한— 그 이유는 충분하다. 『숨』은 그런 이야기다. 그리고 「사는 이유」는 그 중심에서 가장 뜨겁게 뛰는 숨결, 가장 조용한 사랑의 언어다.

서문

「숨」:
침묵과 증언 사이, 살아 있음의 윤리를 호흡한다

"숨은, 우리가 살아 있다는 가장 오래된 증거이며, 함께 살아가야 한다는 가장 근원적인 약속이다."

연작소설 『숨』은 삶과 죽음, 기억과 망각, 말과 침묵 사이를 오가며 인간 존재의 윤리적 심연을 더듬는다. 네 편의 이야기는 저마다 다른 얼굴을 한 인물과 시간, 공간 속에서 전개되지만, 그 심층에는 하나의 숨결이 끊임없이 흐르고 있다. 그것은 단순한 호흡이 아니다. 말해지지 못한 고통의 잔향이자, 끝내 말하지 않고는 버틸 수 없는 어떤 윤리적 요청이다.

첫 번째 이야기 「숨결」은 존재의 기원으로서 '숨'을 노래한다. 노모의 죽음을 직시하는 후손의 내면을 따라가며, 작가는 인간 존재의 가장 미세한 떨림을 포착한다. 불규칙한 호흡의 순간에도 이어지는 기억의 흐름 속에, 차오르는 정념과 서사의 파장은 '살아 있음'의 진동으로 변주되어, 아리아의 전주곡처럼 연작 전체의 정조를 미리 드러낸다. 그것은 잔잔하나 강력한, 하나의 서정적 기도다.

이어지는 「낯선 여자」는 감각의 뒤틀림과 타자의 침투를 통해, 주체의 경계를 모호하게 만든다. 이 이야기에서 '숨'은 억눌린 욕망의 숨구멍이자, 존재의 피안(彼岸)을 향해 나아가는 통증의 리듬이다. 타인의 고통에 감응하는 순간, 주인공은 자신의 경계를 잃고 낯선 타자 속으로 스며든다. 그리하여 숨은 '나'와 '너' 사이의 막다른 틈을 잇는, 마법적 숨결이 된다.

세 번째 이야기 「사는 이유」는 연작의 심장부에서 가장 깊은 호흡을 감당한다. 체리 홍과 무씨의 대화를 축으로 펼쳐지는 이 서사는, 상처 입은 주체가 타인과의 대화를 통해 '말할 수 있는 존재'로 다시 태어나는 과정을 세밀하게 그려낸다. 이때 '숨'은 더 이상 생존의 물리적 조건이 아니라, 살아 있음을 증명하려는 의지, 곧 말하고자 하는 마음 그 자체가 된다. 말해지는 순간, 삶은 이유를 얻는다. 이 작품은 문학이 삶의 숨결을 어떻게 다시 불어 넣는지를 보여주는 윤리적 진술이다.

마지막 이야기 「죄와 벌」은 '숨'을 공동체의 기억으로 확장한다. 민주주의와 저항, 침묵과 증언의 교차점에서, 이 작품은 하나의 집단적 '몸'으로서 시민의 '숨'을 들여다본다. '박고시라'라는 인물은 침묵을 강요받은 시대의 증인이자, 말하기를 멈추지 않는 '생'의 연주자다. 『숨』은 이 작품에 이르러 개인의 고통을 넘어, 시대의 진실과 공공의 윤리를 호흡하는 문학으로 나아간다.

결국 『숨』은 한 개인의 내면에서 시작되어, 타인의 고통을 거쳐, 집단적 기억의 심장에 다다르는 하나의 서사적 호흡이다. 각각의 이야기는 제가기 다른 질문을 던지지만, 그 모든 질문은 결국 하나의 자리에 닿는다.

우리는 어떻게 살아야 하는가.

어떻게 함께 숨 쉴 수 있는가.

『숨』은 말한다. 진실은 침묵 속에 묻혀야 할 무언이 아니라, 끝내 발화되어야 할 운명이라고. 그리고 그 운명을 가능케 하는 것은, 바로 우리가 함께 나누는 이 숨결이라고.

   이 연작은 문학의 숨을 다시 믿게 만든다. 아니, 문학을 통해 우리가 아직 살아 있다는 사실을 — 그 뼛속 깊이 들려오는 떨림을 — 다시금 느끼게 한다.

   그러므로 『숨』은 단순한 생존의 이야기가 아니라, 삶의 윤리를 다시 써 내려가는, 하나의 살아 있는 서사이다.

차례

작가 노트 1 : 4
작가 노트 2 : 6
나는 왜 그녀에게 숨을 건넸는가
'사는 이유'를 쓰며

서문 : 10

숨결 : 14
낯선 여자 : 44
사는 이유 : 78
죄와 벌 : 110

『숨』해설 : 241

숨결

태양이 재채기하듯 터뜨린 빛살이 유리창을 사정없이 후려쳤다. 누군가야는 미간을 찌푸리며 실눈을 떴다. 얇은 커튼 사이로 스며든 빛줄기가 방 안을 헤집고 다니며 그녀의 세포 하나하나를 두드렸다. 눈초리는 물낯을 유영하는 실뱀처럼 늘어졌다가 이내 주름진 눈살로 바뀌었다. 커튼 자락에 걸려 부서지는 햇살의 잔해들— 세모시 홑이불을 팔다리에 무심히 감은 채 그녀는 베갯잇 속으로 얼굴을 깊숙이 파묻는다. 하늘하늘한 네글리제의 속살이 은은히 비치는 등줄기를 따라 빛이 미끄러졌고, 그 위로 부글부글 뜨거운 기운이 피어오른다.

하지만 그녀는 조금도 움직이지 않았다. 축 늘어진 몸은 마치 도굴당한 미라처럼 나뒹굴었다. 요즘 그녀는 '본다'라는 행위 자체가 지겨웠다. 모든 것이 귀찮고, 무의미했다.

토요일. 느긋해야 할 아침이지만, 두 아들과 남편이 휩쓸고 지나간 집 안은 늘 벽장 속에 구겨 넣은 잡동사니처럼 뒤엉켜 있다. 잡동사니가 와르르 쏟아져 내리는 기분. 그녀는 그것이 '권태'라는 걸 알았다. 오래도록 몸 안에 쌓여 있던, 식지 않는 잿빛 기운. 억눌러 온 분노는 유황처럼 끓어올랐고, 감정이 마그마처럼 솟구쳐도 결국 남는 건 나른한 무기력뿐이었다.

세상은 이혼과 불륜을 놀이처럼 여겼다. 불장난하듯 교미하고, 연싸움처럼 다투다 끝내는 이혼. 만약 그녀가 그 흐름을 따랐다면, 오래전 잿더미 속에서 벗어났을지도 모른다. 하지만 현실 속 그녀는 불아궁 앞에 주저앉은 아낙이었다. 속에서 천불이 나 불쏘시개를 헤집고, 화닥닥 튀는 불티처럼 화딱지를 토해내도, 결국 빈 접시 하나 날려버리는 것으로 끝났다. 욕지거리 매운 연기를 내뿜으며 그렇게 중년의 권태를 견뎌왔다. 밀러드는 무력감과 짜증을 꾹꾹 눌러가며 누구에게나 오는 한때일 거라 자신을 다독였다. 햇살이 눈부시다고 투덜대고, 이부자리 속에서 웅얼거리며 검댕 같은 기운을 가라앉혔다. 마치 눈먼 점술가가 주술을 부리듯, 농익은 몸을 꾸물거리며 이런저런 잡다한 생각에 휘둘리다, 이내 곡마단의 어릿광대처럼 자신을 조롱하고 자책했다.

확증되지 않은 사건을 추측으로 덧칠하고, 그 추측에서 비롯된 의심으로 타인을 경멸하는 것. 그것은 세상에서 가장 나쁜 버릇일지 모른다. 그녀는 그 사실을 알면서도, 자꾸만 스스로 그 덫에 걸려들었다. 멋대로 키워낸 의혹은 사실을 왜곡하며 부풀려지고, 결국 모든 것을 파탄으로 몰아넣고 마는데.

갓밝이의 냉기가 눈꺼풀 위로 스며들면, 물가의 잿빛 물안개처럼 자의식이 피어오른다. 그러면 심장은 빙어라도 삼킨 듯 펄쩍펄쩍 뛰기 시작한다. 그녀는 그제야 주위를 힐끗 바라본다. 악몽과 선잠이 뒤엉킨 혼돈에서 채 깨어나지 못한 사람의 눈빛으로.

'그러네, 토요일.'

두 아들은 용돈을 챙겨 쥐고 과외가 있다며 뛰쳐나갔을 것이고, 남편은 수영장에 다녀온 뒤 전화를 받고는 아침 한술 뜨지 않고 어디론가 사라졌겠지. 악몽을 꾸고 나면 그녀는 그것을 곱씹는다.

꿈속에서 두레박을 내리던 가녀린 손길. 푸르디푸른 우물 속에 비친 소복 입은 여인의 얼굴. 물결에 출렁, 일그러지며 흩어지던 여린 그 모습. 달빛마저 왜곡된 장면은 그녀를 오싹하게 한다. 꿈은 자아의 심연에 가라앉은 잔해. 태곳적 기억의 그림자. 그처럼 그녀의 깊은 곳에서 샘솟듯 피어오른다.

'대체 왜 이런 꿈을 꾸는 걸까? 가끔 스치는 죽음의 유혹과 연결된 걸까?'
조용히 한숨을 내쉰 그녀는 나른한 몸을 일으켰다. 물안개 허공 속으로 솟구쳤다 곤두박질치는 빙어처럼, 의식은 잠시 떠올랐다 햇살 속으로 흩어졌다. 악몽 나부랭이는 애당초 없었던 것처럼. 그러나 그녀는 그 덧없는 의식의 흐름마저 자책했다.
'비라도 내리면 좋을 텐데…'
유난히 눈부신 햇살이 얄미웠다. 눈을 가늘게 찌푸리며 그녀는 창밖을 흘겨보았다.
까치발을 들고 바닥에 흩어진 자국과 부스러기를 피해 정수기에서 물 한 모금 들이켠 뒤, 그녀는 베란다로 향했다. 헐거운 잠옷이 하느작거리는 걸음을 따라 나풀거렸다. 그녀가 유리문을 여는 순간, 하얀 나비 한 마리가 날아들었다.
작고 연약한 날갯짓— 배추흰나비 같았다.
그 순간, 차가운 바람이 스치듯 어딘가에서 불어온 기억의 잔향이 그녀를 덮쳤다. 키르기스의 거대한 산맥— 녹아내린 눈이 만든 차가운 물길이 햇살을 머금으며 반짝거렸고, 초원 위 풀들은 꽃잎처럼 부드럽게 일렁이며 바람과 속삭였다. 그 위를 유유히 노닐던 흰 나비 떼.
'혹시, 그날의 나비일까?'

그날 오후, 들판 한가운데 앉아 입을 다문 채, 그는 주술처럼 손바닥으로 그녀의 얼굴을 가만히 가려주었다. 강한 햇살이 찌푸린 눈살에서 달아나고, 이끌리듯 그녀는 말없이 고개를 끄덕였고, 나비 한 마리가 그의 어깨에 내려앉았다.
　아주 잠깐.

　아주 오랜, 한참 전. 여행지에서 마주쳤던 희고 고운 얼굴빛의 사내가 아련히 떠올랐다. 감정의 물결이 미세하게 흔들리며, 잊었다고 여겼던 순간들이 촘촘한 그물망처럼 되살아났다. 그의 손길, 은은한 체취, 섬세했던 배려. 스치기만 해도 붉게 달아오르던 자신의 눈빛, 스스로조차 몰랐던 가녀린 떨림. 그 모든 기억이 나비의 날갯짓처럼 가볍고도 강렬하게, 시간의 틈을 뚫고, 그녀의 가슴속에 내려앉았다.
　'아, 이런!'
　다그치듯 머리를 저으며 그녀는 불쑥 떠오른 기억을 떨쳐내려 했다. 흰 나비는 낯선 허공을 이리저리 팔랑이다가 붉은 카네이션꽃이 만개한 화분 위에 사뿐히 내려앉았다. 아이들이 어버이날에 가져다 놓은 꽃이다.
　"벌써 시드네?"
　잔향을 흩트리려는 듯 그녀는 혼잣말하며 꽃송이를 바라보았다. 꽃이 시들고 있다. 물도 듬뿍 주고 햇볕 잘 드는 베란다에 두었건만, 생기를 잃어 가고 있었다.
　'꽃이 다 그렇지. 요즘 꽃은 향기도 없고.'
　쉽게 싫증을 내는 유한마담처럼 그녀는 나비와 꽃에서 시선을 거두고, 털썩 소파에 몸을 던졌다. 먼지가 가볍게 들썩였다.

'그런데… 흰나비가 어디로 들어왔지? 창은 닫혀 있고, 방충망도 있는데… 설마 애들이?'

그때, 침실 탁자 위에 둔 휴대전화가 격렬하게 진동했다. 곧바로 라흐마니노프의 피아노 협주곡 2번이 날카롭게 울려 퍼졌다. 그녀의 스무 살. 두근대는 가슴 안고 늦은 밤, 폭풍 속에 애를 태울 때 처음 혼자 듣고 글썽거렸던 클래식이었다.

그때는 모든 것이 낯설고, 선명했다. 지금은 그 선율조차 지루하다. 때로 귀찮았다. 오늘, 이른 아침부터 여편네들이 시답잖은 일로 오지랖을 떠는가 싶어 받지 않으려 했다. 그러나 벨 소리는 끊어졌다가 다시 울렸다. 억지로 깨우려는 기상곡처럼 성가셨다. 결국 그녀는 마지못해 게으른 몸을 일으켰다.

"누구세요?"

발신자를 확인하지도 않은 채, 그녀는 휴대전화를 귀에 가져다 댔다.

"오빠? …어쩐 일이세요?"

어릴 적부터 가깝게 지내던 이종사촌 오빠였다. 요즘은 무슨 바람이 들었는지 진리를 찾겠다며, 교회와 사찰을 들락거리느라 연락도 뜸했다. 그런데 그의 어머니, 그러니까 이모가 동네 병원에 입원하셨다고 한다. 길에서 넘어져 갈비뼈를 다쳤다는 것이다.

"어휴, 연세가 있으신데… 이 일을 어째요."

잠시 나비와 꽃을 보며 물러났던 권태가 다시금 정수리 위로 내려앉았다. 그녀는 한 손으로 머리를 긁적이며 머리칼을 헝클어뜨렸고, 턱을 괴며 유리창 너머로 시선을 던졌다. 초점을 잃은 눈동자가 햇살 속으로 멍하니 풀려 갔다. 그러다 문득 벌떡 일어섰다. 언젠가 무릎을 탁, 치며 얼굴을 환히 밝히던 오빠의 모습이 떠올랐다.

'지금도 그러할까?'

그때 그는 마치 화두의 정념이 찰나의 돈오와 맞닥뜨린 스님 같았다. 그것이 그녀 마음속에 깊은 인상으로 남아 있었다.

"네? 다친 부위로 폐렴균이 침투했다고요?"

오빠의 말이 그녀를 단번에 현실로 끌어당겼다. 동네 병원에서는 더 이상 치료가 어렵고, 큰 병원으로 옮겨야 한다는 것. 하지만 전국적인 전공의 파업 탓에 환자를 받을 의사가 없다고 한다. 그래서 혹시나 하는 마음에 전화를 걸었다고.

"알겠어요, 자리 나는 병원 있는지 알아볼게요."

전화를 끊은 그녀는 깊은 한숨을 내쉬었다. 미간이 저절로 찌푸려졌다. 거실을 서성이며 생각을 굴렸다. 마치 뇌세포의 주름을 쥐어짜듯. 그러나 결국, 소파에 다시 털썩 몸을 던졌다.

'이 나라 전체가 농성 중이라는데, 난들 뭘 할 수 있겠어.'

남편을 떠올려 보았지만, 처가 쪽 일에 무심한 그가 병원을 알아봐 줄 리 만무했다. 설령 알아본다 한들, 달라질 것도 없을 터였다. 그녀의 의식은 다시 깊은 권태 속으로 가라앉았다. 그러나 아득히 멀리서, 바람결에 스치는 나비의 날갯짓처럼, 무언가가 그녀를 흔들었다. 아직은 이름 붙일 수 없는 기척이었다.

남편도 약사다. 그녀와 같은 약국에서 근무한다. 목 좋은 약국 자리를 점찍고, 친정에서 종잣돈을 마련한 것은 그녀였다. 하지만 대표 약사는 남편이 맡았다. 그래도 사내랍시고. 같은 약대를 다니다 유치한 구애와 간곡한 설득에 떠밀리듯 결혼했던 남자. 그녀는 가끔, 그 선택을 되돌아본다.

한동안 두 사람은 동네 변두리를 전전하며 적자 인생에 시달렸다. 무기력과 고생의 연속이었다. 그러다 이 도시에서 가장 큰 대학병원 앞에 약국을 열면서 상황이 달라졌다. 인생이 마치 봄날의 꽃길 같았고, 여름날 바다 물결을 가르는 윈드서핑처럼 순간순간이 찬란해졌다. 꿈은 현실이 되었고, 희락의 삶이 눈앞에 파노라마처럼 펼쳐졌다. 물론, 우후죽순 생겨나는 경쟁 약국들로 인해 예전보다 매출이 줄었어도 여전히 황금알을 낳고 있다. 그러나 수입이 늘수록 두 아이의 사교육비도 함께 늘었다. 아이들은 반항기를 보이기 시작했고, 살림은 엉망이 되었다. 결국 파출부를 불렀고, 약국도 바빠지면서 약사와 직원을 더 채용해야 했다.

사람이 많아지니 문제가 생겼다. 직원들의 임금과 복지에 신경 써야 했고, 점심은 도시락으로 때우며 조제와 연구에 매달렸다. 삶이 물질적으로 풍요로워질수록 정신은 한층 피폐해졌다. 남편은 쉬는 날이면 모임을 핑계로 외출했고, 그 행보는 평일의 밤까지 이어졌다.

"사람 상대가 예삿일이 아니야."

술과 가무에 빠진 그는 종종 밤늦게 취해 들어왔다. 그러다 새벽이면 몽유병 환자처럼 벌떡 일어나, 추적추적 이슬비 같은 걸음으로 수영장을 다녀왔다. 그리고 말끔히 정장을 차려입고 다시 출근했다.

그래서 그녀는 그것을 문제 삼지 못했다. 내성적인 성격 탓도 있었고, 무엇보다 조화를 중시하는 사람이었다. 남편의 이기적인 행동에 대해선 그저, 건강을 생각해 술을 줄이라는 말이 전부였다. 그러던 어느 날, 남편은 앳된 여약사를 데려오더니 이렇게 말했다.

"당분간 집에서 좀 쉬어."

그녀는 그 말이 내심 불쾌했다. 남편의 일방적인 조치가 못마땅했지만, 아이들과 아내의 건강을 생각한 배려일 거라 여겼다. 그렇게 약국을 떠나 집에 머물게 되었다.

몇 달이 흘렀다. 그녀는 외부와 단절된 채 무료함과 좌절 속에 시간을 보냈다. 그러던 어느 날, 그 여약사가 돌연 그만두었다. 어수선해진 약국을 수습하기 위해 그녀는 다시 복귀했다.

'어떻게 일으켜 세운 약국인데…'

일터로 돌아왔지만, 이번엔 파출부를 두지 않았다. 다시 살림과 아이들을 도맡아야 했다. 육체의 피로는 가중되었고, 정신의 번뇌는 더 깊어졌다. 남편의 미덥지 못한 행동까지 겹겹이 포개졌다. 그녀는 아이들의 학업에 더욱 집착했다. 자신을 몰아붙였다. 그러다 불면과 무기력에 서서히 잠식되었다. 남편 역시 오십을 넘기며 허무함을 느꼈을지도 모른다. 무표정한 아내의 얼굴이, 그의 삶을 더 흐트러뜨렸을 것이다. 그러나 그들은 서로의 공허를 알아채지 못했다. 어쩌면 일부러 회피했는지도 모른다. 그녀는 멍하니 남편의 뒷모습을 바라보았다. 권태와 짜증, 그리고 삶의 공허 속으로 점점 더 깊이 빠져들고 있었다.

휴대전화가 또 울린다.

그렇다! 의사가 있는, 급성 폐렴을 치료할 수 있는, 파업하지 않는 큰 병원의 의사를 찾아야 한다는 사실을— 그녀는 허튼 생각에 잠겨 있다가 문득 잊고 있었다. 진격을 부추기는 행진곡처럼 협주곡 소리가 울려 퍼진다. 전화를 받은 그녀는 흠칫 놀라 몸을 일으켰다.

"아! 그 정도로 다급해요? 잠깐만요, 오빠. 전화 끊고 기다려 봐요. 내가 바로 알아보고 연락할게요!"

이모가, 엄마의 언니가 자가호흡이 곤란해져 산소호흡기에 의존하고 있다고 했다. 종합 병원이 아니면 오늘을 넘기기 어려울 거라고. 동네 병원에서는 아흔에 이르렀으니, 임종을 준비하는 것도 자연스럽다고 말했다고 한다.

'그럴 수는 없어!'

그녀는 마음속으로 외쳤다. 아는 의사를 떠올리려 애썼다. 졸업 앨범을 꺼내 들었다가 금세 던져 버리고, 휴대전화의 연락처를 정신없이 훑었다. 손가락이 멈춘 이름. 망설일 틈도 없이 전화를 걸었다. 다행히, 그가 전화를 받았다. 그녀가 급박한 상황을 숨 가쁘게 설명해서일까, 그는 흔쾌히 수락했다.

안도와 긴장이 뒤섞인 숨을 내쉬며, 그녀는 곧장 오빠에게 다시 전화를 걸었다.

"응급실로 가면 된대."

오빠도 사설 구급차를 불러놓고 경황없이 상황을 검토하고 있었다. 전화를 끊고 나서 그녀는 깊게 숨을 들이쉬었다. 심신을 다잡으려 애썼지만, 두근거리는 심장은 좀처럼 진정되지 않았다. 그 순간, 그녀의 심중에 묻혀 있던 오래된 꿈이 새삼 현몽처럼 떠올랐다.

'우물가의 소복한 새댁은… 물만 긷고 돌아갔을까? …아득한 그곳, 푸르디 푸른 그곳으로 첨벙 뛰어들지는 않았을까.'

긴 숨을 고르던 그녀의 귓가에, 문득 맑고 청아한 소리가 울려왔다. 땡그랑, 땡그랑— 꽃상여의 요령일까?

아니다. 풍경 소리였다.

'아, 풍경….'

언제였을까. 기억 너머로 아득히 흘러간, 그 풍경의 소리. 잊고 지냈던 베란다 창가의 풍경이, 이제야 제소리를 내고 있었다.

'…지금껏 바람이 불지 않았단 말이야?'

가슴 깊은 곳에서 수증기처럼 끓어오르다 가라앉는 생의 원천— 잊힌 감각, 오래도록 길어 올리지 못한 감정, 그것이 심장 언저리를 감돌듯이 피어오른다.

바람에 이끌리듯, 울컥하는 심경을 다독이려는 듯, 그녀는 허튼 걸음으로 옷장을 열었고, 손끝으로 여미듯 옷감들을 쓸었다.

그녀는 연한 올리브색 뜨개옷을 꺼냈다. 약간의 여유가 있는 실루엣, 손목을 부드럽게 덮는 소매, 목덜미를 감싸는 얇은 옷깃. 따뜻하지도 차갑지도 않은 감촉이, 흔들리는 마음에 얇은 막 하나를 덧씌우는 듯했다. 바람이 스며들되, 지나치지는 않도록. 그리고 진한 베이지 톤의 면 팬츠. 주름이 적고, 무릎 아래로 부드럽게 떨어지는 직선. 실내는 여전히 어질러져 있었고, 늦은 아침을 챙길 마음도 들지 않았다. 그녀는 그대로 현관으로 향했다.

어깨엔 어두운 회색의 캔버스 토트백— 무겁지도, 가볍지도 않은. 안에는 물병 하나, 휴대전화, 지갑, 화장품 잡동사니, 그리고 '역사소설'책 한 권이 담겨 있다.

오래된 흰 운동화의 끈을 단단히 묶고, 문득 생각난 듯 그녀는 머리칼을 대충 하나로 동여맸다.

'괜찮으실 거야. 평소 건강하던 분이니까.'

그녀는 신혼 초 남편과 자주 걸었던 길로 들어섰다. 이제는 그녀 자신조차 발길을 끊었던 오솔길. 한참을 잊고 지냈던 그 길에는 봄기운에 잡초가 움트고 있었다. 발밑에서 바삭하게 부서지는 흙길. 바람은 아직 차고, 나뭇가지 사이로 흘러내리는 빛은 연둣빛이다. 그녀는 마음속 지도를 그리듯 천천히 걸어갔다.

'나는 지금 평온하다. 권태가 사라졌다. 이해하지 못할 게 없어져 버렸다. 소싯적, 내 머릿속 열차를 타고 있으면 아름답지 않은 사람이 없었지. 쌉싸름한 민들레 꽃잎을 씹으며, 꿈길 같은 노정에서 만난 이들의 가슴에서 풋풋한 냄새가 풍겨왔어. 물소리도, 새소리도 그저 예쁘기만 했어. 그 감각들이 스며들듯 와닿았지. 그러니 내가 누굴 미워할 수 있겠나. 느끼고, 겪고, 알아봐야 해. 모르면서 안다고 할 수 있을까? 알고도 모르는 게 너무 많더라. 내가 모르는 게 많기에, 찬찬히 바라보며 느낄 때마다… 아! 나는 존재들에 감탄한다.

옳구나. 그랬겠지. 그럴 수밖에.

저마다의 존재는, 보이지 않는 빛살을 따라 춤추는 먼지 같았어. 고요한 공기 속에 섞여 있으면서도, 각자의 궤도로 반짝이며 부유하는. 저 아름다운 영혼은 어디서 왔을까? 저 신비로운 움직임은 무엇을 향한 것일까? 나와 만나는 것들이여, 내 앞에 선 이들이여— 고맙고, 눈물겹도록 아름다운 존재들이여!'

그녀의 눈에, 들풀 사이로 노랑나비 한 마리가 느리게 날았다. 그 작은 몸짓 하나가 울컥, 가슴을 찔렀다. 세상을 흠모하는 세레나데의 애절한 선율이 가슴을 떨리게 만든다.

"아⋯."

휴대전화를 움켜쥔 그녀의 가냘픈 손가락이 떨리고 있다.

오빠였다. 그녀가 알려준 병원의 응급실. 바쁘다며 진료를 미루던 의사가 급히 달려와 한 말은 충격적이었다. 환자의 증세로 보아 폐렴이 아니라 심장 계통의 문제라는 것. 그러나 그 병원엔 순환기내과가 없었다. 대학병원으로 옮겨야 했다. 하지만— 어디에도 병상이 없었다. 그래서 사설 구급차 간호사와 함께, 산소호흡기를 단 채, 처치할 수 있는 종합 병원을 찾아서 길 위를 헤매고 있다고 했다.

"그러네⋯."

그녀는 다시 권태의 늪으로 가라앉는다. 털썩, 바윗돌에 아무렇게나 주저앉는다. 조용히 휴대전화를 만지작거린다. 기대앉은 그녀의 그림자가 사위어 가는 빛 속에서 길게 자란다.

'살아보니 별것 아니던데. 언제, 무슨 일이 터질지 모를 세상에서, 왜 그렇게 숨 가쁘게 나부대며 질투하고 살았을까. 남편과 섹스하지 않는다고 해서 내게서 성욕이 사라진 건 아니잖아. 눈부신 사내가 다가온다면… 기꺼이 그와 섹스를 나누겠다고 봐야겠지. 망설이고 움츠러들지언정, 그때의 그 날처럼. 남편은 단지 본능을 다스릴 억제력이 부족한 것일 뿐. 차라리 원초적 유전자를 탓하는 것이…'

바위틈에서 자라난 작은 흰 꽃 하나가, 시리도록 푸른 하늘로 고개를 들고 있다. 그녀는 잠시 그 꽃을 바라보다가, 천천히 고개를 떨군다. 엉덩이가 시리다. 아! 문득 떠오른 생각을 붙잡으려, 그녀는 남편에게 전화를 건다. 지푸라기라도 잡아야 했다. 낯선 목소리가 귓가를 때린다.

"어쩐 일로 당신이 전화를 다 하고…?"

그녀는 위기 상황을 설명했다. 그러자 남편은 대뜸 말했다. 아는 의사에게 연락해 둘 테니, 그쪽 대학병원 응급실로 바로 가라고. 그러고는, 덜컥. 전화를 끊는다. 너무나 간단한 남편의 응답. 허풍 같은 싱거운 대답. 그녀는 순간 멍해졌다. 그러다가, 부리나케 오빠에게 전화를 건다.

"오빠! 대학병원 응급실 의사에게 연락했고, 지금 대기하고 있으니 빨리 가보라고 하네요. 얼른 가세요!"

오빠는 급히 대답하고 전화를 끊으려 했다. 그녀는 한층 더 큰 목소리로 내질렀다.

"혹시 어긋나면 밀어붙이세요! 구급차는 돌려보내고, 무조건 밀고 들어가세요!"

이미 전화는 끊겼다. 그녀는 미처 내뱉지 못한 찌끼 같은 말을 머금은 채 맥없이 중얼거렸다.

"전투 치르듯이 들것을 지고, 앞만 보고 내달려야 해. 기어코 살아남으려면…."
 태양의 흑점이 분출하듯 그녀의 온갖 세포가 긴장으로 들끓는다. 그녀는 심호흡을 크게 하며 하늘을 올려다보았다. 하늘이 한없이 푸르고, 바람이 차다. 모든 것이 아름답다. 그리고 그 안에 숨어 있는, 설명할 수 없는 허무함이 그녀의 몸을 적신다.

 '아, 언제 하늘이 저렇게 예뻤지?'
 언젠가부터 자연에 무심했다는 사실을 깨닫고, 그녀는 자조하듯 옅게 웃었다.
 '세상이 이러한데, 무엇을 바란다고 아이들을 경쟁으로 내모는 것일까? 공부에 뒤처지지 않게 하려고, 반듯한 교육을 위해서라지만… 사교육에 그렇게까지 많은 돈을 들여야 했을까. 아이의 출세를 위해, 세상을 지르밟고 살아가라고 부추기기 위해, 알아주는 대학의 유리한 고지를 선점하려고 야단법석을 떨었던 게 아니던가. 참 부끄럽게도… 아이란, 사랑해서 키우는 것이지, 잘되라고 키우는 게 아니지 않을까. 어차피 시류에 휩쓸려 떠다닐 낙엽 같은 존재들인데…'
 상념은 끊임없이 꼬리를 물고 이어진다. 그때, 휴대전화가 다시 울린다. 선율은 매한가진데, 왜 이리도 달리 들릴까? 이번에는, 선뜻 받지 못한다.
 '젠장…! 끝내 숨을 거두셨는가?'
 무거운 탄식이 터져 나온다. 얼마 전 뉴스 한 토막이 스쳤다. 긴급한 환자를 태운 구급차가 병원을 찾아 떠돌다, 결국 차 안에서 숨을 거두었다는 이야기. 그 기억이 겹치며, 휴대전화의 벨 소리가 누군가의 마지막 숨처럼 공중에 길게 떠돈다. 비장하게 울려 퍼지는 협주곡. 마침내, 누군가야는 애써 침착한 모습을 보이며, 휴대전화를 귀에 갖다 댄다.

❖

무씨는 전화를 끊었다.
구급차에 실려 좌충우돌하고 있을 아내에게 급히 상황을 전한 뒤, 그는 자신의 승용차에 올라탔다. 저녁 어스름 속, 도심의 교통 체증을 헤치며 구급차를 뒤쫓았다. 사이렌 소리가 날카롭게 공기를 갈랐고, 푸른 불빛이 번쩍였다. 괴성을 지르듯 내달리던 구급차는 마침내 대학병원 응급실 앞에 멎었다. 무씨는 서둘러 차에서 내렸다.
응급실은 스산했다. 희뿌연 형광등 아래 삭막한 공기가 고여 있었다. 간호사들의 발소리가 바닥에 맺혀 맴돌았고, 환자의 신음과 기계음이 겹쳐 퍼졌다. 당직 의사는 이미 준비를 마치고 무표정한 얼굴로 기다리고 있었다. 무씨는 그 풍경을 목격하며, 침울한 공기의 무게에 짓눌렸다. 생사의 문턱 앞에서 사람들은 절박하고, 필사적이며, 그러나 때때로 무력하다. 희미한 체온 하나에 매달린 존재는 얼마나 쉽게 절망하는가. 삶이란 허공에 던져진 푸른빛의 낙하— 그 깊이는 헤아릴 수도, 되돌릴 수도 없다.

그날 밤, 무씨는 병원을 떠나 집으로 돌아왔다. 어머니의 생사가 위태로운 그곳을 등졌지만, 마음은 여전히 거기에 붙잡혀 있었다. 텅 빈 집 안엔 간밤의 습기와 고요함만이 가라앉아 있었고, 낡은 시계의 초침 소리가 공간을 거우 채우고 있었다. 속이 쓰리다. 그럴 때마다 그는 조용히 반야바라밀다심경을 읊조렸다.

"…여기에서 사리불아. 물질적 집착은 빈 것이요, 빈 것은 곧 물질적 집착이니…"

심경의 뜻을 새기려 애썼지만, 가르침의 의미는 한국불교의 가르침과는 미묘하게 어긋나 있었다. 그는 독송을 끊었다가, 다시 잇기를 반복하며, 어긋난 마음을 다독였다.

"…여기에서 사리불아. 모든 법은 빈 것을 나타내나니, 발생도 없고 소멸도 없으며, 더러움도 깨끗함도 없고, 모자람도 가득함도 없으니…"

그는 낮게 속삭이듯 읊조렸다. 그러나 마음속에는, 그와는 다른 문장이 또렷이 새겨졌다.

'삶은 본디 공이라지만, 이토록 필사적인 이유는 무엇인가.'

'어머니의 고통도, 이 두려움도, 어찌 공허라 할 수 있을까.'

"…무명도 없고, 무명의 절멸도 없으며, 늙음과 죽음도 없고, 늙음과 죽음의 절멸도 없다…"

단단한 경문의 음률 속에서, 무씨가 가장 간절히 붙잡은 것은 '절멸'이었다. 그는 심경의 마지막 경구를 되뇌었다.

"가서, 가서, 건너가서, 건너편에 가 닿으니 깨달음이 있네.
Gate, gate, pāragate, pārasaṃgate, bodhi svāhā.
(가서, 가서, 건너가서, 완전히 건너가서, 깨달음에 이르렀노라)"

창문 틈으로 보름달이 떠 있었다. 밤은 깊었고, 법당 안 등불처럼, 환하고 고요한 달빛이었다. 무씨는 희미한 눈길로 하늘을 올려다보았다.

'찰나에 눈떠 있으면, 저 달을 보게 되는 것을… 저 달 또한 마음의 그림자 일진대…'

이 밤, 그의 심장은 천천히, 범종처럼 잔잔한 떨림을 남기며, 고요 속으로 스며들었다. 몸은 조용히 풀려나갔고, 숨결은 고요한 잠결처럼 서서히 잦아들었다. 그의 마음은 달빛처럼, 잎새처럼, 아무 소리 없이 조용히 잠들었다.

다음 날 아침. 무씨는 간병에 필요한 물품을 하나하나 챙겨 들고 병원으로 향했다. 아내는 그보다 먼저, 어머니의 곁에서 밤을 새웠다. 보호자라는 이름 아래, 아내는 긴 밤을 어머니와 함께 견뎌냈다. 새벽녘, 그녀의 전화가 걸려왔다.

밤사이 응급처치는 무사히 끝났다고 했다. 여전히 호흡은 가쁘고 불규칙하지만, 가장 큰 고비는 넘긴 듯하다고. 폐렴 증상은 조금씩 가라앉고 있으나, 심혈관계에 새로운 이상이 발견되어 지금은 협진 진료를 받고 있다고 했다.

목소리는 지쳐 있었지만, 그 안엔 미세한 안도의 숨결이 섞여 있었다.

무씨는 처치실 문턱에 멈춰 섰다. 환한 형광등 아래, 어머니는 흰 시트 위에 곧게 허리를 세우고 앉아 있었고, 그 앞엔 젊은 의사가 뭔가를 열심히 설명하고 있었다. 무씨는 발걸음을 떼지 못한 채 문가 편에 서서 그 모습을 바라보았다. 의사는 기척을 느끼고 무씨를 힐끗 바라봤을 뿐, 말을 멈추지는 않았다. 설명이 끝나자마자 노모는 단호한 목소리로 말했다.

"수술은 안 합니다."

기어이 결정을 내려버린 듯한 말투였다.

"돈보다도 이 나이에 수술해서 더 살아 뭐 합니까."

무씨는 어머니의 말뜻을 곱씹으며 어머니 곁에 있는 아내를 바라보았다. 아내는 어머니의 뜻을 따를 기세였다. 의사는 눈썹을 좁히며 노모를 다시 설득하려 했다.

"할머니, 이건 수술이 아니라 가늘어진 혈관에 스텐트를 넣는 시술이에요. 시술하지 않으면 언제 호흡이 끊겨 돌아가실지 모릅니다!"

그의 높고 가느다란 음성은 마치 소프라노의 노래처럼 들려왔다. 불안과 열의가 뒤섞인 떨림이었다. 그러나 무씨의 신경을 건드린 것은 의사의 설득보다도 그 가냘픈 목소리였다. 무씨는 그의 모습을 세세하게 살펴보았다.

중간 키에 마른 체형. 갸름한 흰 얼굴에 자줏빛 병원복과 흰 가운. 얇은 쿠션 샌들 아래로 헐거운 바지가 눈에 끌렸다. 오른손은 바지 주머니에 들어가 꼼지락거렸고, 왼손은 허공을 휘저으며 말을 이었다. 목소리는 점점 더 높아지고, 얼굴은 붉게 물들었다. 무씨의 불안도 점점 커졌다.

'너무 젊다. 너무 유약하다. 이런 의사에게 어머니를 맡겨도 괜찮을까?'

게다가 어머니는 어제와 달리 지금 단정한 모습으로 앉아 있어, 과연 시술이 꼭 필요한지도 의심스러웠다. 의사는 한숨을 내쉬며 다시 물었다.

"할머니, 이제 어쩌시겠어요? 그래도 안 하시겠어요?"

노모는 말끔한 손을 들어 담요를 살짝 매만지더니, 고개를 들고 말했다.

"그래도 안 합니다."

그 태도는 죽음을 초탈한 고승의 자태와 같았다. 젊은 의사는 당황한 기색으로 며느리 쪽으로 시선을 돌렸다. 한풀 꺾인 듯, 이번에는 알레그로 같은 말문이 아니라 아다지오였다.

"머느님 생각은 어떠세요?"

아내는 잠시 망설이더니 조용히 답했다.

"어찌해야 좋을지 저로서는 결정하기가… 어머님 생각이 워낙 그러시니."

그 순간, 의사의 시선이 무씨로 향했다.

"그쪽 분은 어떻게 되세요?"

생각지 못한 질문이었다. 무씨는 얼른 대답했다.

"아들입니다."

그 순간, 의사의 얼굴에 희미한 희망이 스쳤다. 그는 한 옥타브 높여 말을 덧붙이려 했다. 그러나 무씨는 재빨리 말을 가로챘다.

"시술하겠습니다."

단호한 목소리였다. 그는 어머니가 원치 않는 걸 억지로 시킬 수는 없었다. 하지만 지금 이 시절이 그녀의 마지막일 수도 있었다. 그가 거기서 멈춘다면, 그는 아들이란 이름으로 무얼 할 수 있었을까. 그는 의사의 번거로운 설득을 덜어주고 싶었다. 그리고, 어머니를 살리고 싶었다.

"저를 따라오세요."

의사는 안도한 듯 황급히 옆방으로 사라졌고, 무씨는 잠시 망설이다 그 뒤를 따랐다. 컴퓨터 앞에 앉은 의사는 시술에 관한 제반 사항을 설명했다. 무씨는 묵묵히 듣고, 액정판에 서명했다. 처치실로 돌아오자, 여전히 침상에 앉아 있던 노모는 그를 보며 말했다.

"그래, 시술하자!"

여전히 완고한 표정이었지만, 말속에는 완전히 바뀐 의지가 담겨 있었다.

그 순간, 무씨는 어머니의 얼굴에서 오래전의 어떤 그림자를 떠올렸다. 한때 그를 엄하게 꾸짖던 얼굴, 때때로 따뜻한 미소를 짓던 얼굴. 그리고, 살아내겠다고 결심한 얼굴. 그는 그 얼굴을 가만히 들여다보았다. 그 깊이를 다 헤아릴 수는 없었지만, 적어도 그 순간만큼은. 그는 어머니의 얼굴에 담긴 그 오래된 빛을 바라보며, 오래도록 고개를 끄덕였다.

심혈관 조영실 주변의 복도는 싸늘했다. 전공의들의 파업으로 곳곳이 비어 있었고, 바쁘게 오가던 의료진의 발소리조차 뜸했다. 그러나 생사의 갈림길에 선 환자들은 병원 밖에서 아우성을 치고 있을 것이다. 이런 상황에서도 젊은 의사는 휴일 당직에 굳이 시술할 이유가 없는데도 환자와 보호자를 설득하며 위기를 방치하지 않았다. 두 시간이 넘는 시술 끝에, 마침내 조영실의 문이 열렸다. 의사는 휘청이는 몸을 가누며 무씨와 아내를 불렀다.

"이쪽으로 오실래요."

긴장이 풀리지 않은 듯한 의사는 모니터 화면을 가리켰다. 엑스선 사진들과 무씨의 얼굴을 번갈아 보며 설명을 이어갔다.

"당장 시급한 혈관 세 곳에 스텐트를 넣었습니다. 두 곳은 남겨뒀어요. 할머니가 시술 내내 힘들어하셔서 더 진행하기 어려웠습니다."

의사의 목소리는 가라앉아 있었다.

"원래라면 지금쯤 호흡이 좋아져야 하는데, 숨 가쁨이 여전한 건 좁아진 혈관과 판막의 역류 때문일 수 있습니다."

무씨는 입술을 깨물었다. 스텐트 시술로 모든 것이 해결될 줄 알았다. 의사의 말은 멈추지 않았다.

"신장 기능도 많이 나빠졌습니다. 인공신장 투석이 필요할 가능성이 높습니다. 상태가 더 나빠지면 인공호흡기도 고려해야 합니다. 일단 중환자실로 옮겨 경과를 지켜보겠습니다."

무씨는 낙담했다. 앞으로 닥쳐올 불안한 나날들이 머릿속에 그려졌다. 중환자실. 산소마스크를 낀 어머니는 의식 없이 누워 있었다. 양팔과 손등에는 주삿바늘이 꽂혀 있었고, 수많은 호스가 엉킨 실타래처럼 매달려 있었다. 면회는 하루 한 번, 20분뿐이었다. 무씨는 그 짧은 시간 동안, 어머니의 얼굴을 조용히 들여다보았다. 아무 말도 하지 못하고, 아무것도 묻지 못한 채.

다음 날 새벽, 병원에서 전화가 걸려 왔다. 간호사를 거쳐 의사가 전화를 받았다.

"환자의 인공호흡 처치에 동의해 주세요. 시간이 없습니다."

무씨는 단호히 거부했다. 평소 어머니의 뜻이기도 했다.

"인공호흡을 하지 않으면 곧 돌아가실 겁니다. 아무튼 빨리 와 주십시오."

그는 아내와 함께 황급히 병원으로 향했다. 중환자실에 도착하자, 의사가 그를 데리고 안으로 들어갔다. 차가운 공기가 피부를 스쳤다. 무씨는 갈증을 느꼈다. 목이 바싹 타들어 가는 것 같았다. 어머니는 여전히 위독했다. 의사는 계기판을 살피며 말했다.

"지금 상태는… 폐에 물이 차서, 마치 안에서부터 익사하는 것과 같습니다."

의사의 손끝이 미세하게 떨렸다.

"조금 나아지긴 했지만… 안심할 수 있는 상태는 아닙니다. 서명하시겠어요?"

무씨는 심호흡했다. 마음속으로 오래된 얼굴 하나를 떠올렸다. 수많은 거울 아침마다, 김이 서린 부엌 창 너머로 그를 깨우던 어머니의 모습. 그는 마음속으로 되뇌었다.

'인연에 의해 일시 모였다 흩어지는 삶. 한낱 꿈일 뿐이라는데. 그런 인생에 집착하여 괴로워한다는 것은…'

그는 다시 거부했다.

"저는 어머니가 스스로 호흡하며 깨어나길 원합니다."

의사는 난감해하며 제안을 수정했다.

"그럼, 호흡이 멈추면 심폐소생술을 하겠습니다. 투석은 하지 않고요. 여기에 서명하세요."

무씨는 힘겹게 고개를 끄덕였다. 거부와 동의 사이를 오가다가 결국, 마지막 제안에 서명했다.

얼마나 시간이 흘렀을까. 그는 중환자실 근처를 떠날 수 없었다. 마치 발목에 무거운 돌이 매달린 듯, 그 자리에 붙박인 채로. 다시 나타난 의사는 전보다 격앙되어 있었다. 목소리는 한층 높아졌고, 손짓은 더 거세졌다. 소프라노가 아리아의 절정에 다다른 것처럼, 그의 목소리는 가슴을 찢듯 울려 퍼졌다. 마치 물오른 숲 사이로 새들이 날아오르고, 벌레들이 일제히 웅성이는 한낮의 숲처럼, 그의 말은 공간을 가득 메웠다. 삼라만상을 뒤흔들어 깨우겠다는 듯이.

"스텐트까지 해놓고 포기하시겠다고요? 가족에 대한 애정이 정말 이 정도인가요?"

무씨는 가슴이 철렁 내려앉았다. 의사의 강한 언변 속에서 자신이 무언가를 놓치고 있다는 자괴감이 엄습했다.

'종교에 기대어 살아온 나, 정작 가족의 생사를 앞에 두고는 몹쓸 핑계를 대며 갈팡질팡하는 꼴이라니!'

그때 친지들이 몰려들었다. 누군가야가 연락했을 것이다.

"상의하셔서 제게 알려주세요."

의사는 손을 휘적이며 복도 모퉁이 너머로 사라졌다. 결국 상의 끝에 그는 인공호흡 처치에 동의했다. 그러나 막상 결정을 내리고 나니 의사는 어디에도 보이지 않았다. 초조해진 그는 간호사에게 의사의 행방을 물었고, 의사는 조영실로 급히 돌아갔다고 답했다.

'언제 이렇게까지 초조했던 적이 또 있었던가?'

그는 벽에 기대며 처연한 얼굴로 깊은숨을 내쉬었다.

'무아를 설하지만, 결국 나, 라는 집착에서 벗어나지 못한다면 깨달음은 어떻게 가능한가?'

머릿속은 혼란스러웠다.

'…내가 부처이고 내 마음에 불성이 있다지만, 어찌 그 건너편에 닿을 수 있을까. 깨달음은, 가고, 건너가도, 결국 또 다른 나의 그림자일 뿐이라면…'

젊은 의사의 모습이 머릿속에 깊이 각인되었다. 무씨는 무심코 두 손을 주머니에 찔러 넣었다. 그리고 어느새, 그 의사처럼 손가락을 꼼지락거리기 시작했다. 침묵의 허공에, 작고도 단단한 의지 하나가 흘러나오고 있었다.

❖

순이는 회복 중에도 환각에 시달렸다. 특히 새벽녘이면 증상이 심해졌다.

가쁜 숨을 몰아쉬며 허우적대거나, 갑자기 날카로운 비명을 지르기도 했다. 가끔은 누군가를 향해 두려움에 찬 눈빛을 던지며 손을 내젓곤 했다. 그녀는 바늘을 뽑고 호스를 훼손하는 일이 반복되어, 결국 양팔을 결박할 수밖에 없었다. 얇아진 팔목 위로 붉은 끈 자국이 선명하게 남았다. 마치 아픔이 살에 새긴 기억처럼, 지워지지 않은 채 남아 있었다. 면회 온 아들을 보자, 그녀는 간절하게 호소했다.

"여기가 어디고? 집에 가야 하는데, 왜 여기 있냐?"

아들은 어머니의 기억을 붙잡으려 애썼다. 다행히 그녀는 천천히 현실로 돌아왔다.

"이것 좀 풀어 주면 좋겠다. 갑갑해서 이러다 지옥에 가지 싶다."

아들과 며느리는 애처롭게 그녀를 바라볼 뿐, 뾰족한 대책이 없었다. 한 차례 결박을 풀어 주었다가, 그녀가 곧장 바늘을 뽑아버리는 순간을 지켜봤으니까. 다행히 순이는 고비를 넘겼다. 인공호흡기 없이 자력으로 숨을 쉬게 되었고, 점차 상태가 호전되었다. 준 중환자실을 거쳐 마침내 일반 병실로 옮겨졌다. 젊은 의사는 밤낮없이 그녀의 상태를 살폈다. 스텐트 시술을 하지 않은 두 군데는 약물로 해결할 수 있었고, 판막과 신장 상태도 정상으로 돌아왔다고 설명했다. 보호자인 며느리는 안도하면서도 한편으로 걱정이 앞섰다.

"교수님, 식사는 제때 하세요? 너무 고단해 보이세요."

의사는 피식 웃으며 답했다.

"어쩌겠어요. 제 몸 걱정보다 후배들이 이 일을 꺼리는 게 더 걱정이죠."

그의 목소리는 가늘었지만, 베이스처럼 낮고 차분하게 가라앉아 있었다. 그는 밤새 깨어 있던 그림자처럼, 느릿한 걸음으로 병실을 빠져나갔다.

순이는 주사약과 알약이 줄어들고, 오줌줄까지 제거되면서 점차 기력을 되찾았다. 이제는 혼자 화장실을 다니고, 농담을 건넬 정도로 회복되었다.

"할머니는 정말 젊어 보이세요."

"내 나이 오십쯤 됐는데 뭐."

"그러게요, 곧 퇴원하시겠어요."

"퇴원은 무슨. 성형 수술이라도 하고 나가야지."

며느리는 그동안의 시름을 잊으려는 듯 함박웃음을 터뜨렸다. 순이는 그런 며느리의 등을 다정하게 토닥였다.

"남 앞에서 잘난 체하고 짓밟아봤자 허깨비 짓이더라. 내가 살아보니 평범하게 산 날들이 그중 좋았어. 서로 돕고 사랑하면서… 아범도 돌아다녀 봤으니 잘 알겠지. 이제라도 눈치채고 그리 살아갈 거야."

말수가 많아진 그녀는 약을 처방받고 퇴원했다. 의사의 당부대로 단백질 섭취와 운동에 신경을 썼다. 그러나 기력은 모래처럼 빠져나갔다. 화장실 문턱이 언덕처럼 느껴졌고, 몸을 일으키는 일조차 고역이었다.

"얘야, 물 좀 다오. 밥알도 삼키기 힘들다."

외래 진료 날짜가 되어 혈액검사를 받았지만, 예상치 못한 추가 검사가 이어졌다. 젊은 의사는 신중하게 그녀와 아들 내외를 맞으며 진단 결과를 전했다.

"일부 약물 부작용으로 근육이 파괴된 상태입니다. 약을 바꾸고 근육 강화제와 물리치료를 병행해야 합니다. 오늘 입원이 가능할까요?"

순이는 힘겹게 대답했다.

"의사 선생님만 믿겠습니다. 하라면 해야지요. 죽지만 않게 해주세요."

예기치 못한 재입원 소식에 아들 내외는 당혹감을 감추지 못했다.
"뭣이 잘못되는 게 아닐까!"

❖

주상영 교수는 순이의 혈액검사를 살펴보다가 약물 부작용으로 인한 근육 손상을 발견했다. 예상치 못한 결과였다. 그는 서류를 한 번 더 확인하며 미간을 좁혔다. 순이의 재입원이 불가피했다.

상기된 얼굴로 보호자를 불러 상황을 설명했다. 목소리는 여전히 차분했지만, 한 마디 한 마디가 그 자신을 조이는 붕대처럼 조심스러웠다. 책임감이 아니라면 버틸 수 없는 하루였다.

"심장과 근력 강화를 중심으로 치료하겠습니다. 다행히 빠르게 대응하면 호전될 가능성이 높습니다."

병원은 의료법 분규로 인해 마치 일시 정지된 공간처럼 고요했지만, 그 고요는 그에게 닿지 않았다. 그는 여전히 혼자 빠르게 재생 버튼을 누른 채 움직였다. 긴급한 환자가 오면 망설이지 않았고, 외래환자가 악화하면 즉시 입원시켜 치료했다. 식사는 불규칙했고, 집에 가는 것은 한 주에 한 번도 지키기 어려웠다.

그는 마른 체형이었다. 피로가 누적된 걸음걸이는 불안정했고, 목소리는 점점 높아졌다. 시술을 마친 후에는 긴장으로 뻣뻣해진 손가락을 주머니에 쑤셔 넣고 억지로 이완시키곤 했다. 그리고 날뛰는 피곤을 다리 떨기로 억눌렀다. 그럼에도 병실을 찾을 때마다 그는 환자와 보호자들에게 진심을 담아 말했다. 병세를 설명하고, 치료 계획을 공유하며, 자신의 사소한 긴장감을 환자들을 향한 헌신으로 바꾸어냈다.

그가 병실을 빠져나가자, 한때 뮤지컬 배우였다는 여자 환자가 그의 걸음걸이와 목소리를 익살스럽게 흉내 냈다.

"이렇게 휘적휘적… 그리고 마지막엔 손을 푹! 주머니에 넣는 거야!"

병실 안은 웃음소리로 가득 찼다. 그것은 단순한 장난이 아니었다. 젊은 의사의 헌신에 대한 감사와 존경이 담긴 웃음이었다. 세상의 말들이 시가 되고 노래가 되듯, 인간의 몸짓이 춤이 되고 자연이 되는 것만큼 아름다운 것이 있을까. 노래하고 춤추는 행위보다 더 선한 것이 또 어디 있을까. 뜻하지 않게 그는 환자들에게 노래와 춤사위를 선물하고 있었다.

순이는 중환자실과 일반 병실을 오가며 이뇨제 투여와 산소 공급 등 다양한 치료를 받았다. 혈압을 조절하며 힘겨운 시간을 견뎠지만, 주 교수의 노력은 천천히 결실을 보고 있었다.

어느 날 밤, 그는 시술을 마친 후 순이의 병실을 찾았다. 커튼을 젖히는 소리에 며느리가 잠에서 깼다.

"주무시는데 깨웠나요?"

그는 낮은 목소리로 말을 건넸다.

"할머니 상태는 좋아지고 있습니다. 수치는 정상으로 돌아왔지만, 거동이 어려운 이유는 심리적 우울감 때문일 가능성이 큽니다. 신경과 협진을 받아 보시는 게 어떨까요?"

며느리는 퇴원하라는 말을 듣게 될까 봐 두려웠다. 정상이라고 말할 때마다, '더 이상 치료할 것이 없으니, 집으로 가시라'는 의미로 들렸다. 혹은 '재활 병원으로 가라'는 뜻일지도 몰랐다.

"어머님이 연세가 있으셔서 그렇지, 정신은 또렷하세요. 다만 아직은 육체적으로…."

그녀의 말을 듣던 주 교수는 단호하게 말했다.

"여기서는 시어머니가 아니라 환자입니다. 며느님께서도 어머님을 살리기 위해 결정을 내리셔야 해요. 감정과 분리하긴 어렵지만… 그래야 지켜낼 수 있습니다."

그는 재활 치료를 위한 조치를 약속하며, 뒤에 숨겨둔 과일 꾸러미를 내밀었다.

"할머니께 드리세요. 제가 줬다고 전해 주시고, 빨리 일어나시라고 하세요."

그날부터 재활 치료가 시작되었다. 오후마다 30분씩, 근육을 자극하고 힘을 키우는 과정이었다. 주 교수는 바쁜 일정 속에서도 환자들의 상태를 세심히 살피며 병실을 오갔다.

며느리는 그가 감당할 수 없는 무게를 혼자 짊어지는 것은 아닐까 걱정스러웠다.

그러던 어느 밤, 평온히 잠든 줄 알았던 순이가 갑자기 거친 숨을 내뱉으며 무호흡 증세를 보였다.

"어머니, 괜찮으세요?"

순이는 힘겹게 눈을 떴다. 희미한 눈빛이 허공을 더듬었다.

"항상… 숨이 겨웠다. 살면서…."

며느리는 그녀의 손등을 잡으며 다독였다.
"힘내세요. 조금만 더 나아지시면 집에 가요."
순이는 천천히 손을 따라 얹으며 나지막이 중얼거렸다.
"다 헛수고 같고… 고통만 길어지네."
미처 다하지 못한 말들이 공기처럼 맴도는 듯했다.
'바람처럼 스쳐 가면 좋겠는데… 난 아직 여기 붙들려 있네…'

병원의 밤 그늘은 깊고도 적막했다. 창밖의 가로등 불빛이 희미한 물결처럼 병실 벽을 타고 천천히 흘러내렸다. 복도에는 간헐적인 기계음만이 낮게 맴돌았고, 어디선가 아련한 앓는 소리가 바람처럼 스쳐 지나갔다. 간호사들의 가벼운 발소리는 미약한 파문처럼 어둠을 가로질렀고, 커튼 틈 사이로 새어 들어오는 빛조차 숨죽인 듯 조용했다.

그날 밤, 주상영은 병원 내 당직실 침대에 몸을 눕혔다. 딱딱한 등받이에 등이 닿자마자 온몸이 천근만근으로 가라앉았고, 피로가 느릿하게, 그러나 거대한 파도처럼 밀려왔다. 눈꺼풀은 낙엽처럼 천천히 내려앉았지만, 의식은 쉬이 가라앉지 않았다. 그는 텅 빈 천장을 멍하니 바라보았다.
'나는 왜 이 길을 택했을까…'
부모의 기대였을까. 사회적 성공을 좇았던 걸까. 아니면, 그저 성적이 좋았기 때문이었을까. 수많은 이유가 스쳐 지나갔지만, 끝내 마음에 남는 것은 단순하고도 분명한 하나였다. 생명을 살리는 것. 상처를 다독이는 것. 고통을 덜어주는 것. 세상이 아무리 혼란스럽고, 삶이 덧없어 보여도, 의사의 길을 걷는 한 그는 단 한 줄기 숨결만은 지켜낼 수 있었다. 그것이면 충분했다.

그는 문득 어린 시절, 여름날의 하늘을 떠올렸다. 소란한 매미 소리 너머, 끝없이 높고 푸른 하늘. 그 위를 유유히 떠다니던 뭉게구름. 어디로 가는지도 모른 채 바람에 실려 흐르던, 하얀 솜사탕 같은 구름. 그 맑고도 한가로운 기억을 떠올리자, 피곤한 숨결 사이로 깊은 휴식이 스며들었다.
마침내 그는, 고요한 밤의 그늘 속에서 조용히 잠에 들었다.

낯선 여자

산발한 여자가 웅크리고 있다.

엎드린 채 턱을 괸 두 손 아래, 그녀의 눈빛이 칠흑 같은 어둠을 꿰뚫고 나를 찌른다. 흐트러진 검은 머리칼이 얼굴의 반을 가렸지만, 그 시선만큼은 또렷했다. 마치 그림자 속에서 불쑥 솟아오른 유령 같았다. 조용히, 어둠의 틈을 비집고 나와, 어느새 내 솜이불 속에 몸을 묻고 있었다.

나는 냉장고 문을 연 채 얼어붙었다. 서늘한 기운이 등골을 타고 흘렀고, 배를 채우려던 허기는 흔적도 없이 사라졌다.

천천히 고개를 돌리자, 그녀가 있었다.
처음부터 그곳에 있었던 것처럼.
숨소리 하나 없이. 기척 하나 없이.

해장술 한 모금을 삼키고부터 묘하게 몸이 떨렸다. 결국 이런 일이 벌어질 줄 알았다는, 알 수 없는 예감이 스쳤다. 그런데 이상했다. 도대체 저 여자가 어떻게 들어왔는지, 나는 조금도 궁금하지 않았다.

문이 열리는 소리도, 인기척도 없었다.
하지만 그런 건 중요하지 않았다.
지금 당장 바라는 건 오직 하나.
그녀가 내 방에서 사라지는 것.

이런 일은 생전 처음이다.
아니, 아니다.

한때 통행금지에 쫓겨 판잣집 부엌문을 무지막지하게 뜯고 들어온 여자가 있긴 했다. 그때는 선배 없는 자취방이었고, 나는 술에 취해 비틀거리며 문을 따고 들어왔었다. 허겁지겁 열쇠를 더듬던 손끝이 어딘가 서늘했던 기억이 난다.

하지만 그때와 지금은 다르다.
그 여자는 분명 사람이었다.
그러나 이 여자는—
도무지 알 수 없다.

나는 이 비현실적인 광경에 사로잡혀,
넋을 놓은 채 여자를 살폈다.

그녀가 나를 노려보고 있다.

…아니, 아니다.
퉁퉁 부은 눈두덩이 탓에 그리 보였을 뿐,
어쩌면 처량한 눈빛으로 나를 바라보는 것 같기도 하다.
대체 어디서 얻어맞고 쫓겨난 여편네란 말인가.

그런데…
낯이 익다.
왕년에 바지 주름 팍팍 잡고 돌아다닐 때,
내 호주머니를 싹 털어갔던 니나놋집 작부 같기도 하고,
야밤에 통장과 패물을 몽땅 챙겨 내뺐던 그 여자 같기도 하다.
아니면—

체리 홍.

그 여자의 이름만큼은, 세상이 두 쪽 나도 잊지 못한다.
하지만 그 여자들은 하나같이 시뻘건 루주를 입술에 덕지덕지 발랐지.
반면, 내 이불 속에 파묻힌 저 여자는 창백한 맨얼굴이다.
얼굴이 그늘에 가려져 있어서 그렇지,
입술조차 핏기 없이 하얗다.

…그렇다면, 낯선 여자란 말인가?

제기랄.

내 아랫도리가 오그라든다.
언제부턴가, 술 처먹고 눈알을 희번덕거리는 낯선 여자들만 보면 내 오장 육부가 죄다 뒤집혔다.
불안, 공포, 좌절, 분노…
그 모든 감각이 한데 엉켜 소용돌이치고,
그 요동치는 감각은 결국 목울대를 타고 올라와,
이빨이 덜컥 하고 부딪쳤다.

나도 왕년엔 양주깨나 들이켰다. 그때는 제법 무게 좀 잡고 살았지. 잔을 기울일 때마다 어깨에 힘이 들어갔고, 세상이 내 발밑에라도 놓인 것 같았다. 내 말 한마디에 공기가 팽팽해졌고, 잔을 부딪치는 소리는 전장의 북소리처럼 울려 퍼졌다. 하지만 좋은 시절이란 게 다 그렇지. 모래시계처럼 속절없이 흘러내리는 법이다. 재수 없게도 그물코에 발이 걸려, 사대육신이 만신창이가 됐고, 결국 뱃일도 접어야 했다. 죽지 않은 게 천운이었다.
주머니가 가벼워지자, 그토록 내 곁에 붙어 치근덕대던 깔치들이 언제 그랬냐는 듯 깡그리 사라졌다. 상관없었다. 애당초 분 바른 계집들 꼬락서니조차 보기 싫던 참이었으니까. 지난날, 백여시들에게 이용만 당했던 기억은 억울하고도 한스러웠다. 차라리 혼자 골방에 틀어박히는 편이 백번 나았다.
그때부터였다. 내 팔자가 좀 편해진 게.
먼 조카 놈이 어찌어찌 골방 하나 마련해 주더니, 매달 방세에 쌀에 소줏값까지 챙겨 주는 거다. 가물에 콩 나듯 얼굴 비치긴 해도, 기특한 놈이지. 자식새끼도 이만하긴 쉽지 않다. 누가 그랬던가. 무자식이 상팔자라고.

한데, 옆방 영감탱이는 미주알고주알 자식 자랑으로 목을 맨다. 누가 아니랄까. 눈길만 마주쳐도, 코빼기도 안 비치는 자식들 얘기를 어찌나 떠들어대는지, 듣고 있자면 혀를 내두를 지경이다. 실상 있는 자식들인지도 모를 판국에. 그래도 나는 조카라도 찾아오잖나. 그 영감탱이는 자식 얼굴 한 번 본 적도 없다.

꼴 보기가 싫어 조카 용돈 얘길 꺼내려 하면, 그 작자는 또 비렁뱅이라느니 정부 적선이라느니 마구 지껄여댄다. 그래도 나는 화내지 않는다. 왜냐? 밴댕이 소갈머리 뒤집는 법, 일찌감치 터득했으니까.

시치미 떼고 건성으로 듣다가, 엿가락 자르듯 툭툭 말을 끊으며 생뚱맞은 소리나 한마디 툭 던지면 된다. 그것도 되도록 느끼한 목소리로. 그러면 평소 가방끈 길다고 잘난 체하던 영감탱이는, 분을 못 참고 고래고래 악을 쓴다. 그럴 때면 나는 넉살 좋게 빙긋 웃기만 하면 된다.

많이 배워봤자 뭐 하나. 글자를 많이 안다 한들, 내 앞에선 맥도 못 추는걸. 영감탱이는 나 같은 덩치를 어쩌지도 못하고 씩씩거리며 방으로 들어가선, 뭔가를 와장창 부숴댄다. 나는 따끈한 햇살 아래 한쪽 눈을 지그시 감고 그 소리를 즐긴다.

생각해 보면, 그 화풀이. 어쩌면 나한테가 아니라, 정작 무심한 자식들을 향한 것이었는지도 모른다.

아무튼 그렇게 한바탕 놀려먹고 시들해지면, 나도 내 방으로 돌아와 카세트에서 흘러나오는 뽕짝을 한껏 키운다. 그리고 소주잔을 들어 흥얼거리며 한 모금 쭉, 목구멍으로 넘긴다. 사실, 그리 깐족대는 것도 남사스러운 짓이긴 하지. 그런데 언제부턴가, 주변을 약 올리는 악취미로 그렇게나마 세상 재미를 찾아가며 살게 된 것 같다. 제기랄. 나이를 먹으니, 지루한 한세월이 얼마나 흘렀는지조차 가늠이 안 된다.

몸이 으스스하다. 추위가 몰려온다. 아니, 아니다. 추위 때문이 아니다. 정신이 번쩍 든다. 잠깐 과거에 잠긴 줄 알았는데, 어느새 시간이 훌쩍 지나 있다. 창밖은 벌써 희끄무레하고, 바스락거리는 창문 틈으로 축축한 냉기가 스며든다.

그런데, 저 여자는 여전히 저러고 있다. 말 한마디 없이 내 골방 한가운데를 차지하고 드러누운 채로. 나는 홀짝거리던 소주잔을 슬그머니 내려놓았다.

그 순간, 여자의 눈빛이 변했다. 시건방진 태도로 나를 노려본다. 가만 놔뒀더니, 슬슬 내가 만만해 보이나 보다.

나는 슬쩍 현관 쪽으로 몸을 뺐다. 절대 겁이 나서 그러는 게 아니다. 절대로.

그런데… 문이 잠겨 있다. 엉? …진짜, 대체 어떻게 들어온 거지?

황당한 상황에 실소가 새어 나왔다. 지금 중요한 건, 저 여자가 누구며 왜 이곳에 왔는지가 아니다. 당장 저 기이한 여자를 쫓아내야 한다. 아니면, 내가 도망쳐야 한다.

여자의 입꼬리가 비릿하게 올라간다. 눈은 내게 고정되어 있다. 마치 내가 무슨 동물이라도 되는 듯이. 이 마당에 주거침입 따위는 문제가 아니다. 자칫 잘못하면, 성폭행범으로 몰릴 수도 있다. 경찰들은 사사건건 나를 걸고넘어진다. 게다가 상대가 여자라면, 더욱 조심해야 한다.

그건 그렇고, 남들은 봄이 왔다고 떠들어대지만, 이곳은 여전히 춥다. 속이 써늘해져서 그런가.

얼마 전 내린 비 때문인지 방 안엔 눅눅한 습기가 차 있고, 곰팡내가 코를 찌른다. 천장 귀퉁이엔 아직도 빗물이 고여 있는데도, 주인집 사내놈은 얼굴 한 번 내밀지 않는다. 뭐, 귀신이 죽치고 살아도 문제없는 집에서 방수제를 처발라 봤자 무슨 소용이겠나.

여하튼, 이런 집구석에서 군소리 없이 고분고분 살고 있는 걸 보면… 나도 이제 제법 유순해졌나 보다.

나는 문가 구석에 쪼그리고 앉아 몸을 잔뜩 웅크렸다. 하지만 냉기가 살갗을 파고들었다. 오늘내일 비가 또 온다던데, 이제 그런 걱정 따위는 집어치웠다. 올가을 찬바람이 불면, 이번만큼은 보일러를 꼭 고쳐 달라고 해야겠다.

…그런데, 문제는 지금이다. 전기장판 위에 떡하니 자리 잡고 드러누운 저 여자. 그녀 때문이다. 죽을 맛이다. 냉기가 뼛속까지 스며들어 턱까지 덜덜 떨린다. 이러다 병이라도 걸려 죽을 것만 같아, 몸을 더욱 깊숙이 웅크렸다.

그때였다. 문밖에서 부스럭거리는 소리가 들렸다. 인기척이다. 누군가 있다. 이상했다. 옆방의 힘없는 영감탱이가 저리 지랄할 리가 없다. 순간, 돼지 멱 따는 듯한 비명이 골방을 찢어발겼다. 이어지는 거친 소리. 문짝을 주먹으로 후려치는 소리가 요란하게 들렸다.

"쾅! 쾅! 쾅!"

문이 흔들렸다. 아니, 부서질 듯 뒤흔들렸다. 급기야, 철컥— 현관문 따는 소리가 들렸다. 숨이 턱 막혔다.

나는 이불 속 여자를 다시 쳐다보았다. …저 노망난 여자가, 이 집을 자기 집이라 착각한 걸까? 혹은 자기 식구라도 불러들인 걸까? 아니, 그럴 리가 없다.

세상천지에, 얼어 죽을 비렁뱅이라도 이렇게 대놓고 화적질하진 않는다. 그런데 이상하다. 이쯤 되면 화를 참지 못하고 벌떡 일어나 날뛰어야 하는데…

나는 오히려 점점 차분해졌다. 아니, 정확히 말하면— 공포 때문에, 몸이 얼어붙은 것이다.

나는 아무것도 할 수 없었다. 숨만 죽이고, 오직 귀만 열었다.

마침내, 현관문이 덜커덩 열렸다. 그리고— 건장한 사내가 나타났다. 길게 그림자를 끌며 현관 안으로 들어선 사내는 묵직한 시선을 내리꽂았다. 나는 숨을 삼켰다. 맙소사! 저놈이 완력을 휘두르기라도 하면, 나는 찍소리도 못하고 쫓겨나게 생겼다. 사내의 눈이 유난히 컸다. 치켜뜬 두 눈이 번뜩였다. …이상하게도, 이불 속에 드러누운 저 여편네와 닮은 것 같다.

"아저씨, 왜 거기 앉아 계세요? 그것도 팬티 바람으로?"

익숙한 목소리였다.

어, 그렇네?

주인집 사내였다. 순간 안도감이 밀려왔다. 나도 모르게 헛웃음이 나왔다.

"저 할망구가 내 이불 속에서 저러고 있네. 좀 나가라 해줘."

나는 손가락으로 이불을 가리켰다. 주인집 사내는 어리둥절한 얼굴로 시선을 돌렸다.

"누구 말이죠?"

"거기, 저기 말이야!"

이불 속의 여자는 몸을 움츠렸다. 들키지 않으려는 꼴이 눈 가리고 아웅이다.

"암만 말해도 듣지를 않네."

이제 됐다. 주인이 왔으니, 저 여편네는 곧 내쫓길 것이다. 추위에 덜덜 떨리는 내 몸을 생각하면, 불쌍해도 어쩔 수 없다. 그런데—

"뭐가 있다고 그러세요, 아저씨?"

주인집 사내가 고개를 갸웃했다.

…뭐라고?

나는 순간 귀를 의심했다.

"저기 저 이불 속에 누워 있잖아. 저것 봐, 우릴 보고 비웃기까지 하네."

나는 손짓까지 보태며 말했다. 하지만, 주인집 사내는 이상하다는 듯 주춤거렸다.

"아무것도 없는데요? 이불이 불뚝 솟아 있긴 하지만."

나는 얼어붙었다. 말도 안 돼. 분명히 저기… 여자가 있는데.

"에이, 바로 그거야! 거기서 꼼짝하지 않고 버티고 있다고!"

나는 소리를 높였다. 그러자, 주인집 사내의 표정이 이상하게 굳어졌다. 그의 두 눈이 더 크게 치켜떴다. …이제, 여자를 본 걸까? 하지만 그는 곧 한 걸음 뒤로 물러서더니, 낮은 목소리로 중얼거렸다.

"에이 참, 그건 아저씨 몸이 빠져나와서 그런 거잖아요."

"…뭐?"

"바쁜데 장난치지 마세요. 옆방 어르신이 무슨 일이 생긴 것 같다고 해서 와 봤는데, 별일 없으시죠?"

나는 순간 숨이 막혔다.

"아니, 그 영감탱이가 왜?"

"며칠째 기척이 없다고 하셔서요. 무슨 변고가 생긴 거 아니냐고 하던데요?"

"내가?"

"네. 그나마 멀쩡하셔서 다행입니다."

…영감탱이가, 내가 술병이라도 난 줄 알았다고? 나는 어처구니가 없어서 헛웃음을 터뜨렸다. 하지만, 주인집 사내의 다음 말이 나를 얼어붙게 했다.

"썩은 내가 진동한다고, 하도 난리를 피우시길래 난감했었는데. 그거 참…."

순간, 차가운 공기가 폐 속을 훑고 지나갔다. 썩은 내…? 그가 씁쓸하게 웃었다. 두 영감의 다툼쯤으로 생각하는 모양이었다.

"아저씨, 저 그만 가 볼게요."

"엉? 뭐라고?"

나는 다급하게 그의 발목을 붙잡았다.

"그냥 가면 어떡하냐. 저 할망구를 놔두고!"

주인집 사내가 고개를 갸웃했다.

"아저씨, 정말 왜 그러세요?"

이번엔 내 얼굴을 들여다보더니, 콧방울을 벌름거렸다. 뚱딴지같이 내 술 냄새를 맡아보려는 건가?

"미심쩍으면 이불 한번 들춰보면 되겠네요. 뭐가 있는지…."

하지만 그는 말과 달리 선뜻 다가가지 못한다. 오히려… 한 걸음, 두 걸음

낯선 여자 53

뒤로 물러섰다.

"뭐 해? 자네가 그래 봐! 난 간이 무지 떨려서…"

나는 그의 등을 떠밀고 싶었다. 그 순간—

"아저씨, 잠시만요!"

주인집 사내가 갑자기 소리를 질렀다.

나는 흠칫 놀라 그의 얼굴을 쳐다보았다. 그리고, 그의 눈이 가리키는 곳을 따라 시선을 돌렸다. …그곳엔, 아무것도 없었다.

일이 이상하게 돌아가고 있다. 주인집 사내는, 나더러 헛것을 보고 있다고 말하려는 것 같다.

…그럴 리가?

나는 주인집 사내의 얼굴이 뚫어져라 바라봤다. 그 순간, 뒤통수가 서늘해졌다. 한기가 살갗을 타고 스며들듯, 아주 서서히.

혹시, 저 여자가… 정말 귀신인가? 나는 얼떨떨한 채 천천히 고개를 돌렸다. 방 한구석. 이불 속에 웅크린 형체. 여자는 여전히 그곳에 있다. 분명히, 있다. 그런데, 주인집 사내는 그걸 못 본다. 나는 다시 주인집 사내를 바라보았다. 그의 이마에 어느새 식은땀이 맺혀 있다. 그 역시 뭔가를 감지하고 있는 것 같았다. 당황한 얼굴로, 한참 동안 내게서 눈을 떼지 않았다. 그 순간 나는 다짐했다. 주인집 사내까지 겁을 먹게 만들 순 없다. 그리되면 나는, 저 여자를 절대 쫓아낼 수 없을 테니까. 나는 애써 미소를 지었다. 입꼬리가 찢어지도록, 일부러 크게. 그러자— 주인집 사내가 움찔했다. 그의 시꺼먼 눈망울이 더욱 커졌다. 마치, 내 얼굴에서 무언가를 본 듯한 눈빛. 그는 황급히 문밖으로 몸을 뺐다. 주춤거리며 물러서던 그가 허겁지겁 휴대전화를 꺼냈다.

…설마?

나는 직감했다. 경찰을 부르겠구나. 하지만 괜찮다. 이번만큼은 내가 죄가 없다는 걸, 그 무지막지한 경찰들도 알게 될 것이다. 주인집 사내가 증인이 되어 줄 테니까. 더군다나, 나는 정당하게 사글세를 내고 사는 세입자다. 이상한 건, 주인집 사내의 행동이었다. 낮고 빠른 말투. 그는 전화 속 누군가와 한참을 구시렁대더니,

…휙.

모퉁이 너머로 사라졌다.

…가 버렸나?

나는 멍한 채로 문밖을 바라보았다. 주인집 사내는 평소 인사만큼은 깍듯이 하는 놈이다. 그런데 오늘은… 어째 허둥지둥 도망치는 모양새다. 뭔가를 본 게 틀림없다.

…그래, 나도 지금 그러니까.

나는 그 자리에 얼어붙은 채, 한참 동안 기다렸다. 하지만—

…안 온다.

설마… 정말 가 버린 걸까?

나는 미심쩍은 마음에 중얼거렸다.

이따 전화 끝내고 다시 오겠지. 똥 누고 밑 안 닦은 짝이잖아. 그런데도, 왠지 등줄기가 오싹했다. 나는 닭살이 돋는 기분을 애써 무시하며, 이런저런 잡생각을 더듬었다. 그때—

문득, 기억 하나가 스쳤다.

그때가 퇴근길이었다. 8차선 도로 위, 빽빽이 메운 시민들. 함성과 깃발, 그리고 구호들. 나는 그 거대한 흐름에 떠밀려가며 덩달아 소리를 질렀다. 처음에는 장난처럼, 흥미롭게. 그러다 점점 열기에 휩쓸렸다. 시가지를 가로지르며 독재 타도를 외쳤다. 그러다—

펑!

최루탄이 터졌다. 눈물이 흐르고, 콧물이 쏟아지고, 숨이 턱 막혔다. 본능적으로 뛰었다. 무작정 골목을 헤매다 문을 박차고 들어간 곳이— 성인 클럽이었다. 붉은 조명 아래, 술잔을 기울이던 사람들. 자욱한 담배 연기와 쿡쿡 터지는 웃음소리. 그리고— 물수건을 건네던 여자. 그녀의 손길이, 따뜻했다. 나는 감격하여 얼굴을 훔쳤다. 그런데—

쿵! 문이 부서지듯 열렸다. 검은 그림자들이 들이닥쳤다. 사복 백골단. 그들은 벼락처럼 쏟아져 들어와, 내 멱살을 틀어쥐었다. 다짜고짜 두들겨 맞았다. 주먹과 발길질이 사방에서 날아들었다. 나는 개처럼 질질 끌려갔다. 군홧발에 차인 옆구리가 결리고 어깻죽지가 욱신거리는 몸뚱이를 맨바닥에 눕힌 채 철창 속에서 그날 밤을 보냈다. 그러나 알고 있었다. 그때, 나만 그런 게 아니었다. 그날, 온 나라가 들불처럼 들고일어난 항쟁이었다.

그런데…?

그 기억이 왜 지금 떠오른 건지 의아해졌다. 지금 상황과는 관련도 없을 것인데. 설마가 사람 잡는다더니, 혹시 또다시 죄 없는 나를 잡아가려는 건 아닐까? 불길한 예감이 든 나는 씩, 하고 미소를 지어 보였다. 나는 예전부터 착한 사람처럼 보여야 했다. 억울해도, 절대 화를 내지 말아야 했다. 화가 나면, 인상이 험악해졌다. 그럴 때마다 형사들은 말했다.

"거참, 인상 한번 더럽네!"
"조지면 뭐가 나오겠지?"
"흠, 일단 집어넣어."

너덧 차례, 그렇게 억울하게 끌려갔다. 한두 번도 아니고, 몇 번을 겪고서야 나는 배웠다. 화를 내면 지는 거다. 작살에 찔린 상어가 제아무리 버둥거려 봤자, 결국 바닷속으로 가라앉을 뿐.

아무리 기다려도 주인집 사내는 돌아오지 않는다. 경찰도 오지 않는다.
제기랄!
엎친 데 덮친 격이다. 다쳤던 무릎이 벌레처럼 근질거린다. 기분 나쁜 통증. 조만간 비라도 쏟아질 모양이다. 나는 주인집 사내가 열어놓고 간 현관문을 닫을 생각도, 그를 따라 뛰쳐나갈 생각도 하지 못한 채 그대로 쭈그리고 앉아 있었다. 얼마나 그렇게 있었을까. 그러다 문득, 한 가지 생각이 스쳤다. 혹시라도 경찰이 오면…? 불안했다. 나는 언제나 경찰과 궁합이 좋지 않았다. 그놈들이 나를 믿어 줄 리가 없었다. 만약, 여기서 여자를 경찰에 맡겼다가 혹 떼려다 혹 붙이는 꼴이 되면?
그럼, 끝장이다. 그렇다면—
내가 직접 처리하는 게 낫지 않을까?
그렇다. 점점 그 생각이 강하게 들었다. 이거야말로 기발한 해결책이었다. 나는 침을 꿀떡 삼켰다. 그리고, 마침내 이불 속 여자를 향해 말을 걸기로 했다. 어떻게든 이 불안한 사태를 끝장내야 했다. 나는 가볍게 헛기침했다.
"이보시오."

낯선 여자

그녀는 반응이 없었다.

나는 다시 말했다.

"나는 여기 사는 사람이오. 그런데 당신은 누구요?"

지금까지의 행실로 보아, 침묵으로 버틸 줄 알았다. 그런데— 그녀는 두 눈을 끔뻑이더니, 뜻밖에도 다소곳한 목소리로 대답했다.

"소녀는 바람 따라 정처 없이 떠도는 나그네 신세이옵니다."

…뭐라고? 나는 헛웃음을 삼켰다. 사극 드라마를 무지하게 본 여자였다.

말투는 정갈했고,

음성은 다정했다.

그 순간, 내 두 눈이 번쩍 뜨였다.

이만한 여자가 또 어디 있겠나.

나긋한 목소리.

가녀린 자태.

어딘지 모르게 신비로운 분위기까지—

나는 바닥을 짚고 엉금엉금 다가갔다.

한 발짝.

두 발짝.

그러다가—

휙!

나는 재빨리 뒷걸음질 쳤다.

안 돼.

나는 귀가 얇다. 너무너무 얇다.

그래서 여자한테 수없이 당하고 살았다. 이제는 당하지 않는다. 절대로.

그때도 그랬다.

부엌 판자문이 우두둑, 짧고 건조한 소리를 내며 뜯겨 나갔다. 빗물에 불어 휘어진 나무판 문틈으로 밤안개가 스르르 기어들었다. 방 안 가득 퍼지는 눅눅한 냄새.

그리고 그녀가 들어왔다. 마치 높은 돌담이라도 가뿐히 넘을 듯한 태도. 뒷골목의 골목까지 꿰뚫을 눈빛이 어둠 속에 어른거렸다. 조금의 머뭇거림도 없는 대담한 기색. 반면, 나는? 나는 그저 몰래 기어들어 온 불청객일 뿐이었다. 그녀가 누구인지 따질 처지도 아니었다.

지금은 통금 야밤. 어둠은 숨을 죽이고, 멀리서 개 짖는 소리가 바람에 실려 왔다. 괜히 나까지 쫓겨나면 어쩌나 싶어, 나는 두 눈을 질끈 감고 술에 취한 척했다. 그런데—

그때였다.

내 옆에서 인기척이 들렸다.

스르륵—

옷고름이 풀리는 소리. 그리 오래 지나지 않아, 그녀는 내 옆에 조용히 드러누웠다. 그리고, 부드러운 팔이 내 뱃가죽 위로 슬쩍 얹어졌다. 차갑고 매끈한 다리가 스르르 올라왔다. 구렁이 담을 넘듯이. 낡은 이불이 스르륵 몸을 감아올렸다. 나는 온몸이 얼어붙었다.

꿀꺽.

목이 잠길 듯 침을 삼켰다. 그러자— 그녀의 손이,
쓱—
내 팬티를 끄집어 내렸다. …그리고, 그 이후의 기억은 희미했다. 마치 습기 찬 창문에 그려놓은 손가락 자국처럼, 기억은 빠르게 사라지고 뿌옇게 번졌다. 나중에야 알게 된 사실이지만, 그녀는 선배의 애인이라고 했다. 아니, 정확히 말하자면, 그녀가 스스로 그렇게 주장했을 뿐. 사실인지는 알 수 없었다. 워낙 난봉꾼인 선배였으니, 그게 진짜든 아니든 별로 중요한 문제는 아니었지만. 결국 나는 곤히 잠들었다. 그리고, 타는 갈증에 눈을 떴을 때—
덩그러니.
그녀의 창백한 얼굴이 내려다보고 있었다.

나는 한동안 그녀의 시중을 들어야 했다.
벌겋게 벗겨진 나무 바닥 위에 누렇게 눌린 이불, 창틈마다 낡은 신문지가 덕지덕지 붙은 단칸방. 방 안에는 희미하게 퍼지는 된장국 냄새 대신, 언제부터 묵었는지 모를 먼지 냄새가 감돌았다. 낡은 선풍기 바람에 커튼이 가끔 펄럭였지만, 그조차 늘어진 시간처럼 나른하고 기운이 없었다. 선배는 추석이라고 고향에 내려갔는지, 아니면 아예 숨은 건지, 기척조차 없었다. 그녀는 선배의 애인이라고 떠들면서 하인 부리듯 거드름을 피웠다. 무릎 담요처럼 느슨하고도 당당하게 방을 점령한 그녀는, 담배를 피우며 천장을 보고 누워 있는 시간이 많았다. 하지만—
목소리는 한없이 나긋했다.
"배가 고픈데 오늘 뭐 먹을까?"

당연히, 식당으로 달려가 돈을 내고 음식을 사 오는 건 내 몫이었다. 나는 슬리퍼를 질질 끌며 시장 통로를 지나 식당까지 다녀오곤 했다. 아스팔트 위로 내려앉은 저녁 볕은 다리 살에 스며들 듯 달아올랐고, 일회용 도시락의 비닐 뚜껑 아래에는 후줄근한 반찬들이 구겨져 있었다.

"잠시 외출 좀 할 건데, 필요한 거 있어?"

이럴 때면 그녀는 꼭 거울 앞에서 머리를 빗으며, 반쯤 접힌 천 원짜리 몇 장을 내게 내밀었다. 그 손짓엔 약간의 여유와 경계심이 섞여 있었다. 나는 무슨 꼭두각시라도 된 듯 고개를 끄덕였다. 물론 내가 처음부터 순순히 따랐던 건 아니다. 그녀는 으름장을 놓았다. "내가 겁탈당했다고 선배에게 일러바칠 거야."

나는 반쯤 협박에, 나머지 반쯤은 감정에 넘어갔다. 사실은— 어릴 적부터 엄마 없이 자란 탓에, 여자의 품이 늘 그리웠다. 누군가의 손길이, 체온이, 나지막한 속삭임이 그저 필요했다. 이유 같은 건 묻지 않고, 다만 따뜻하게 나를 감싸는 존재가.

어느 날, 외출에서 돌아온 그녀는 서둘러 옷가지를 챙기더니, 나를 빤히 보며 말했다.

"그 사람이 집에 온대. 자기야, 나 갈 데 있니?"

제기랄.

그 순간, 나는 또다시 귀가 얇아져 버렸다. 방 안엔 축축한 땀 냄새와 세탁하지 못한 옷들이 흘린 냄새가 진동했다. 창밖으로는 개 짖는 소리와 술 취한 사내의 고성이 들려왔다. 나는 선배가 돌아올 때까지 기다릴 작정이었다.

몰래 그의 집에 숨어든 건 분명 잘못된 일이었다. 하지만, 적어도 빌려준 돈은 받아내고 싶었다. 차일피일 미루다간 떼일지도 모를 돈이었다. 그런데도— 결국 여자의 꼬임에 넘어갔다. 선배를 기다리는 대신, 나는 남쪽 바닷가에 떠 있는 다대포, 내 집으로 그녀와 함께 달아나듯 내려갔다. 그곳은— 물미역 냄새가 펄럭이는 시원의 해풍, 적막을 깨는 새벽녘의 뱃고동, 텅 빈 모래 해변과 웃는 아이들, 그리고 글썽이는 노을이….

그렇게 우리는 얼떨결에 한살림을 차렸다. 그녀는 덩치가 다소 컸지만, 얼굴은 곱상했고, 나긋나긋한 교태를 부리는 데 능했다. 눈썹을 그릴 때면 작은 거울을 들고 오래 들여다보았고, 작은 상처에도 '아야' 소리를 내며 내게 손을 내밀었다. 나는 그녀의 유혹을 뿌리칠 수 없었다. 그리고 그때부터였다. 내 인생이 서서히, 그러나 돌이킬 수 없이 불행의 늪으로 빠져들기 시작한 건.

통장 잔액은 줄어들고, 손바닥엔 연고 바를 상처가 늘어갔다. 홧김에 마시는 술의 양도 늘어만 갔다. 다대포의 파도는 어김없이 밀려왔다가 밀려갔고, 그만큼 내 삶도 조금씩 깎여나갔다.

이따금 생각해 보면, 선배는 애초부터 나를 쫓아내려고 일부러 집에 오지 않았을지도 모른다. 아니면 애인을 부추겨 나를 내몰았을 수도 있다. 설령 그랬다 해도— 나는 원망하지 않았다. 그깟 돈 몇 푼 대신, 여자를 얻었으니까.

알콩달콩했던 동거도 몇 개월이 지나자, 저녁이 되면— 다른 사람들이 된장국을 끓이며 분주할 시간에, 그녀는 꼭 앉은뱅이 거울 앞에 앉아 오랫동안 화장을 했다. 화장품 냄새가 방 안에 은근히 스며들고, 조용한 파우더 팩트 소리, 붓 터치는 기도하는 듯 조심스러웠다. 거울 너머로 나를 힐끗 쳐다보던 그녀. 그 눈빛은 장난기 가득한 유혹 같았고, 입술을 살짝 내밀며 장난스러운 표정을 짓기도 했는데, 어쩌면 연민이 섞인 인사였는지도 모른다. 나는 그녀가 밤마다 어디를 가는지 묻지 않았다. 궁금하지도 않았다. 그저 머리를 괴고 모로 누운 채 바라볼 뿐이었다. 그녀는 속옷을 갈아입고, 브래지어를 착용하고, 원피스를 쓱 걸쳤다. 향수 냄새가 방 안을 한껏 휘감았다. 문을 나설 때면 어김없이 내 이마에 짧게 입을 맞추었다.

"자기야, 내가 늦더라도 기다리지 말고 그냥 자. 술 너무 많이 마시지 말고, 응?"

그때 나는, 그 말을 아무렇지 않게 들었다. 그 시절, 고깃배를 타고 바다에 나가면 며칠이고 기약이 없었고, 조업도 들쭉날쭉했다. 밤낮이 따로 없는 생활이었다. 그러니, 그녀도 얼마나 심심했겠는가. 나처럼, 그녀도 밤이면 친구와 어울리고 싶었을 것이다.

새벽이 되거나, 때로는 한낮이 되어서야 술 냄새를 풍기며 들어오는 그녀였다. 하지만— 내가 다쳐 돈을 벌어다 주지 못할 때도 그녀는 돈을 재촉하지 않았다. 그 점만큼은 고맙게 여겼다. 오히려 내 손에 몇 장을 쥐어 주며, "술이나 사 마셔." 하던 날도 많았다.

어차피 우리는 혼인한 사이도 아니었다. 질투해 봤자 무슨 소용이 있으랴. 남자의 질투란, 대개 비열하고 잔인하게 치닫다가, 결국엔 시궁창으로 곤두박질치는 법이었다. 보잘것없는 나에게서 도망치지 않는 것만으로도, 나는 그녀에게 고마워해야 한다고 생각했다.

낯선 여자

…그런데,
그랬던 그녀가—
아무런 말도 없이,
한밤중에 도망쳐 버린 것이다.

"왜 물어놓고는 대답을 안 해?"
이불 속의 여자가 약간 짜증 섞인 목소리로 되묻는다.
"무슨 말?"
딴생각에 빠져 멍하니 대꾸하자, 이불 속에서 그녀의 몸이 부스럭—
소리를 내며 움직였다.
"여기 있어도 되냐고?"
그러고 보니 반말이었다. 그런데도 이상하게 불쾌하지 않았다. 오히려 나도 반말하고 싶었다. 어쩌면, 그게 친근함의 표시일지도 몰랐다.
"하루 정도는 있어도 돼."
사실은 며칠이고 있어도 된다고 말하고 싶었다. 하지만 벌써 내 속을 들키고 싶진 않았다. 그리고 무엇보다—
그녀가 어떤 여자인지 알고 싶었다.
"너는 누구야?"
내 입에서 나온 말이 낯설게 느껴졌다.
언제부턴가, 나는 그녀의 말투를 그대로 따라 하고 있었다.
"응, 나는 말이야… 바로 너야."
나는 배시시 웃음을 흘렸다.

"내 그럴 줄 알았어."

"그럴 줄 알았다니?"

"거짓말할 줄 알았다고!"

"엉? 거짓말 아닌데."

"거짓말이 아니라면 거기서 나와 봐."

"나가서 뭐 하게?"

"얼굴 좀 보게. 누군지 알아야지."

"난 여기서 나갈 수 없어. 왜냐하면…"

"왜냐하면?"

"네가 나를 잡아먹었기… 때문… 이야."

그녀의 말이 흔들렸다. 목소리가 희미하게 깔렸다. 마치 잔파도에 몽돌이 구르는 소리처럼. 나는, 그녀가 주저하며 늘어놓는 말을 단칼에 자르고 싶었다. 말 같지 않은 소리였다.

"나는, 그러니까… 에, 뱃사람이야. 생선회를 좋아하지. 출렁거리는 갑판 위에서, 횟감을 썩둑 썰어 초장에 찍어 먹는 그 맛은 세상 무엇과도 비교할 수 없지."

"맛났겠구나?"

"그럼, 맛나다마다."

"그럼… 나를 잡아먹었을 땐 어땠어? …맛이?"

그 순간, 나는 이 여자가 미친 게 아닐까 싶었다.

하지만 이상하게도, 태연한 척 말대꾸를 받아 주고 싶었다. 천박하게도, 섹스를 두고 저따위로 시부렁대는 게 아닐까 싶어서.

낯선 여자 65

"어이, 넌 사람이잖아. 사람을 어떻게 먹냐?"

"남의 살은 다 맛있다며?"

"이봐! 말 같은 소리를 해라. 농담도 구분 못 해? 그리고 난 너를 몰라. 본 적도 없는데 어떻게 처먹냐?"

울화통이 점점 치밀어 올랐다. 그래서 더욱 쏘아붙였다.

"아무래도 넌 바보천치로구나. 냄새 나는 남의 이불 속에서 쥐새끼처럼 숨어 있기만 하고."

"……"

비아냥이 계속되자,

그녀는 마침내 결심한 듯 조용히 몸을 움직였다. 그리고—

이불 속에서,

천천히,

기어 나왔다.

물방울무늬의 하얀 원피스를 입고 있었다. 어디서 많이 본 옷 같았다.

그녀는 다소곳이 다리를 옆으로 모으고, 두 손을 무릎 위에 모아 쥐며 앉았다.

묘한 기분이 든다.

이게 무슨 감정이지? 낯선 여자가 아니라, 어쩐지 낯이 익은 여자 같다.

그런데도 친근함보다는 불안과 당혹감이 먼저 밀려온다. 마치 먼지 속에 오랫동안 덮어 두었던 상자가 느닷없이 열려 버린 것 같은 기분이다. 나는 선뜻 말을 꺼내지 못하고 그녀를 빤히 바라보았다.

그러자 여자가 먼저 입을 열었다.

"마도로스 박, 나야. 이젠 알겠니?"

나는 기억을 더듬으려 애썼다.

분명히 아는 얼굴이다. 누구지? 기억을 끄집어내야 한다. 그래야만 이 이상한 상황을 이해할 수 있을 것 같았다.

그때, 불현듯 한 생각이 머릿속을 스쳤다.

"…체리 홍!"

방 안의 유리창이 덜커덕거린다.

"통장과 패물 들고 냅다 튄 년!"

바람이 거세게 몰아친다. 금방이라도 비가 쏟아질 기세다.

"오랜만에 만났는데, 마도로스 박이 어찌 그런 말을?"

섭섭해하는 말투였으나 표정은 아무렇지 않아 보였다.

"그것들은 내 거잖아."

그녀의 말에 나는 다시 혼란스러워졌다.

"엉… 그랬나? …아무튼 체리 홍, 당신은 나를 차버리고 떠났어, 그날 밤!"

그 순간, 현관문이 세찬 바람에 쾅 닫혔다.

골목길에서 세숫대야가 나뒹구는 소리가 요란하게 들렸다. 어디선가 길고양이가 앙칼진 울음소리를 내지른다.

제기랄 것들!

나는 잠시 바깥의 소음을 견디며, 조용히 그녀를 살폈다.

"당신은… 늙지도 않았네?"

"죽었으니까."

"…왜?"

"왜라니?"

"왜 죽었냐고? 날 버리고 도망쳤잖아."

"잊어먹었구나? 가방 챙겨 나가려니까 네가 나를 때리고, 칼로 찔러 죽였잖아."

"내가?"

"그래. 무서워서 손을 내미니 손바닥을 마구 찌르고. 살려달라고 팔로 가리니 팔을 마구 찌르고. 내 아픈 심장을 마구 찔렀잖아."

"그리고는?"

"그리고는 내 몸을 잘게 토막 내고, 살점을 회 뜨듯이 도려내어, 부위별로 비닐에 넣었잖아. 갈비까지 챙겨서."

"내가? …당신도 경찰이랑 똑같은 소리를 하는구나?"

창문 밖으로 번개가 번쩍였다. 곧이어 천둥소리가 요란하게 집채를 뒤흔든다.

후드득, 빗줄기가 거칠게 창을 때린다.

나는 갑자기 숨이 턱 막혔다. 두 손으로 머리를 감싸 쥐고, 두 눈을 질끈 감았다.

아아, 그렇다!

그제야 체리 홍이 말한 대로 잊고 있던 기억이 하나씩 되살아났다.

젠장! 이제야 생각났어.

나는 살인마야.

체리 홍, 내가 당신을 죽였어.

솔직하게 죄를 자백하고 뉘우치면 감형이 된다고 했다. 나는 형사가 말한 대로 검찰에 가서 모든 걸 자백했다. 감옥에 갇혔던 날들이 떠오른다. 나는 죗값을 치렀다.

나는 조용히 훌쩍였다. 사내 체면이 말이 아니지만, 내 숨죽인 한탄은—

더욱 거세지는 유리창과 슬레이트 지붕과 골목길 바닥을 때리는 빗줄기 소리에 묻혀 그녀가 알아채지 못할 것 같았다.

그러나 그녀는 알고 있었다.

"울지 마. 자기는 죄 없었어."

…하여간 눈치 빠른 여자다. 천성이 그런지, 위로도 곧잘 한다.

"제기랄! 그런 소리 마. 난 재판도 받았고, 형사들한테도 털어놨다고."

"자기가 죽이지 않았어."

"뭐?"

"아깐 심심해서 잘못된 수사를 뇌까려 본 거야. 나중에 진짜 범인이 잡혔잖아."

"…무슨 소리야?"

"고깃배 기관실 덮개에서 발견된 내 살점들, 자기가 묻은 게 아니야."

"그 배 선장이 너였어. 술과 진통제에 정신없이 취해 당신을 때린 것도 너였고. 형사들이 다 밝혀냈어."

"진짜 바보네?"

체리 홍은 싱긋 웃으며 고개를 갸웃했다.

"진짜 살인범은 중국에서 온 애새끼였잖아. 참고인 조사 중에 달아났다가 다른 범죄로 잡혔지."

"…마오 군?"

"맞아. 바로 아네? 걔가 살인마야."

갑자기 어질어질하다. 속이 뒤집히는 것 같다. 몸도 떨리고, 갈증도 심하게 난다. 술이라도 더 마셔야 정신을 차리겠다.

"그놈이 내 패물을 팔아먹고, 고용주와 싸우다가 체포됐어. 경찰 조회로 들켰지. 사건 당시 고깃배에서 일하던 놈이었는데, 수사가 시작되자 냅다 튀었더라고."

"그래서?"

"조사받다가 자백했어. 현장 검증까지 마쳤고."

"…얼마나 세게 조졌으면 자백했을까?"

"그러게. 근데 그 자식, 그래도 자기보다는 덜 맞았을 거야."

누가 먼저랄 것도 없이, 우리는 실실 웃음을 흘렸다.

우리는 마치 미친 사람들처럼 한참을 그러고 있었다. 결국, 그녀가 먼저 말을 꺼냈다.

"미안해."

"미안하기는. …그래도 내가 선장인데, 그깟 조선족 똘마니한테 애인을 빼앗긴 것도 모르고 싸돌아다녔으니… 그때 내 꼴이 말도 아니었지."

새삼스럽게 찝찝한 기분이 들었다. 말꼬리를 흐리며 바닥에 나뒹구는 소주병을 집어 들었다. 먹다 남은 알코올을 털어 넣으며, 녹슨 기억이라도 말끔히 지워 버리고 싶었다.

"그래 이제야 확실히 알겠어. 체리 홍, 당신은 내가 몸을 좀 추스르고 다시

고깃배를 타기 시작한 뒤, 그 선원 놈과 붙어먹으며 몇 날 며칠을 싸돌아다녔지. 그놈, 마오 자식 말이야. 하지만 사실, 당신은 언제나 뭐든 오래가지 못했어. 그놈하고도 결국 시들해지자 뿌리치려고 했겠지. 문제는 그 녀석이 가만히 있을 리 없었다는 거야."

"나, 그런 사람 아니다. 남자 가릴 줄 아는 여자야." 그녀가 담담하게 말했다. "그 애가 타국이라 낯설어하고 선원 생활을 힘들어해서 위로해 줬던 것뿐이야. 그런데 그 자식이 그만…."

나는 그녀의 말을 가만히 듣다가 담배꽁초를 입에 물었다. 입안이 싸하다.

"아무튼, 당신은 내가 고기 잡고 돌아오는 날, 가방을 둘러메고 떠났지. 완전히 끝낼 작정이었겠지."

"그 새끼 다시 만날 생각 없었어."

나는 꽁초를 퉤, 하고 뱉었다.

"알아. 당신은 '무씨'라는 놈을 만나기로 했었지. 선착장 근처 술집에서 몇 번 본 그 자식."

나는 그녀의 표정을 살피며 말을 멈추었다. 하지만 그녀는 아무런 반응도 없이 덤덤한 얼굴로 뒷말을 재촉했다.

"얘기해. 그래서?"

"그런데 가는 길에 마오 놈과 맞닥뜨린 거야. 놈은 나중 진술에서 우연히 마주쳤다고 떠들어댔지만, 내 생각엔 스토커처럼 따라붙은 거겠지. 썩을 중화에 빠진 풋내기들은 세상만사를 자기 위주로 행세하거든. 결국 놈은 당신을 폭행하고 배로 끌고 갔지. 그리고 당신이 오지 않자, 무씨가 선착장으로 찾아왔어. 그때 당신은 기관실에 갇혀 있었고, 마오 놈은 저항하는 당신을 제압하려고 칼을 휘둘렀지. 그렇게 끔찍한 일이 벌어진 거야."

"…정말 미안해." 그녀가 낮게 말했다.

"근데 자기는 어떻게 그런 것까지 다 알고 있지?"

"나도 처음엔 몰랐지. 사건이 워낙 억울하고 끔찍했다고 하더라. 나중에 범죄의 재구성이라면서 티브이에도 나오고 했어. 인터넷에서도 떠들고 난리가 났지. 보니까 자잘한 것까지 죄다 적혀 있더라고."

"…그랬어? 근데 그 자식 감방에서 벌써 나왔다던데?"

"그랬나? …우리 법이 착해 빠져서 그래. 피해자만 맞은 데 또 맞는 세상이잖아."

"……."

그녀는 아무 말이 없었다. 바깥은 폭풍우가 휘몰아치며 야단법석인데, 그녀의 침묵 속에서 세상이 갑자기 적막해졌다. 마치 우리가 단 한마디의 대화도 나눈 적 없었던 사이처럼, 그녀는 멀뚱히 나를 바라보고 있을 뿐이었다.

한참 후, 그녀가 간지러운 목소리로 중얼거렸다.

"추워… 들어가야겠어."

그녀는 솜이불 속으로 몸을 쏙 숨겼다.

"자기도 들어와. 내가 안아줄게."

그녀의 목소리는 다정함으로 가득했다.

머뭇거리는 내 모습을 보고는, 그녀는 나긋하게 말을 덧붙였다.

"딴마음 없으니까. 그냥… 상한 몸과 마음을 어루만져 주고 싶어서 그래."

나는 작게 한숨을 내쉬었다.

"나도 그러고 싶긴 한데, 왠지 무섭네."

"왜?"

"그냥."

"그때 일 때문에 마음이 상해서 그래?"

"괜찮아. 다 잊었어. 나라도 그런 사람 만났다면 같이 달아났을 거야. 인생이 멋지게 바뀔지 누가 알겠어."

내 말에 그녀는 다시 침묵했다.

폭풍우 소리가 점점 더 거칠어졌다. 오늘따라 저 난장판 같은 소리가 유독 거슬렸다. 혹시 내가 쓸데없는 말을 해서 체리 홍의 심기를 건드린 건 아닐지 걱정이 들었다. 침묵은 길어졌고, 과거에도 이런 순간은 한두 번이 아니었기에 나는 넌지시 말을 돌려보기로 했다.

"아까 얘기, 당신을 하찮게 보려고 한 게 아니야. 당신은 나보다 훨씬 유식했어. 좋은 남자를 얼마든지 만날 수 있는 여자였으니까 그런 말을 한 거야. 근데 나를 만나는 바람에 신세를 조졌던 거지."

그녀는 물끄러미 나를 바라보다가 고개를 끄덕였다.

"그렇지? 자기 말이 맞아. 난 늦게나마 대학도 나왔고, 문예지에 글도 보내던 여자였지. 그런데 직장 하나 못 구해서 화류계에 발을 들이고, 결국 돈 욕심에 허덕이고 말았어."

"그랬구나. 거기까진 몰랐네. 하지만 똑똑한 여자인 건 확실했어."

나는 새삼 그녀의 눈치를 살폈다. 그녀가 왜 나를 찾아왔는지, 어렴풋이 짐작이 갔다.

"이제 와서 하는 말인데, 당신하고 있으면 가끔 숨이 막히고 속상했어. 게

낯선 여자

다가 허구한 날 술만 마셔댔잖아."

"듣고 보니 정말 그랬네. 앞으로는 그놈의 술 좀 줄일게. …근데 나도 한때 선원 학교 나와서 외항선도 탔던 사람이야. 그때는 꽤 잘 나갔었지."

그녀가 미소를 지었다.

"속상해하지 마. 당신은 착한 사람이었어. 남 속일 줄도 몰랐지. 다만 술 때문에 엉망이 됐을 뿐이야."

"그러게 말이야."

우리는 허파에 바람 든 사람처럼 서로를 바라보며 실없이 웃었다. 그것은 허망한 기분을 감추려는 작은 몸짓이었다. 어쩌면 서로가 겪었던 후회와 불만을 이제라도 화해하려는 노력일지도 모른다. 적어도 나는 그러고 싶었다.

"바보! 거기 있으면 안 추워?"

"추워."

"그럼 들어와."

"…그럴까?"

누군가 내 어깨를 거칠게 흔든다.

낯선 사내였다.

"밤새 이러고 계셨어요, 아저씨?"

그가 말을 걸며 아는 체를 한다. 머리가 어지럽다. 그래도 웃어야 한다. 낯선 사람이 나를 해치지 않게 하려면 웃는 게 상책이다. 그런데 오늘따라 웃음이 버겁지 않다. 이상하게도, 쉽게 웃어진다.

언제 왔는지 모르게, 사이렌 소리도 없이 경찰들이 방 안으로 들이닥쳤다.

모두 사복 차림이다.

"아저씨가 저기 이불 속에 여자가 있다고 그랬잖아요. 지금도 있어요?"

"내가 언제?"

그러자 낯선 사내가 짜증 섞인 목소리로 윽박질렀다.

"에이! 아저씨가 어제 분명히 그랬잖아요!"

"난 몰라. 아무것도 없어."

나는 무심히 대답하곤 되물었다.

"근데 당신은 누구요?"

"네? …저 모르겠어요?"

내가 대답 없이 가만히 있자, 낯선 사내는 옆에 있는 사람들과 대화를 나누며 힐끔힐끔 나를 훔쳐본다. 그들 중 한 여자가 앞으로 나선다. 여자 형사 같았다.

그녀는 부드러운 미소를 지으며 말했다.

"연락받고 왔습니다."

그녀의 목소리는 차분했지만, 가까이 다가오며 코끝을 벌렁거렸다. 내게서 술 냄새가 났겠지. 그녀는 눈을 가늘게 뜨며 내 얼굴과 눈을 살폈고, 한 걸음 물러서서 내 몸을 위아래로 훑어보았다. 속옷 차림의 내 몸을 보고 그녀는 뭔가를 찾으려는 듯했다. 범죄의 흔적이라도 찾으려는 걸까? 나는 아무 말 없이 가만히 있었다. 먼저 나서는 건 어리석은 일이었다.

"몸이 많이 말랐네요. 식사라도 제대로 하셨나 몰라."

그녀가 혼잣말처럼 중얼거리며 내게 물었다.

"방 안에 누가 있다면서요?"

이젠 말하지 않을 수 없었다. 나는 이불 쪽을 곁눈질하며 퉁명스레 대답했다.

"아무도 없어. 이불이 더러워서 거기 들어가기 싫어서 그래."

그러면서 억지로 선량한 미소를 지었다.

그녀는 이불 쪽을 힐끔 보곤 고개를 끄덕였다.

"알겠습니다. 우선 먹고 자는 것부터 해결해야겠네요. 어르신, 우리랑 같이 가시죠."

그녀의 말에 왠지 기분이 좋아졌다. 나는 낯선 사내를 슬쩍 바라보았다. 그가 사람을 부른 것 같았다. 그의 굳은 표정과 일그러진 입매는 내가 이들과 가지 않으면 안 된다는 걸 말해주고 있었다. 그는 애써 미소를 지으며 한 마디를 던졌다.

"조카분이 급한 일이 생겨서 못 온다고 하네요. 제가 대신 위임받아서 진행 중이에요."

그는 한 차례 헛기침하며 내 눈치를 살폈다.

"뭐, 별일 아닙니다. 아저씨 좋게 되시라고 하는 일이니까요."

나도 그럴 것 같았다. 친절하고 차분한 말투로 보아 이들은 경찰이 아니라 복지과 공무원들일 것이다. 길가에 세워진 구급차만 봐도 알 수 있었다.

"흐흐…." 나는 마침내 이곳을 떠나게 되었다. 을씨년스럽기 짝이 없는 이 방구석에서 벗어나, 따뜻한 침대와 삼시세끼 식사가 주어지는 큰집으로 가는 것이다. 진작 가고 싶었지만 아무렇게나 갈 수 없는 곳이었다. 그러다 낯선 사내의 도움으로 이번에 가게 된 것이다. 나는 그들의 부축을 받으며 현관문을 빠져나갔다. 땟국물 같은 잔정이 들었던 집이지만, 그리워할 여유는 없었다.
 그 순간, 이상한 기분이 갑자기 폐부 깊숙이 파고들었다. 나는 걸음을 멈췄다.
 뒤돌아보며 슬쩍, 저 깊고 어두운 이불 속을 바라보았다.

사는 이유

간이역에 내렸다.

겨울이 먼데, 바람 끝이 싸늘하다. 선뜻 나가지 못하고, 몸을 움츠린 채 서성거렸다.

또각또각, 구두 뒷굽 소리가 플랫폼 위로 퍼져나간다. 걷도는 발소리를 귀에 담는 내 몸짓에, 어딘가 씁싸래한 기분이 맴돈다.

저기, 선로 틈새. 마른 흙바닥에 뒤엉킨 잡초 더미. 저것들 가운데 들꽃 한 송이 피워 낼 풀떼기가 있을까. 문득, 손톱같이 앙증맞은 하얀 꽃이 떠올랐다. 작지만 단단했던, 어렸지만 끈질겼던 그 생명.

"잘 지내셨어요? 음… 아, 아."
목젖에 걸린 소리를 게우려 입술을 달싹였다. 목소리가 갈라진다. 마음속으로 몇 번이고 되뇌었다.
'나를 반겨줄까?'

그의 맑은 목소리가 귓가에 되살아났다.
"친구 만나러 갑니다. 거기 풍광이 더할 나위 없다는데, 산세가 좀 가팔라서…"

바람을 타듯 흘러가던 말투, 그 말끝에 감기던 미소. 그가 보고 싶었다.
잠결처럼, 진혼곡처럼, 나를 달래던 눈빛과 콧날. 그리웠다. 그래서 이곳까지 왔다.

보고 싶다.

올라갈까, 아니면 불러낼까. 사소한 선택조차 망설여졌다.
멀리서 기적 소리가 들렸다.
떠나는 기차인지, 다가오는 기차인지 모를.
그의 모습처럼, 아득한 소리.
붙잡을 수 없고, 다가가려 하면 멀어지는 사람.

누런 볏단이 쌓인 구불구불한 논길을 따라 걸었다. 붉게 익은 고추밭 두렁을 넘고, 얼기설기 열매가 매달린 죽매화나무 군락을 지나니, 산언저리 단풍이 눈에 들어온다. 혹독했던 여름, 지친 잎들은 붉게 물들지 못한 채 비틀려 땅에 흩어졌다. 마치 태양의 부스럼을 털어내려는 듯.

먼지 이는 신작로를 따라 걷다, 산길로 접어드는 모퉁이에서 멈췄다.
그가 말했던 가겟집. 여기서 전화를 걸면 암자로 연결된다고 했었다.
"찾아오셔도 됩니다."
그의 목소리가 귓가에 맴돈다.
그날 밤, 그는 어떤 마음으로 나를 바라봤을까. 무엇을 생각하며, 그런 말

사는 이유

을 남긴 걸까.

"전화하면 내려가겠습니다."

그 말 한 줄이, 오랜 장마를 걷어내는 햇살처럼 가슴에 닿았다.

그래서 길동무가 되든지, 아니면—

그는 실없는 사람이 아니니까. 아니기를 바라니까.

성불암.

황톳길 옆, 반쯤 기운 나무판 표지. 바스락거리는 자갈이 발끝에 걸린다.

"가 보거라."

억겁의 세월을 굽이쳐 온 길이 그리 말하는 듯하다.

이참에 인생이란 무엇인지, 세상과 마주하는 스님의 마음은 또 어떤 빛깔인지, 그 조용한 물음에 귀 기울여 보라고.

무작정 오르기로 했다.

만약 그가 다가와 어색한 몸짓으로 나를 마주하게 된다면. 나는 어떻게 해야 할까?

낯설어하며 속내를 감추려 애쓸 내 모습이 두렵다.

이번만은 달라지고 싶었다.

헤프게 만나고 어설프게 떠나는 인연의 굴레, 이제는 끊어내고 싶었다. 내 인생은 그동안 겉돌고 헛돌다, 이렇게 한 곳에서 멈췄다.

숨이 차오르더라도, 이 고개를 넘고 싶다. 그의 앞에 다다를 수 있다면,

그가 나를 어떻게 바라보든, 어떤 결말이 기다리든.

나는 다 했노라고, 마음을 다했노라고 말하고 싶다.

이 여린 사랑이 되풀이되는 결핍과 욕망 속에 짓눌려 결국 집착으로 끝나 더라도.

가겟집 앞에서 기웃거렸다. 그가 말했던 이곳, 어딘지 모르게 궁금했다. 아무도 보이지 않는다. 그냥 지나치려는데, 안쪽 방문에서 행주치마를 두른 아줌마가 나온다. 그녀는 치마에 손을 훔치며 빙그레 웃는다. 나는 삐걱거리는 미닫이 유리문을 무심코 열었다. 혹시나 의심을 살까 싶어 몸을 낮췄다.
들어서는데, 아줌마가 콧소리를 내며 툭 내뱉었다.
"흥! 성불암 갈랑가벼?"
당황스러웠다. 어떻게 알았지?
"껌 있어요?"
살만한 게 없어 보여 무심코 둘러댔다.
가게 안은 어수선했다. 진열대에는 잡동사니 생활용품과 과자 몇 봉지, 벽 한쪽엔 술 상자가 아무렇게나 쌓여 있었다. 나무 탁자 위에는 오래된 막걸리 냄새가 배어 텁텁한 기운이 감돌았다.
아줌마는 내 모습을 훑더니, 콧방귀처럼 웃었다.
"호호, 여그는 워매 오지당께. 암자 갈 일 아님시롱 얼씬도 안혀!"
암자에 가는 사람만 온다면서 술을 파는 게 묘하게 걸렸다. 어디서나 술타령이라니. 익숙한 풍경이지만, 그게 오늘은 유난히 불쾌했다. 붙어사는 사내가 술에 찌든 사람이라 더욱 그랬다. 진절머리가 난다. 오죽하면 접대부 노릇을 때려치우려 할까. 당장 먹고살 내 목숨줄인데도.
아줌마는 한숨을 쉬며 넋두리를 늘어놨다.

"올여름에 콜레라 돌아불제. 몇 년째 가뭄이 들었응께, 인심이 팍팍해져갖고 공양이고 뭐고 발길이 딱 끊어져붓다잉. 작년에 광주서 난리 터졌잖여. 생사람이 퍼뜩퍼뜩 죽어 나갔는디, 그라믄 염병이 안 돌고 배기겄냐. 어휴! 데모는 또 와 해불고 그런다냐…"

듣는 중에 속이 부글부글 끓었다.

'아, 시발. 뭐시여. 광주가 뭐 어쨌다고 지랄이여…'

짜증이 목구멍까지 차올랐지만, 그녀를 탓할 순 없었다. 광주 얘기만 나오면 어김없이 속이 들끓는다. 욕지기가 먼저 치밀지만, 아무 말도 할 수 없었다. 어깃장을 놓고 싶은 내 속도 모른 채 아줌마는 구석에 처박힌 껌을 찾느라 먼지를 들쑤신다. 그 손길이 한가롭기 그지없다.

그녀의 짙은 화장, 특히 새빨간 입술이 거슬렸다.

'나도 남들 눈에는 저렇게 보였을까?'

아줌마는 묻지도 않은 신세타령을 늘어놓았다. 평소 말 상대가 없는 게 분명했다. 내가 잠자코 듣고 있으니, 그녀는 의혹 가득한 눈빛으로 나를 훑었다.

"근디 어쩌까? 가 봤자 출타하시고 안 계실 텐디."

스님이 하루가 멀다고 암자를 비운다며 툴툴거렸지만, 첩첩산중이라 적적해서 그럴 거라며 이내 감싸듯 말했다.

'뭐라?'

그 말을 듣는 순간, 왠지 모르게 언짢았다. 잘은 모르지만, 중생들이 산중으로 들어가는 건 고요와 무심을 얻기 위함이 아니던가. 그런데 왜 굳이 이런 말까지?

"그래두 혹시 모르제. 전화 혀볼까잉?"

말투가 묘했다. 마치 스님과 나를 엮으려는 듯했다.

"저는 암자 스님을 만나러 온 게 아니에요."

애써 태연하게 말했지만, 아줌마는 헛웃음을 터트렸다.

"아따, 내 정신 좀 봐라잉. 첨 왔다 했제? 화장기도 없이, 호호!"

그러더니 전화기가 있는 쪽으로 성큼 걸어간다.

'술은 그렇다 쳐도, 화장 얘긴 또 뭐람.'

"후! 그 젊은 총각 만나러 왔구먼?"

순간, 신경이 곤두섰다.

"전화는 됐어요! 그냥 올라갈게요."

"어, 됐다구? 얼굴에 핏기 하나 없이 가다 쓰러지기라도 하면 어쩔라꼬?"

예전엔 조명발 받겠다고 화장을 떡칠했지만, 요즘엔 맨얼굴로 다니니 별의 별 소리를 다 듣는다.

"얼마죠?"

껌값을 치르려는데, 그녀가 수화기를 내려놓으며 불쑥 말했다.

"아가씨, 누울 자리 봐 가면서 발을 뻗으랑께."

그러면서 내 모습을 쓱 훑는다.

고데기로 살짝 웨이브를 준 갈색 머리칼, 얇은 회색 재킷과 흰 블라우스, 진주알이 박힌 금목걸이. 머릿결 사이로 언뜻 비치는 다이아몬드 같은 귀고리도 봤겠지? 늘어뜨린 짝퉁 핸드백, 손가락엔 루비가 박힌 백금 반지, 회색 미니스커트 아래 은빛 뾰족구두.

그녀의 시선이 내 구두에서 멈추더니, 거기서 뭔가 생각이 많아지는 것 같았다.

"그 총각, 고시 공부 땜에 왔다던디, 내가 볼 땐 아서라, 쯧쯧!"
혀를 차며 고개를 절레절레 흔든다.
"암만 봐도 여간 보통내기가 아니더만. 수시로 여자가 들락날락허 가면서 그러더라고잉."
"그게 무슨 소리죠?"
나도 모르게 목소리가 높아졌다. 타지에서 히스테리가 발작하면 곤란하다. 아줌마는 히죽 웃었다.
"흥! 사내들 조심하란 말이여! 뭐, 그 총각 참말로 잘생기긴 했더만. 보아하니 색시도 혹해서 가는 것 같은디, 그 총각 말여, 여자가 한둘이 아니더라고잉. 그냥 재미로 만나는 거 아니믄 조심해야 헐 것이여. 괜히 상처받지 말라니까잉."
"아하하!"
나는 일부러 웃음을 키웠다. 감정을 털어낼 때마다 나오는 오래된 버릇이었다. 내 웃음소리가 사내처럼 드세서일까, 아줌마는 두 눈을 동그랗게 뜨고 말했다.
"쯧쯧! 이럴 줄 알았다니까. 다들 한번 당해 봐야 정신을 차린다니까잉!"
충격을 받으면 나는 오히려 침착해진다. 아니, 침착한 척하려 애쓴다.
"아줌마도 참! 요즘 세상에 호락호락 당할 여자가 어딨다고 그러실까. 하하!"
굵은 목소리로 호기를 부리며 돌아섰다. 더는 상대할 여자가 아니었다.
"뭐, 내가 본 게 다는 아니제."
등 뒤로 들려오는 목소리가, 질투와 오지랖으로 끓는 여편네의 잔소리 같았다.

'아, 시발. 제 앞가림도 못할 년이!'
"근디 산골까정 오는 처자들 보믄 다 사연이 있는 거 아니겄나?"
 계속 쭝얼대는 그녀의 억센 말 주걱이 내 등짝을 후려갈기는 듯했다.
 '저 여편네! 나보다 더 오래 살았겠지만, 나만큼 더러운 인생을 겪어보기나 했을까? 감히 내 앞에서 애욕의 그림자를 들먹이다니. 감히 날 깎아내리다니…'
 제깟 년이!

 휑한 자갈길을 오르며 심장이 점점 더 요동쳤다. 그렇다고 여기서 돌아설 수는 없었다. 비탈길을 오르며 숨이 차오르는 것이 단지 피로 때문만은 아니다. 아줌마의 말이 자꾸만 귓가에 맴돌았다. 그녀가 허튼소리를 지어냈을 리 없다. 슬픔과 분노, 불쾌한 감정들이 온몸을 기어다녔다.
 애꿎은 나뭇가지를 후려쳤다.
 '우! 참자.' 그래봤자 내 손만 얼얼할 뿐이다.
 걸음을 멈추고 손거울을 꺼내 들었다. 거울 속 여자가 낯설다. 가느다란 햇살이 스치자, 그녀는 멀건 눈망울로 나를 비웃는 듯했다.
 '젠장! 내 인생이 원래 그렇지.'
 스물아홉 해.
 이제 이 삶과 안녕이라 말해야 할까.
 무엇으로 살아가야 할지 막막했다. 거울 속 여자를 물끄러미 바라보다 피식, 웃음이 흘렀다. 이건 아니다.
 "홍진숙! 정신 차려."

자신을 다잡듯 속삭였다.

설령 아줌마의 말이 사실이라 해도, 그게 나와 무슨 상관이란 말인가. 나는 그저 좋아하는 사람을 만나고 싶었을 뿐이다. 그가 나를 받아 주기만 하면 그걸로 충분하다. 그의 과거가 어떻든, 사랑이 진실이든 아니든, 그건 내가 그를 미워하거나 떠나야 할 이유가 되지 않는다.

나는 누구인가.

여러 남자를 거쳤고, 한 남자와 동거하면서도 또 다른 남자를 기웃거리는, 어리석고 못난 여자. 그가 정말 그런 사람이라면? 오히려 내 안에 그림자처럼 남아 있는 애욕의 빚을 탕감하는 셈이 아닐까. 같은 입장이라면, 오히려 홀가분하게 사랑을 나눌 수도 있지 않을까.

…바람둥이끼리?

젠장! 갈수록 우울해진다.

그런데… 이 감정이 질투일까?

그렇다면, 나는 난생처음 질투라는 사치에 빠진 셈이다. 오늘 찾아가는 이 사내 때문에.

애정이 꼬일 때마다 나는 떠났다. 한쪽 마음이 어긋나도 떠났고, 둘, 셋의 갈등 따위는 감당할 가치조차 없었다. 나는 갈등이 싫었다. 오직 '선량한 사내'만을 쫓으며 살아왔다. 그들이 결국 고통을 받았다고 말해도, 나는 그게 누구 탓인지 고민하지 않았다.

그런데, 대체 이게 뭐람!

이 몹쓸 갈증은 생각지도 못한 바람둥이 앞에서 요동치는 감정의 우울 때문일 것이다. 결말이 뻔히 보이는 사랑을 또다시 저지르려는 불장난 같은 것.

그래서 속이 쓰린 거겠지.

아! 그를 떠올릴 때마다
시간의 강 위, 무언가 떠 있다.
출렁이는 물결 위에 던져진
한 점의 섬—

숨의 섬.

고요한 절간의 마룻바닥 위에서
그는 스스로에게 묻고 있을까.
존재란 무엇이냐고,
사랑은 유예된 침묵에 불과하냐고.
나는 부평초처럼 떨리며
그의 고요 곁에 닿고 싶지만,
물결은 나를 밀어내고
바람은 나를 헤맨다.
그와 함께 머물 수 있다면.
같은 공기를 들이쉬고,
같은 길을 나란히 걷는다면,
그것은 추운 세상에서
체온을 잠시 빌려 쓰는 것일 뿐.

그러면 나는, 나일 수 있을까.
그 한 줌의 온기가
세상을 덜 낯설게 할 수 있을까.
아니, 존재란
나눌 수 있는 것이 아니라,
끝내 혼자 견뎌야 하는
침묵의 형벌.
한 지붕 아래의 나날들이란
운명도 필연도 아닌
무관심한 세계가 허락한
작은 착오.
시간은 묻는다.
우연히 살아남은 우리가
무엇을 위해 버둥거리는지를.
나는 대답하지 못한 채
멈춰 선다.
망설임조차 잊은 정지,
방향을 잃은 안간힘.
그럼에도, 나는
또 한 걸음을 내디딘다.
사랑이든, 고독이든
이름은 의미가 없다.

살아 있음,
그 자체가 유일한 반항.
그러므로 지금,
이 부조리 앞에서
나는 숨을 쉰다.
이 순간이,
내가 가진
전부다.

나는 숲의 공기를 한껏 들이마셨다. 서늘한 기운이 폐부를 적시며, 뜨겁게 끓어오르던 감정을 서서히 식혔다. 바람이 불자 숲이 부스럭거렸다. 나뭇잎 하나가 빙그르르 돌아 내 발등에 내려앉았다.

'저 소리는 무슨 새일까? 동박새가 까부는 소리인가?'

곳곳에서 새들이 재잘거렸다. 마치 내 마음속 소란을 흉내 내듯, 고르지 못한 울음이 이리저리 튀어 다녔다. 멀리서 까마귀 울음이 길게 끌렸다.

가슴이 서늘해졌다.

"어디 한 곡조 뽑아볼까나? 나도 한가락쯤은 할 줄 알지."

혼잣말하며, 어린 시절 고향에서 들었던 타령을 흥얼거렸다.

> 아리아리랑 쓰리쓰리랑 아라리가 났네, 아리랑 흥흥흥 아라리가 났네. 문경 새재 웬 고갯가, 구비야 굽이굽이 눈물이로구나.

내 안에 맺힌 한을 풀어헤치듯 가락이 목구멍을 뚫고 터져 나왔다. 음정은 흐트러졌지만, 한 가닥 가슴속 응어리가 노래에 씻겨 내려갔다. 머릿속이 한결 맑아졌다.

"좋다. 까짓것, 계속 걸어보자."

나는 뾰족구두를 벗어들었다.

맨발로 걷는 흙과 낙엽의 감촉이 나쁘지 않다. 마치 땅이 나를 받아들이는 것만 같다. 서걱이는 낙엽 소리가 조용히 말을 걸어왔다. 길은 끝없이 이어졌다. 가끔은 평지가 나타나 숨을 돌릴 여유를 주었지만, 암자는 여전히 보이지 않았다.

'언제쯤 도착할까.'

그에게 한 걸음씩 가까워질수록, 불안감이 밀려왔다.

'그를 사랑해도 괜찮을까? 다가가면 안 되는 걸까?'

길을 잃은 것처럼, 내 마음도 어디로 향해야 할지 알 수 없었다.

숲이 깊어질수록 그늘도 짙어졌다. 나무들은 점점 키를 높이며 서로의 몸을 겹쳐 숨통을 조였다. 햇살은 점점 사라졌고, 땅은 축축하게 젖어 들었다. 스며드는 어둠이 나를 서서히 움켜쥐는 기분이었다.

'그를 멀리해야 할까? 사랑해서는 안 되는 걸까?'

가지들은 마치 나를 막아서는 팔처럼 흔들렸고, 풀잎은 살갗을 긁고 지나갔다. 바람은 더 차가워졌고, 어딘가에서는 들짐승의 기척이 났다. 나는 갈피를 잡지 못한 채 발걸음을 재촉했다.

'사랑이라는 것이 또다시 고통으로 다가오지 않을까!'

숲의 그늘이 짙어질수록, 내 안의 두려움도 자라났다. 숲은 나를 집어삼키려는 검은 심연 같았다. 그러나 그 심연 속으로 더 깊이 발을 들이밀수록, 나는 나 자신에게 더 가까워지는 기분이었다.

한 가지는 분명했다. 그에게 다가갈수록, 내 연정은 더 이상 돌이킬 수 없다는 것.

숲속의 그늘이 두려웠다.

길이 양 갈래로 나뉘었다. 어디로 가야 할까? 표지판 하나 없는 갈림길. 나는 그저 발이 이끄는 대로 널찍한 오르막을 택했다. 그러나 그 길은 생각보다 거칠고도 길었다. 땀과 숨이 뒤섞어 목울대에 고였고, 발밑의 자갈은 자꾸만 미끄러졌다. 걷고 또 걸어도 끝이 보이지 않았다. 숨이 턱 밑까지 차올랐을 무렵, 나는 어느새 막다른 동굴 앞에 다다라 있었다.

'어휴, 이럴 줄 알았으면 다른 길로 갈 걸…'

되돌아보면 내 삶이 늘 그랬다.

돌고 돌아 결국 막다른 길에서 멈춰 선 기억뿐이었다.

동굴 입구에는 빛바랜 현판이 걸려 있었다. 돌계단 옆으론 석상들이 묵묵히 서 있었고, 그들의 눈은 마치 오랜 기다림에 물든 것 같았다. 석굴암의 온화한 불상이 떠올랐다. 나는 문득 여기가 목적지— 암자일지도 모른다는 착각에 사로잡혔다. 안쪽을 슬쩍 들여다보니, 동굴은 어두운 뱃속처럼 깊고도 너른 품을 품고 있었다.

그때였다. 징— 웅장하고도 낮은 울림이 동굴 깊숙한 곳에서 퍼져 나왔다. 이내 누군가의 주문인지, 탄식인지 모를 소리가 어둠을 쓸며 메아리쳤다.

'…뭐지?'

그 순간 숲이 멈췄다. 새소리도 바람결도 숨을 죽인 듯, 싸늘한 기운이 내 등줄기를 타고 흐르더니, 내 안쪽까지 스며들었다. 본능처럼 한 걸음 물러섰다. 동굴 주위에는 대나무 몇 그루가 듬성듬성 서 있었고, 오방색 천들이 바람에 나부꼈다. 그 풍경은 이상하리만치 낯익었다.

어릴 적 살던 섬마을. 서낭당, 느티나무, 굿당과 풍랑을 기다리던 고깃배들···. 그러나 그 익숙한 조각들이, 산속이라는 낯선 틀에 들어서니 오히려 등골이 서늘해졌다. 이곳에도 누군가의 한 맺힌 사연이 깊이 새겨져 있는 걸까.

발걸음을 돌리려는 찰나, 누군가 내 앞을 가로막았다.

"어어! 조심하세요."

맑고도 낮은 목소리였다.

나는 흠칫 놀라 뒷걸음질쳤고, 그제야 눈을 들었다. 흰 한복 차림의 여인이 서 있었다. 머리에는 무명천으로 덮인 놋대야를 이고 있었고, 안에는 고사에 쓸 음식이 담겨 있는 듯했다.

나는 급히 손사래를 쳤다.

"어머, 죄송해요. 훔쳐보려던 게 아닌데요."

내 말에 그녀는 다정한 미소를 머금으며 고개를 저었다.

"암자로 가려면, 이 길이 아니에요."

그 말투에는 오래도록 같은 실수를 안내한 익숙함이 묻어났다. 가까이 다가서니, 그녀는 오십 대쯤 되어 보였고, 무당이라기보다 슬픔을 품은 올케언니 같았다.

한참 나를 바라보던 그녀는 이윽고 조용히 한숨을 쉬었다.

"또래 아가씨를 보니··· 죽은 내 자식이 또 생각나네."

목소리가 가늘게 떨렸다. 눈가를 옷고름으로 눌러가며, 애써 울음을 삼키는 모습이, 묘하게 오래전 내 엄마를 닮았다.

나는 가슴이 저릿했다.

"마음이… 몹시 아프시겠어요."

서툰 위로를 내밀자, 그녀는 마침내 고개를 떨구었다. 나는 망설이다가 조심스레 그녀의 팔을 어루만졌다. 그녀는 한숨처럼 길게 울음을 삼켰다.

그러나 이내, 그것은 터졌다.

"어훙… 흑흑! 앞길이 구만리 창창한 내 아들인데…! 아이고, 그 썩을 놈의 빨갱이 총에 맞아 죽었으니!"

그 처연하고도 깊은 울음이 동굴을 타고 울려 퍼졌다. 순간, 숲이 다시 멈췄다. 바람도, 나무도, 산새도, 그 깊고도 무너진 울음소리 앞에서 숨을 죽인 채, 고요히 고개를 숙인 듯했다.

그녀의 울음소리는 숲속에 스며들며, 내 마음을 후벼 팠다.

돌아가야 한다. 길은 언제든 되돌릴 수 있지만, 인생은 결코 그렇게 순탄히 되돌아가진 않는다. 과거는 이슬 낀 창 너머의 풍경처럼, 천천히 사라지고 흐려진다. 남은 건, 눈앞에 펼쳐진 이 산길. 바람과 나뭇잎이 속삭이는 이 길뿐이다. '이 길이 아니라면 다른 길로 가면 될 텐데…' 그 단순한 이치를, 왜 인생은 허락하지 않는 걸까. 더디고 힘들더라도, 상처를 바람에 내맡기고 살아갈 수는 없는 걸까. 산 아래서부터 따라오던 바람이 이마를 스쳤다. 차가웠다. 문득, 가슴이 쓰렸다.

그녀의 이야기. 아들을 잃었다는 그 비명 같은 고백이, 내 마음에 묻어 있던 오래된 생채기를 덧나게 했다.

'젠장! 나 하나도 제대로 추스르지 못하면서 남을 위로하려 했던 내가 우습다.'

타인의 상처를 보듬으려 했던 내가, 어쩌면 더 어리석었는지도 모른다.

그 생각은 꼬리를 물고, 천천히 과거를 더듬었다.

…배다른 오라버니. 어린 나를 아껴 주던 유일한 사람. 내가 초등학교 5학년일 무렵, 그는 막 제대한 대학생이었다. 나와는 띠동갑. 하지만 나는 그를 따라다녔고, 그는 내게 날개를 숨긴 천사 같았다.

그 시절의 기억은 햇살처럼 반짝이다가, 어둠처럼 쉽게 사라졌다. 그 시절을 떠올릴 때마다, 나는 숨을 쉬지 못하던 날들— 억눌린 공기 속에 조용히 질식하던 나를 떠올리곤 한다. 폐 깊숙이 잘못 들이쉰 공기처럼, 무겁고 축축한 무언가가 가슴을 짓눌렀다.

…그리고 엄마.

내게도 엄마가 있었다. 나를 낳아 준, 아름다웠던 젊은 엄마. 아빠가 감옥에 간 뒤로, 그녀는 한숨으로 하루를 이어 붙이며 살았다.

그해 겨울, 엄마는 부엌 한쪽에 서서 말했다.

"너도 이제 소갈머리 들 나이 됐응께 내 말 무슨 소린지 알것제… 엄마는 네 오라비 밥해 주러 광주에 간다잉."

너무도 평범한 말투였다. 그러나, 그날의 엄마 목소리는 마치 결별의 의식 같았다.

"너도 학교 마치고, 슬슬 광주로 넘어와라. 그동안 친척 어른들이 잘 돌봐주실 것이고, 엄마도 틈나문 얼른 와서 챙겨줄랑께. 어른들 말씀 잘 듣고 있어야 혀잉."

나는 구들 모서리에 몸을 말고, 이마를 벽에 댄 채 홀쩍거리고 있었다.

"지금 우나?"

"안 운다."

"가시나! 돌아보고 대꾸를 하든가 해야제. 엄마 말 알아들었냐?"

"알아들었다."

엄마가 우는지 팽, 하고 코를 푸는 소리가 들려도, 나는 돌아보지 않았다.

"엄마 탓할 거 없당께. 누구 탓도 아니여라. 너그 아부지가 귀신 장난에 홀려서 그런 거제, 그라고 너그 아부지 잘못도 아니여. 살다 보니 이렇게 된 건디, 누굴 탓한다고 뭐가 달라지겠냐잉."

엄마는 혼잣말처럼 중얼거렸다. 어쩌면 뼛속을 헤집는 한 맺힘과 절망을 그렇게 달래려 했던 건지도 모르겠다. 물인지 술인지 모를 것을 사발 가득 벌컥벌컥 들이키는 소리가 들려왔고, 나는 연신 꺽꺽대는 엄마의 울먹임을 듣다가 깜빡 잠이 들었던 기억이 난다.

그날 밤, 엄마의 울음과 웅얼거림이 내 어린 귀에 희미하게 엉겨 붙어 있다.

"'근본도 없는 역마살 낀 년을 데리고 올 적에 알아봤제', 다들 그라고 자빠졌다! 아이고, 그 잡쓰른 연놈들이 시방 또 씨불씨불하고 난리구마잉. 에고, 내 팔자야… 이런 넨장맞을 집구석에서 나보고 어째 살라고 그러냐잉!"

그리고 그 후, 엄마는 선착장에서 며칠이고 서성거리다가, 빗줄기가 드세던 어느 날 홀연히 섬을 떠났다.

생각의 파편은 언제나 예고 없이 날아든다. 날카로운 파편 하나가 심장 깊

숨이 박힐 때면, 나는 혼비백산한다. 머릿속은 갈대처럼 흔들리고, 두 발은 땅을 잃고 동동 구른다. 갈 길은 허공에 흩어지고, 내 마음은 중심을 잃은 난파선처럼 무너져 주저앉는다.

'왜 살아야 하지?' 그 이유마저 안개 속으로 사라질 즈음. 눈앞은 먹빛으로 가려지고, 몸은 바람에 떠밀리듯 흔들리며 허공 속으로 빠져들던 그때—

그가, 나를 붙잡았다.

두 팔 가득 내 몸을 낚아챈 그의 품 안에서 정신이 아득하게 돌아왔다.

'여긴 어디지… 왜 그가 여기 있지…?'

숨조차 가쁘게 끊긴 채 나는 그의 품 안에서 떨고 있었다.

얼어붙었던 내 몸이, 온기의 결을 따라 조금씩 떨리기 시작했다. 귓가에 낮고 부드러운 목소리가 속삭임처럼 흘러들었다.

"괜찮으세요…? 숨을, 천천히. 아주 천천히 내쉬어 보세요."

그의 손이 나를 감싸고 있었다. 나는 가쁜 숨 사이로 그의 팔 안에서 숨을 고르려 애썼다.

한 손에 들려 있던 뾰족구두가 그의 등 뒤에서 가볍게 흔들렸다. 그 작은 무게의 요동마저 감싸려는 듯 그는 전혀 흔들리지 않았다.

얼어붙은 마음과 몸이 조금씩 그의 체온 속에서 녹아내렸다. 하지만, 그 따뜻함 속에서 또 다른 의문이 피어났다.

'이건… 무엇이지?'

산길을 오르는 동안, 우리는 많은 말을 나누지 않았다. 그는 바위틈과 고목의 뿌리를 피해 내 손을 조용히 잡아주었다. 말보다 깊은 무언가가 그 순간들 속에서 흐르고 있었다.

"가게 아주머니 전화를 받고 서둘러 내려오던 길이었어요."
그가 가볍게 웃으며 말했다.
따뜻한 사람이다. 생각보다 맘씨 좋은 아주머니였다.

부둣가의 소란도, 니나놋집의 젓가락 장단도 사라지고, 남은 것은 풍경 소리의 땡강거림뿐—
산속 암자의 저녁은 그 어느 때보다 고요했다. 밤은 아름다웠다. 지나온 날들의 멍울을 달빛으로 감싸주는 위안 같았다. 암자는 생각보다 크고, 아늑했다. 돌과 흙, 기와와 나무가 짜 맞춘 공간 안에 어쩌면 잊힌 고향의 기와집 그림자가 희미하게 겹쳤다.
우리는 말없이 암자 경내를 걸었다. 고요가 짙어질수록 내 발걸음이 어색해졌다. 이 침묵 속에서 그와 나란히 걷는 내가 낯설게 느껴졌다.
"근데… 사람들은 다 어디 갔어요?"
내가 조심스레 침묵을 깼다.
막연히 암자 주변이 북적일 거로 생각했는데 그렇지 않았다.
"아, 친구 말인가요? 걔는 스님이랑 여수에 갔는데 아직 안 돌아왔네요. 보살할미 말씀으로는 종종 그렇대요. 곧 돌아오겠죠."
"왜, 같이 가지 그랬어요?"
"조용히 있고 싶어서요. 온 지도 얼마 안 됐고… 친구가 술을 많이 마셔서 버겁기도 하고요."
"친구분이 여기서 고시 준비 중이라고 들었어요."
"아버지 성화에 마지못해 공부하고 있대요. 고민이 많다고 하더군요."

"친구분 집이 잘사나 봐요?"
"친구 아버지가 법조계에 계시고, 옛날부터 떵떵거렸던 집안이라네요."
"네, 그래서 그런 말들이…."
 여자 애기를 꺼내고 싶은 마음이 굴뚝 같았지만, 나는 참았다. 짐작건대 그 여자들은 이 사람이 아니라 친구를 상대로 찾아왔을 것 같다. 괜히 속 좁은 여자로 비치고 싶지 않았다.

 보름달이 떠오르는 동녘 하늘을 배경 삼아 요사채 마루에 나란히 앉았다. 풀벌레 울음은 귓가를 간질이고 달빛은 무심히, 그러나 너무도 따뜻하게 우리의 그림자를 어루만졌다.
"보살할미가 지은 공양, 어땠어요?"
"한 상에 같이 앉아 먹으니 참 좋았어요. 나물도 정갈하고… 여긴 얼마쯤 머무실 거예요?"
"친구가 얼굴 한번 보자 해서 왔는데, 오래 있진 않을 생각입니다. 돌아가서 해야 할 일도 있고요…."
 그 순간, 내 안에서 무언가가 고개를 들었다. 갑작스러운 조바심이 가슴을 휘감았다. 지금이 아니면 영영 꺼내지 못할 말들이, 이 밤 속으로 사라져 버릴 것 같았다. 하지만, 입술은 쉽사리 열리지 않았다. 그의 침묵은 너그러우면서도 잔잔한 장벽 같았다. 나는 몇 번이고 입을 떼려다 끝내 말하지 못하고 삼켰다.
 속엣말을 꺼내려 할수록 어색해진다. 슬쩍 그의 얼굴을 보다가도 허공의 보름달에서 눈을 떼지 못하겠다. 술자리에서 그와 키스했던 기억, 허물없이 웃고 껴안던 순간들이 이처럼 고요 속에서 왠지 낯설게 멀어졌다. 이 거리는 침묵이 만든 틈인지, 내 안의 두려움이 만든 벽인지 헷갈렸다.

내가 머뭇거려서인지 그가 입을 열었다.

"예전에는 이곳 암자에 고시생도 많았고, 불자들도 북적였다고 하더군요. 그러다…."

그는 옛이야기를 들려주었지만, 내게는 그런 말들이 아무런 울림도 주지 못했다. 나는 단지 그가 달콤한 한마디를 속삭이길 바라고 있었다. 그의 온기를, 그의 손길을 바라는 갈망에 내 마음이 들끓었다. 아무래도 나는 성질 급한 여자일지 모른다.

"저기요, 어…."

목소리는 떨리고, 말은 흘러가다 부서졌다.

"사실, 아직 이름도 모르고… 그냥 장난처럼 '무씨'라 부르긴 했지만요…."

내가 말을 다 잇기도 전에, 그가 고개를 끄덕이며 말했다.

"무씨라 불러도 괜찮아요. 오히려 마음에 듭니다. '체리 홍'도 꽤 귀엽던데요."

그 순간, 그의 말은 부드럽게 내 귓가를 스쳤지만, 그 속은 어딘가 텅 비어 있었다. 그는 내 이름에 무관심해 보였다. 나 역시 그의 이름을 모른다는 이 관계는, 어쩌면 술김에 흘러버린 농담처럼 가볍게 스러질 하루살이 인연일지도 모른다. 나는 그에게 어떤 존재인지, 내 마음이 그의 심연에 닿기는 했는지조차 알 수 없었다. 텔레파시도, 예감도 느껴지지 않았다. 그의 말투는 내 마음을 감싸주는 듯했지만, 그 안엔 분명한 대답이 없었다. 그의 무심한 태도는 내 의지와 욕망을 다시금 꺾어버렸다. 나는, 그의 마음에 내가 어떤 그림자로 남아 있는지도 알지 못한 채— 늘 목말라했던 어리석은 사랑은, 낡은

사는 이유

목선처럼 삐걱대며 이내 닻을 내리려 한다.

그렇지만, 그런데도, 마음 한구석에서는 불쑥 오기가 피어올랐다.

'까짓것. 끝까지 가 보자.'

나는 크게 숨을 들이쉬고, 다시 내쉬며 그를 정면으로 바라보았다.

"저기요, 음…. 긍께요, 하나 궁금한 게 있응께요잉. …나를 어찌 생각허시요잉?"

어색할 만큼 짙게 덧씌운 사투리 속엔, 흔들리는 내 마음의 진동이 스며 있었을 것이다. 아직도 남아 있는 미련, '흠모'라는 말조차 서툰 감정을 감추기 위해 나는 눈을 크게 뜨고 그를 꿰뚫듯 바라보았다. 내 말투에 놀란 걸까. 그의 눈빛이 일순 흔들렸다. 그러곤 조용히 시선을 돌려, 처마 끝에서 흔들리는 풍경을 바라보았다.

땡그렁…… 땡그렁……

한참을 그렇게 있던 그는, 마침내 나를 슬쩍 바라보며 조용히 말문을 열었다.

"체리 홍… 난 당신이 예전부터 참 괜찮은 사람이라고 생각했어요. 친구들과 여행하던 중 처음 그곳에 들렀을 때, 도도하고 냉정해 보이는 그 표정을 보고 문득 궁금했죠. 저런 사람도, 사람들에게 사랑받을 수 있을까. 술꾼들에게 시달리진 않을까. 그런데 몇 번 그곳에 가면서 알게 됐어요. 당신은 투박한 몸짓과 거친 말투 속에 따뜻하고 고운 마음을 숨기고 있다는 걸요."

그의 말은 분명 진심이었다. 그러나 내가 듣고 싶던 말이 그 안에 있었는지, 끝내 알 수 없었다. 그 말들은 내 마음을 감싸주는 듯했으나, 손끝 닿지 않는 온기를 지녔을 뿐…. 나는 알고 싶었다. 그가 나를 얼마나 진심으로 마주하고 있는지를. 그래서 기다렸다. 침묵이든, 말이든. 어느 쪽이든 마음은 결론을 내려야 했다. 하지만 그의 말은 끝내 위로의 선을 넘지 못했다.

그러다 문득, 그는 조심스럽게 물었다.

"그런데… 왜 술집에서 일하게 되신 건가요? 혹시 상처가 될까 망설였는데 … 그냥, 궁금해서요."

그의 말은 내 삶의 흠집을 건드렸다. 하지만 그것은 이미 내가 오래전에 선택한 실수였기에, 더 이상 아프지 않았다. 나는 진심을 꺼내 보여야 했다. 하찮게 여겨지는 삶의 내막일지라도, 이 사람 앞에 드러내야만 했다. 그래야만, 그에게서 외면당하지 않을 희미한 신뢰의 끈을 붙잡을 수 있을 것 같았다.

'그래, 술집에서 함부로 몸을 내맡기는 여자의 속사정을 고백해야 해.'

나는 생각했다. 이 사람과 나누려 했던 풋사랑조차, 이제는 조용히 삼켜야 할지 모른다고.

아니, 나는 마음속에서 결론을 내렸다.

이 사람과 같은 공기를 마시고, 같은 길을 걷겠다는 헛된 마음은 인제 그만두자. 우리가 함께였다는 감각은, 실제로는 '둘'이 아닌, '둘인 척'하는 일이었다. 두 개의 고독이 스쳐 가는, 이름 없는 우연. 그 우연에 의미를 부여하려는 시도는 어쩌면 가장 완고한 집착이었는지도 모른다. 삶은 끝내 해명되지 않는 질문처럼, 답 없이 반복되는 하루의 파편일 뿐. 사랑은 이유를 묻는 순간 무너진다. 붙잡는 손끝엔, 텅 빈 감각만이 흐를 뿐이다. 한 지붕 아래 머문다는 것조차, 운명도 필연도 아닌, 그저 아무 일도 일어나지 않기에 가능한 정적의 반복. 무의미 속에서 굴절된 환상. 시간은 말이 없다. 묻지 않고, 듣지

사는 이유 101

도 않는다. 나는 그 침묵 속에 멈춰 선다. 몸이 아니라, 의미를 잃은 채. 그리고 나는 걷는다. 살아있기 때문이 아니라, 멈추는 법을 알지 못해서. 부조리한 세계 앞에서, 나는 쉼표처럼 떠돈다. 소멸과 다르지 않은, 생의 한 형태로.

나는 아주 차분히, 결론을 내리듯 그에게 대답했다.
"한순간의 실수가, 내 삶을 얼마나 무겁게 만들었는지… 이제야 말씀드릴게요. 공장에서 일하던 오빠의 도움으로 검정고시에 합격했고, 어렵사리 대학에도 들어갔어요. 하지만 생활비가 부족해 룸살롱 아르바이트를 시작했고, 그게… 내 발목을 잡았어요. 손에 쥔 큰돈의 유혹을… 이겨내지 못했던 거죠."
그의 눈빛이, 무언가를 꿰뚫으려는 듯 깊어졌다. 이윽고―
그는 조용히, 그러나 단호한 어조로 말했다.
"아마도… 오빠의 짐을 덜어주고 싶었던 마음이 더 컸겠죠."
그 말은 내 마음 깊숙한 곳을 찔렀다. 그때, 정말 그런 마음이었을까. 나조차 잊고 있었던 그 물음표 하나가 조용히 떠올랐다.
그가 다시 물었다.
"그때 부모님은 어떻게 하고 계셨어요?"
나는 잠시 침묵했다. 하지만 이쯤에서 감춘다고 달라질 것은 없었다.
"부끄러운 이야기지만… 아버지가 북한 간첩이었다고 해요. 신문에도 대문짝만하게 실렸죠. 그저 중선배 선주로, 소박하게 바다만 보고 사셨던 분인데… 결국 무기징역을 선고받고, 지금도 감옥에 계시겠죠. 엄마는 오빠 집에 간다고 하셨지만, 그 후로 연락이 끊겼어요. 지금은… 어디에 계시는지도 몰라요. 너무 오래전 일이 되어버렸어요."

나는 이참에 오라버니 이야기도 끄집어내고 싶었다.

"에라, 내친김에 싹 다 말해 불라요. 냉겨 놔서 멋헐라고."

나는 깊은숨을 내쉬고, 무너진 시간의 조각들을 천천히 꺼내기 시작했다.

"오빠는… 죽었어요. 광주항쟁이 한창이던 날, 시민군에 가담해 도청에서 저항하다가… 항복하고, 두 손을 들고 나아가던 찰나, 계엄군의 총에 그대로… 쓰러졌대요. 오빠 친구의 말로는… 아무런 경고도 없었답니다."

"오오, 저런…! 그 후엔 어떻게 되었습니까?"

그의 물음에 놀라기는커녕, 나는 담담히 말했다. 그것은 이미 오래전 내 안에서 굳은살이 된 전설, 말해도 말이 아닌 이야기였다. 그러나 점점 입술 끝이 떨렸고, 울음을 삼키려 애썼지만 결국, 무너졌다.

"그 후, 오빠 시신은 어디서도 찾을 수 없었어요. 생사불명이 되었죠… 흑…."

마음속에 꾹꾹 눌러 담았던 슬픔이 한꺼번에 터져 나왔다. '가시나! 이제는 무뎌졌다고 생각했건만…' 콧방울이 붉어지고 숨결이 흐트러지고, 울음을 삼키려 애썼지만, 아무 소용이 없었다. 그는 조용히, 나를 안았다. 떨리는 내 몸 위로 그의 따뜻한 숨결이 조용히 감돌았다. 바람처럼, 조용하고도 다정하게.

"국가가 꾸며낸 간첩단 사건들, 그동안 많았습니다. 그 대부분이 조작이었고, 시간이 흐르며 하나둘씩 진실이 드러나고 있어요. 나는 믿어요. 당신 아버지도… 억울한 누명을 쓰셨을 가능성이 큽니다. 체리 홍, 당신은 자긍심을 가져야 해요."

그의 말은 내 안에 묻어두었던 죄책감의 무게를 다시 떠올리게 했다. 나는 왜… 왜 한 번도 그 가능성을 깊이 들여다보지 않았을까. 왜 믿는 척하며 외면했고, 그 침묵 속에 나를 밀어 넣었을까. 어린 시절 감당하기엔 너무 거대했던 고통일까. 아니면 단지… 두려웠던 걸까.

'정말… 한심한 년이라니까…'

나는 그렇게, 속으로 되뇌었다.

사랑에 목말라하거나 눈물짓는 날이면, 그날의 기억이 소스라치듯 가슴 속에서 돋아나 나를 숨차게 하고 휘청이게 만든다. 그럴 때면 나는 어느새, 섬마을의 어린 날로 되돌아간다.

좋아하던 보름달도 고개를 숨긴, 그믐의 깊고 어두운 밤. 바깥은 파도 소리조차 잠든 듯 고요했고, 나는 황토방 아궁이 쪽 구들 벽에 얼굴을 묻은 채 잠들어 있었다. 아니, 몸에 열이 나고 앓는 소리를 내며 선잠을 자고 있었던 것 같다. 몸은 축축하게 젖어 있었고, 머릿속은 안개가 낀 듯 흐릿했다. 그때, 삐걱대며 방문이 열렸다. 어떤 아저씨가 들어왔고, 이내 내 몸을 더듬기 시작했다. 내 얼굴을 어루만지고 팔을 매만지며 이불을 젖히고 나를 반듯이 눕힌 뒤, 가슴을 더듬고, 귀에 입김을 불어 넣으며 나를 자신의 품으로 끌어들이던 그날 밤의 기억. 나는 끝내 눈을 뜨지 않았다. 아저씨의 몸짓에 그대로 따랐다. 그러나 두렵거나 무섭다는 생각 없이, 오히려 평온한 기분에 빠져들었던 그때의 기억— 아무것도 모를 어린 나이에 당한 성추행인데도, 기꺼이 따랐던, 그만큼 되바라지고 육감적인 아이였던 내가, 바로 나였다.

침묵이 어수선했다. 나는 쓰라린 기억을 밀어낸 채 몸을 일으켰다. 그러자 무씨가 얼굴을 붉히며 조심스레 말을 꺼냈다.

"저… 군대 다녀오고 복학했는데, 지금은 휴학 중이에요. 요즘 시국이 워낙 어수선해서 데모도 마음대로 할 수 없고, 공부도 손에 안 잡히고… 집 형편도 어려워 아르바이트해야 했습니다. 앞으로도 계속해야겠죠. 남자라는 이유로, 뭐든 해야 했고, 뭐든 할 수 있다고 믿었는데… 체리 홍의 직업에 대해서는 솔직히 편견이 있었던 것 같아요. 잠깐 그런 생각에 빠졌던 건… 제 잘못입니다. 쓸데없는 말을 했네요."

학생이라니, 전혀 예상하지 못했다. 어쩌면 나보다 어릴지도 모른다. 하지만 그의 말은 어쩐지 유난히 성숙하게 들렸다. 나는 고개를 저으며 입을 열었다. 헛기침이 나왔다.

"아뇨. 무씨 말이 맞아요. 대학까지 나온 제가 이렇게 노는 계집이 된 건, 결국 쉽게 돈을 벌려는 어리석은 탐욕 때문이었어요. 그건 부정할 수 없어요."

그는 조용히, 따뜻한 눈빛으로 나를 바라보았다.

"하지만 체리 홍, 타인에게 해를 끼친 건 아니잖아요. 물질에 대한 욕망은 인간의 본능이에요. 자연스러운 부분이죠. 중요한 건, 지금 체리 홍이 자신의 삶을 돌아보고 있다는 거예요. 그만큼 앞으로는 더 나은 삶을 살 수 있다는 뜻이기도 하고요."

그의 말은 분명 위로였지만 내 안에서는 더 깊은 무언가가 일렁이고 있었다. 이제야 깨달았다. 오라버니의 죽음은 단지 한 사람의 희생이 아니었다. 그건 목숨을 건 저항이었고, 숭고한 정의의 실현이었다. 나는 더는 숨지 않을 것이다.

"휴… 저 자신이 부끄럽네요. 이 어지러운 시국에, 고작 사랑 따위에만 매달리고…"

내 말이 끝나기도 전에, 그가 조심스레 말을 잘랐다.

"아니에요. 지금이라도 오빠 같은 분들의 정신을 되새겨야죠. 저도 부끄러워집니다. 하지만 그렇다고 해서 우리의 삶이 형편없었다고 말할 순 없어요. 체리 홍도 이제 새로운 시작을 하면 되는 겁니다. 사는 게 뭐 별건가요. 하나씩, 차근차근 디딤돌을 밟아 나가는 거죠. 그러다 가끔 뒤돌아보기도 하고요."

그의 낮고 부드러운 말투가 마음 깊은 곳을 어루만졌다.

나는 그를 바라보며 조용히 물었다.

"하나 물어보고 싶어요. 무씨에게… 나는 어떤 존재인가요?"

그 질문은 나 자신도 미처 예상하지 못한 것이었다. 그의 눈빛이 순간 흔들렸다. 그가 망설이는 건 당연했다. 사랑이란, 사람마다 다르게 찾아오니까.

나는 그의 대답을 기다리지 않고 말했다. 속삭이듯, 조용히.

"내가 사는 이유는… 사랑을 찾기 위해서예요. 끊임없이 갈구하고 또 갈구하죠. 결국 그 사랑을 얻기도 하지만, 언제나 짧고, 끝내 떠나요. 왜일까요. 알죠. 내가 화류계에 있기 때문이죠. 세상은 색주가에서 만난 여자의 진심을, 순정을 믿지 않으니까요."

그의 표정이 어두워졌다. 하지만 나는 멈추지 않았다.

"어쩌면 돈과 물질은 단지 생계의 수단이었는지도 몰라요. 내 안의 공허를 메우려, 남자들 사이를 떠도는 삶을 택했는지도 모르죠. 사람들은 말해요. 그 끔찍했던 기억이, 결국 이런 삶으로 이어졌다고. 하지만… 그것도 그냥 핑계일 뿐일 거예요."

나는 한숨을 내쉬었다. 목이 메었다.

"그래요. 다 내 실수죠. 어리석음이 빚은 결과예요."

그는 한동안 말없이 나를 바라보다가, 조용히 입을 열었다.

"체리 홍도 그렇지만, 저도 아직 젊습니다. 우리 또래는 누구나 사랑을 꿈꾸고, 이루고 싶어 하죠. 그건 체리 홍만의 욕망이 아니에요. 그러니 자신을 그렇게 미워하지 말아요. 자책은 오히려 우리를 갉아먹습니다. 만나는 장소, 방식, 그건 바꿀 수 있어요. 중요한 건, 마음이에요. 저도… 체리 홍을 돕고 싶습니다."

나는 그의 눈동자를 들여다보며 조용히 말했다.

"고마워요. 당신은… 내게 참 많은 위로를 주는 사람이에요."

그는 살짝 웃으며 말했다.

"그렇다면 다행이네요. …체리 홍."

"…네?"

"어릴 적의 어두운 기억은 이제 놓아버리세요. 무너진 가족, 억울했던 일들, 깨어진 자존심과 이루 다 헤아릴 수 없는 상실들… 그 모든 것에서 벗어나세요. 떠오르면, 지금 눈앞의 풍경으로 덮어 버리고, 천천히 눈을 감아 보세요. 그리고 깊게 숨을 들이쉬고, 아무 생각 없이 가슴속 공기를 느껴보세요."

그의 말은 마치 기도 같았다. 나는 그의 품 안에서 조용히 눈을 감았다. 어찌 이 남자를 사랑하지 않을 수 있을까. 그는 내가 살아야 할 이유를 말해 주는 사람이었다.

"고마워요. 예전에도 그 말을 듣고 따라 해보려 했지만… 쉽지 않았어요. 그래도 포기하지 않을게요. 악착같이 살아갈 거예요."

그가 나를 가만히 끌어안았다. 그건 연인의 품이라기보다, 지친 마음을 감싸주는 따스한 팔이었다. 그 품 안은 너무도 따뜻했다. 나는 조금 더 깊숙이 파고들었다. 그 순간, 희미하게 그러나 분명히, 가슴속에서 새로운 희망의 불씨가 타오르기 시작했다.

'사랑하고 싶다. 사랑할 수 있을까. 사랑해서, 정으로까지 번져갈 수 있을까. 언제까지고…'

그의 가슴 너머로 별똥별이 꼬리를 물고 밤하늘을 가른다. 한 줄기 바람이 뺨을 스치고, 하얗게 흩날리는 별빛이 이슬이 되어 내 이마를 적신다.

그의 말들— 내 가슴에 촉촉이 내리는, 살아서 흘러들어오는 말들.

"체리 홍, 그대의 아픔은 어쩌면 나의 아픔과 닮아 있을지도 모릅니다. 사랑을 찾아가는 여정은, 길 잃은 새가 별을 쫓아 날아가듯, 피할 수 없는 운명이니까요. 그대가 자신을 다치게 하더라도, 그 여정을 부정하지 말아요. 나, 여기 있어요. 어둠 속에서도 그대가 빛을 찾을 수 있도록, 곁에 있을게요."

나는 그의 품 안에서 두 눈이 감기고 잠이 들려고 한다.

어릴 적의 기억들이, 꿈결처럼 다시 피어난다.

나는 불을 때지 않은 차가운 구들장 아랫목에 누워 있었다. 이마를 벽에 기대고, 벽지 틈에서 배어 나오는 곰팡내를 들이마시며 겨우 마음을 놓았다. 숙모네서 저녁을 얻어먹고 텅 빈 집에 돌아와, 캄캄한 방에 몸을 뉘었는데, 그사이 시간이 얼마나 흘렀는지는 알 수 없었다.

잠결에 덜컥, 방문이 열리더니 누군가 들어왔다.

"우는 거어, 앓는 거어잉?"

들어온 아저씨가 내 이마를 짚었다.

"에고! 열이 있구먼? 이부자리도 걷어차불고잉."

아저씨가 내 몸을 반듯하게 눕혔다.

"아그야! 바로 누워 봐라잉. 가슴이 답답허냐?"

"…엄마 같이 가…… 엄마 같이 가……."

나는 여윈잠 속에서 꿈을 꾸고 있었던 것 같다. 그 꿈은 아득하고, 아린 것이었다.

아저씨는 내 가슴을 조심스레 쓰다듬으며 쓸어내렸다.

"가만히, 코로 숨 쉬고. 입으로 훠이, 뱉어봐라잉. 숨 들이쉴 적엔 배를 쭉, 내밀어야제. 그렇지그라잉."

"오빠야…?"

그제야 의식이 조금 돌아왔다. 아저씨는 아무 말도 하지 않았다.

나는 눈을 뜨지 않았다. 어둠 속에서, 아저씨가 누군지 알고 싶지 않았다.

"…오빠 왔구나?"

나는 나직하게 속삭이며, 아저씨의 팔을 감쌌다. 따뜻하고 억센 감촉이 느껴지자, 무섭고 슬펐던 마음이 차츰 녹아내렸다. 아저씨는 말없이 내 옆에 조심스레 비켜 누우며, 부들부들 떨리는 내 몸을 가만히 감싸안았다.

나는 그 품에 안겨 깊은숨을 쉬며 잠에 빠져들었다.

나를 꼭 껴안아 주는 오라버니의 품속에서….

"아그야, 푹 자라잉."

나지막한 속삭임이 꿈결처럼 들려왔다.

"내일 되믄 나아질 것이여. 다 좋아질 것이여잉."

죄와 벌

"세상은 언제나 소수의 악이 다수를 지배하고, 현실을 왜곡시키지. 그걸 받아들여야, 그나마 버틸 힘이 생겨. 그렇게 알고 살아가자."

단조로운 일상이 오늘도 계속된다.
박고시라는 홀로 남겨진 듯한 삶 속에서, 나이가 들어감에 따라 그 평범한 일상에 묘한 위안을 느끼기 시작했다. 세상의 소란과 격동을 잊고, 고요한 나날 속에서 자신을 찾으려는 마음이었다.
그녀는 앉은뱅이책상 위에 놓인 낡은 노트북을 켰다. 화면에 비친 날짜는 '2024년 10월 17일'. 어느 평범한 날, 어느 평범한 시간. 그러나 그날의 뉴스는 평범하지 않았다.

'대통령 부인의 범죄 행위, 무혐의 처리'

굵직한 머리기사가 화면을 가득 채웠다. 명품 가방 수수 의혹과 도이치모터스 주가 조작 사건에 대한 검찰 발표. 그녀의 눈길은 자연스럽게 뉴스 화면에 머물렀다. 예상했던 일이었다. 검사 출신의 대통령은 진실을 거짓으로 덮으려 애쓰고 있었다. 그의 아내와 측근들은 부패한 권력의 그늘 속에서 나라를 어지럽히는 사악한 행동을 서슴없이 자행하고 있었다. 그들 주위에는 거짓과 조작, 그 타락을 숭배하는 간신들이 포진하고 있었다.

박고시라는 무심코 손에 들었던 찻잔을 내려놓았다. 이미 식어버린 연잎차는 텁텁한 잔여물을 남긴 채, 손끝에 차가운 감각만을 남겼다. 화면 속에서 반복되는 단어들.

법치. 정의. 공정.

그 모든 것이 허울뿐이었다. 그녀는 천천히 숨을 들이마셨다. 마치 폐부 깊숙이 잿빛 안개가 스며드는 듯한 기분이었다.

대통령과 그의 아내는 크고 작은 국내외 사건에 부당하게 개입했고, 수사에 압력을 가하며 책임을 회피했다. 정치검찰을 동원해 야당 지도자들을 무자비하게 탄압하는 모습이 매일 뉴스 속에서 반복되었다. 사리사욕과 왜곡된 역사관에 사로잡힌 그들의 심리는, 국가의 법과 도리를 짓밟으며 권력을 오직 자기들만의 것으로 만드는 데 집중되어 있었다.

그녀의 손이 무심결에 책상 위의 펜을 쥐었다가 다시 내려놓았다.

뉴스를 볼 때마다 가슴이 먹먹했지만, 이제는 분노조차 희미해져 가는 듯했다. 그 모든 일들이 그녀의 가슴을 짓누르며 깊은 괴로움을 남겼지만, 어쩌면 그렇게 견뎌내는 것이, 그녀에게 주어진 숙명이었을지도 모른다. 그녀는 조용히 눈을 감았다.

어둠 속에서 그녀는 뚜렷하게 그날의 대화를 떠올릴 수 있었다.

"신념이 같다고 모두 같은 길을 가는 건 아니야."

창수의 목소리는 아직도 그녀의 기억 속에 깊이 새겨져 있었다. 오늘의 뉴스도, 그녀와 창수가 겪었던 과거의 갈등도, 결국 같은 뿌리에서 자라난 것이었다. 서로 다른 신념이 부딪히고, 타협할 수 없는 지점에 도달할 때, 누군가는 억압하고 누군가는 무너져야만 하는 현실.

그러나 그때와 다른 점이 하나 있었다. 과거의 그녀는 싸우고 변화시키려 했다. 이제 그녀는, 외면하거나 받아들이는 것만을 익혔다. 변화는 그녀의 손 밖에 있다고 믿게 된 것이다.

세상은 기이했다. 아니, 어쩌면 태초부터 그러했는지도 모른다. 창조주의 손길이 미처 닿기도 전에 균열은 이미 세계의 숨결 속에 스며들었고, 인간은 그 틈 사이에서 안온한 질서를 꿈꾸며 허망한 희망을 노래했다. 그러나 그 모든 꿈은 사막 위에 피어오른 신기루에 불과했다. 다가갈수록, 손을 뻗을수록, 그것은 모래알처럼 흩어졌고, 바람은 잔인하게도 그 희망의 환영마저 쓸어갔다. 결국 손바닥 위에 남은 건 허무뿐이었다.

우리는 눈을 감고 현실을 외면하려 했다. 그러나 진실은 기억의 어둠 속에서 몸을 뒤틀며, 망각이라는 가면을 쓴 우리를 조용히 비웃었다.

세상은 언제나 소수의 악이 다수를 길들여 왔다. 보이지 않는 실핏줄처럼 퍼진 그들의 손길은 세상의 틀을 조작했고, 부드러운 구름처럼 우리를 감싸되, 절대 걷히지 않는 그림자로 진실을 삼켜버렸다. 우리가 마주하는 현실은 조각난 유리창 너머의 풍경과도 같았다. 금이 가고, 일그러지고, 단 하나의 색조도 온전히 남아 있지 않은 세계. 그러나 사람들은 그마저도 진실이라 믿고 살아갔다. 빛이 왜곡되고 어둠이 짙어질수록, 우리는 오히려 그 굴절된 세상을 더욱 단단히 붙들었다.

그녀 또한 예외는 아니었다. 보이지 않는 무게가 어깨를 짓눌렀고, 돌덩이 같은 진실이 폐부를 서서히 압박했다. 때로는 숨을 들이쉬는 일조차 사치처럼 느껴졌다.

인류의 역사는 한 편의 고해성사였다. 시대가 흐르고, 왕조가 무너지고, 깃발의 문양이 바뀌어도 본질은 달라지지 않았다. 세상은 거대한 수레바퀴처럼 돌고 돌며, 결국 같은 길을 반복했다. 잿더미 위에 성채를 쌓고, 다시 그 성채가 잿더미로 돌아가는 순환 속에서, 인간은 헛된 구원을 찾아 헤맸다.

그러나 역설적으로, 그 모든 것을 깨닫는 순간, 그녀는 기묘한 안도감을 느꼈다. 어쩌면 그 진실이라는 세상사를 받아들이는 것만이 절망으로부터 자신을 지키는 길일지도 모른다. 그녀는 그렇게 살아가기로 결심했다.

거대한 수레바퀴를 멈출 수 없다면, 이제는 그 앞에서 헛된 발버둥을 멈추겠다고.

눈을 떴을 때, 보도 채널의 뉴스는 여전히 흘러가고 있었다. 사건은 늘어만 갔고, 부정과 타락은 더욱 깊이 뿌리내리고 있었다. 법은 강자의 수단이 되어갔고, 사적 욕망의 도구로 변질되고 있었다.

집권당의 부패한 인물들은 국가와 민족의 안위보다 오직 자기 이익을 우선시하며, 대통령은 그런 인물들을 권력을 유지하기 위한 도구로 삼고 있었다. 그들은 기득권을 지키기 위해 국정이 파탄 나는 것을 방치했고, 오히려 그 상태가 지속되기를 바랐다.

검찰은 공정과 정의의 수호자가 아니라, 권력 핵심 세력의 방패막이 되기를 자처하고 있었다. 오늘의 뉴스처럼, 부패와 깊이 연루된 대통령의 아내는 처벌은커녕 당당히 면죄부를 받았다. 우파 언론과 정치 비평가들은 이를 당연한 일로 받아들이며, 자신들의 편향된 시각을 정당화했다.

박고시라는 저 무수한 거짓과 위선 속에서 스스로에게 물었다.

'결국 나도 그 숲 한가운데 서 있는 걸까.'

한여름 콘크리트 숲속, 거친 열기에 갇힌 듯한 기분이 들었다. 그러나 외면할 수 없는 세상일들이고, 자신의 소업을 감당하려면 그 흐름을 파악해야 했다. 그녀는 그것을 받아들이고 억누르는 것만이 자신이 할 수 있는 최선이라 생각했다.

턴테이블 위에 지금껏 남아 있는 낡은 레코드.

바흐의 무반주 첼로 곡이 울려 퍼졌던 그날처럼, 지금도 그 선율은 기억 속에서 은은하게 들려오는 듯했다.

그녀는 턴테이블 앞으로 다가갔다. 조심스럽게 레코드를 올리고, 바늘을 살며시 놓았다. 깊고 낮은 첼로의 울림이 방 안을 채웠다. 그러나 오늘의 음악은 과거와 달리 공허하게 들렸다. 마치 어딘가 찢긴 악보처럼, 불완전하고 어지러웠다.

'이 혼란한 적막 속에서 나는 무엇을 해야 할까.'

박고시라는 깊은숨을 들이마셨다. 세상은 여전히 회색빛 안개 속을 걷고 있었지만, 주어진 시간은 아직 끝나지 않았다고, 그녀는 느꼈다.

박고시라는 5층짜리 다세대 빌라를 나섰다. 근처 가게에 들러 라면과 생필품 몇 가지를 살 생각이다. 오래된 건물은 그녀의 일상과 함께 늙어가는 것 같았다.

빌라 주변 거리는 낡고 퇴락한 주택가였다. 고만고만한 집들과 작은 건물들이 골목을 따라 빼곡히 늘어서 있었다. 미용실, 식당, 부동산중개소, 심부름센터, 가내공장, 작은 가게들이 무심하게 나란히 서 있었고, 그 오래된 거리의 풍경은 마치 시간 속에 고여 있는 듯했다. 그러나 도로 건너편, 50년 된 낡은 아파트는 한숨 쉬듯 먼지 먹으며 재개발을 기다리고 있었다. 불경기의 그늘이 점점 짙어지며 임대 딱지가 붙은 빈 가게들은 거리의 을씨년스러운 분위기를 더했다.

부동산중개소 앞을 지나려던 순간, 갑자기 한 여자가 문을 박차고 나왔다.

"저기요, 잠시만요."

박고시라는 무심결에 발을 멈췄다. 여자는 어색한 듯 미소를 지으며 다가왔다. 그 웃음에는 묘한 불편함과 함께 알 수 없는 친근함이 스며 있었다.

"바쁘지 않으시면 제 사무실에서 차 한잔하고 가세요. 물어볼 게 좀 있어서요."

박고시라는 망설였다. 여자의 눈빛이 애틋해 보였다.

"바쁜 건 아니지만…"

그녀가 머뭇거리자, 여자는 서둘러 말을 이었다.

"이웃인데, 저도 여기 인수한 지 얼마 안 됐거든요. 인사도 나눌 겸, 날도 우중충한데 그냥 지나치지 말고 잠깐 들르세요."

박고시라는 낯가림 없는 여자 모습에 고개를 끄덕였다.

"그러죠."
부동산중개소 안은 낡았지만 어딘지 모르게 따뜻한 기운이 감돌고 있었다.
"어떻게 불러야 할지 모르겠네요. 도사님이라고 하긴 좀 그렇고…."
"미쓰 박이라 부르세요."
"미쓰 박요? 아하, 아직 미혼인가 봐요? 호호, 그런데 미쓰라는 말, 좀 촌스럽지 않아요? 그냥 언니라고 부를게요. 저보다 연상이시죠? 아닌가? 피부가 탱탱해서 어려 보이기도 하고. 저는 마흔둘이에요. 걷늙었죠? 제 이름은 밝히기가 좀 그래서, 그냥 송 소장이라고 불러주세요."
여자의 빠른 말투 속에 박고시라는 묘한 리듬을 느꼈다. 그녀의 경계심이 조금씩 풀렸다.
"그렇다면 언니라 불러도 괜찮겠네요."
"오호, 역시! 느낌이 남다르시다 했어요. 차 드시면서 저 좀 봐주실 수 있나요? 사례금은 당연히 드릴게요."
박고시라는 가볍게 손을 저었다.
"여기선 좀 그렇네요. 물건 사고 바로 올라갈 거니까, 그때 오세요."
"그래요? 음… 거기 가는 건 좀 망설여지던데. 점집은 한 번도 가 본 적이 없어서 왠지…."
"알아서 하세요."
그녀는 자리에서 일어났다.
"저기, 도사님. 아니, 언니! 조금 있다 올라갈게요. 잘 봐주세요."
박고시라는 부동산중개소 문을 나서며 고개를 천천히 저었다. 마른 바람이 얼굴을 스치며 살갗에 스며들었다.

상가로 향하는 골목 모퉁이, 허름한 가죽 수선점이 하나 있다. 거기 유리창 너머로 한 노인이 웅크린 채, 낡은 수첩 위에 무언가를 집요하게 끄적이고 있었다. 문이 닫히는 소리에 노인이 고개를 들었고, 박고시라는 짧게 목례했다. 그러나 노인은 눈길조차 주지 않았다. 그의 손은 쉼 없이 움직였고, 낡은 펜촉이 종이를 긁는 소리만이 그 적막한 공간을 채웠다.

김 노인. 언젠가 낡은 가죽가방을 맡긴 적이 있었지만, 그가 그녀를 기억할 리는 없었다. 나이로 치면 팔순은 넘겼을까. 박고시라는 그를 지나치며, 이따금 수첩 위에 무언가를 갈겨쓰는 그의 뒷모습을 떠올렸다. 언제나, 누군가의 마지막 유언을 받아적듯 필사적인 손놀림이었다. 고요 속에 홀로 침잠한 사람. 시간의 가장자리를 살아가는 이처럼 보였다.

"세상은 소수가 다수를 지배하고 현실을 왜곡시키지. 그걸 받아들여야 버틸 힘이 생겨."

어느 깊은 밤, 박고시라의 머릿속에 그 말이 문득 스쳤다. 언젠가, 뜻깊은 자리에서 들은 말이었는지. 아니면 어느 책에서 읽은 문장이었는지는 기억나지 않았다. 다만, 그 무게만은 그녀의 가슴 깊숙이 내려앉았다. 마치 오래전부터 가라앉아 있던 돌멩이가 문득 물살을 가르며 다시금 떠오르는 것처럼. 이후로 그녀는 종종 그 말을 떠올리며 살았다. 어쩌면 그 말을 했던 누군가가 따로 존재하지 않았을지도 모른다. 애초부터 그녀 마음속에 자리하고 있던 생각이, 그제야 선명한 언어로 떠오른 것뿐이었을지도.

사람들은 더 나은 세상을 만들겠다고 외쳤지만, 결국 만들어지는 것은 또 다른 기득권의 게임일 뿐이었다. 질서를 파괴하겠다던 자들이 새로운 질서를 구축하고, 혁명을 꿈꾸던 이들이 또 다른 억압을 낳았다. 권력은 항상 새로운 얼굴을 하고 나타나지만, 본질은 바뀌지 않았다. 마치 헤엄쳐도 벗어날 수 없는 소용돌이처럼, 그 모든 몸부림이 결국 같은 지점으로 귀결되었다.

그녀는 깨달았다. 세상을 바꾼다는 것은, 결국 누군가를 위한 새로운 굴레를 씌우는 일에 불과하다는 것을. 혁신과 변화라는 이름 아래에서 또 다른 억압이 태어나는 것일 뿐이라는 사실을. 그리고 그 사실을 인정한 순간, 이상하게도 마음 한편이 편안해졌다. 바람을 거슬러 걷는 것을 멈추자, 오히려 발걸음이 가벼워지는 것처럼. 세상을 바꿀 수 있다는 환상을 내려놓으니 불필요한 절망까지 함께 사라졌다. 그러니 그녀 같은 이들이 무언가를 바꿀 수 있으리라는 착각은 이제 아무런 의미가 없었다.

어쩌면 이런 생각을 품는 것 자체가 비극일 것이다. 시대가 변하고 혁명이 일어나도, 세상의 근본은 변하지 않는다. 마치 아무리 갈아엎어도 다시 자라나는 잡초처럼. 세상을 바꾸겠다는 몸부림이 얼마나 허망한가. 만약 그녀가 여전히 세상의 부조리에 분노한다면, 세상은 그녀를 배제하고 부정할 것이다. 하지만 설령 세상이 그녀를 부정하더라도, 그녀는 자신을 부정할 수 없었다. 그것이야말로 인간이 짊어진 가장 깊은 고통이기에.

거대한 정치적 싸움이 벌어질 때, 최후의 승자만이 남는다. 그러나 그 승자는 우리가 꿈꾸던 이상적인 인물이 아닐 때가 많았다. 우리는 결국 그 승자들에 의해 길들어지고, 체제의 일부로 흡수된다. 그렇다면 우리에게 남겨진 선택지는 무엇일까? 사소한 것들에 분노하면서도, 결국 거대한 흐름을 따라가는 것. 그리고 마지막에 남는 것은 차갑고 냉정한 현실뿐이었다.

생각한다는 것, 가진다는 것 자체가 그녀에게는 비극이었다. 세상을 바라보면서도, 그것을 바꿀 수 없다는 사실을 인정해야만 하는 그 고통이, 삶의 무게로 남아 있었다. 그리고 그녀는 그 무게를 짊어진 채, 다시 어두운 밤을 마주했다. 저 멀리 새벽이 오고 있었지만, 어쩌면 그것조차도 또 다른 밤의 시작일지도 모른다고 생각하며.

필요한 물품을 장바구니에 담고 돌아오는 길, 그녀는 다시 부동산중개소 앞을 지났다. 그곳에는 낯선 중년 남자가 송 소장과 나란히 앉아 있었다. 웃음 섞인 대화, 느슨한 몸짓, 그리고 마치 오래 알고 지낸 사람들처럼 자연스러운 거리. 박고시라는 걸음을 멈춘 채 그 광경을 바라보았다. 잠시, 길 위에 자신만이 덩그러니 남겨진 듯한 기분에 사로잡혔다. 그녀는 곧 고개를 돌리고 묵묵히 걸음을 옮겼다.

3층 계단을 오르며 그녀는 무심코 뒤를 돌아보았다. 아무도 없다. 주변을 힐끗 살핀 뒤, 번호 키를 눌러 출입문을 열었다.

오전 열한 시. 첫 예약은 오후 두 시 이후였다. 그녀는 하루에 손님을 세 명만 받는다. 그 외의 시간 동안, 집은 침묵으로 봉인된다. 기도와 명상, 그리고 누구에게도 침해당하지 않을 자기만의 평온을 지키기 위해. 그것은 선택이자 생존이었다. 삶을 견디기 위한 최소한의 의식이자, 결코 타인에게 내어줄 수 없는 내밀한 방어였다.

이날, 박고시라는 부동산중개소 여자를 위해 일부러 시간을 비워 두었지만, 그녀는 오지 않았다. 그곳에 찾아온 남자 때문은 아닐 것이다. 어쩌면 점집이라는 공간에 대한 막연한 두려움 때문이었을지도 모른다. 사람들은 때로, 진실보다도 자신이 모르는 기척이 두려워 피한다.

박고시라는 앉은뱅이책상 앞에 앉아 주위를 둘러보았다. 집 같으면서도 어딘가 허전하고 단조로운 공간. 그녀의 뒤편에는 홍매화가 그려진 병풍이 펼쳐져 있고, 책상 한쪽엔 정화수가 담긴 백자 그릇이 놓여 있다. 주변에는 점을 보는 데 쓰이는 도구들이 무심히 흩어져 있다. 그것들은 마치 오래된 의식을 증언하듯 토속적인 분위기 속에 고요히 머물러 있었다.

그녀는 조용히 숨을 고르며 명상에 잠겼다. 공간은 점점 더 깊은 고요 속으로 빠져들었고, 그녀의 마음은 그 안에서 유유히 흘러갔다. 외부의 소음과 혼란은 서서히 희미해졌다. 마치 그녀 자신만이 이 작은 방 안에 고립된 듯한, 그러나 완전한 평온 속에 머무는 듯한 순간이었다.

십여 년 전이었다. 그때도 무르익은 가을밤이었다. 깊은 적막이 방 안을 서서히 삼키며 내려앉았고, 숨을 죽인 듯한 침묵이 공간에 감돌았다. 턴테이블 위에서는 바흐의 무반주 첼로가 낮고도 쓸쓸한 선율을 흘려보내고 있었다. 첼로의 낮은 울림이 촛불의 떨림과 맞물려 방 안을 더욱 서늘하게 만들었다. 음악은 두 사람 사이에 느껴지는 보이지 않는 간격을 선명하게 각인시키듯, 서늘한 긴장을 더욱 또렷하게 만들었다.

탁자 위엔 촛불이 타오르고 있었지만, 그 빛조차 흔들리며 위태롭게 떨렸다. 마치 대화의 끝을 예감이라도 하듯 곧 꺼질 듯한 불꽃이었다. 그들의 대화도 촛불처럼 어긋나고, 희미해지고, 마침내 사그라지고 있었다. 서로의 말이 더는 닿지 않았다. 신뢰는 마지막 한 가닥까지 버티다 무너져 내렸고, 침묵조차 거대한 벽이 되어 두 사람을 가로막았다. 촛불이 점점 가늘게 타들어

가듯, 그들의 관계도 서서히 소멸하고 있었다. 방 안의 묵직한 공기가 두 사람의 존재마저 짓누르는 듯했다. 그리고 마침내, 그 무거운 침묵을 찢으며 창수가 입을 열었다.

"시라와 같은 신념을 따르느니, 차라리 모든 걸 포기하는 게 나을 것 같아."

그의 목소리는 단호하고 무거웠다. 그 말은 날카로운 비수처럼 그녀의 가슴을 베어냈다. 순간, 숨조차 삼킬 수 없었다. 그녀가 알고 있던 대화의 언어는 그 한마디로 완전히 붕괴했다. 오랫동안 쌓아온 신념과 사랑이, 단 하나의 문장 앞에서 모래성처럼 무너져 내렸다. 함께 걸어온 길이 한순간에 낯설고 먼 길이 되어버렸다.

박고시라는 숨을 멈춘 채 창수를 바라보았다. 그의 눈빛에는 상처와 분노, 절망과 체념, 그리고 끝나지 않는 갈등이 뒤섞여 있었다. 그 순간, 그녀는 깨달았다. 어떤 관계는 신념보다 더 단단해야 하지만, 때로는 신념이 관계를 삼켜 버릴 수도 있다는 사실을.

한때, 그들은 같은 꿈을 공유했던 사람들이었다. 처음 만났을 때, 박고시라는 그의 눈빛에서 반짝이는 호기심과 이상, 그리고 순수를 보았다. 창수는 어둠의 세상에 진리를 설파하겠다는 포부를 가진 신학도였고, 그녀는 언론학도로서 정의와 진실을 사회에 전하겠다는 사명감으로 가득 차 있었다. 그들은 함께 밤을 새우며 토론했고, 세상을 바꾸기 위해 무엇을 해야 할지 고민했다. 그 순간만큼은 모든 것이 선명했고, 흔들림 없는 확신이 그들을 하나로 묶고 있었다.

그러나 시간은 그들을 점차 갈라놓았다. 같은 목표를 향해 달려가던 두 사람이었지만, 어느 순간부터 서로 다른 길 위에 서 있었다. 창수는 점점 신념의 굴레에 자신을 가두었고, 박고시라는 세상과 타협하는 법을 배워야 했다. 둘은 같은 길을 걸어왔으나, 결국 다른 목적지에 도달해 있었다.

박고시라는 떨리는 손끝을 꽉 움켜쥐었다. 마치 그 손끝에서 모든 확신이 빠져나가 버릴 것만 같았다. 그녀는 깊이 숨을 들이마시며 조심스럽게 입을 열었다.

"그렇게까지 말하지 마. 우리가 바라보는 방향이 다를지라도, 같은 세상을 살아가는 사람들이잖아. 나는 단지, 우리가 공존할 방법을 찾고 싶을 뿐이야."

그러나 창수는 가늘게 한숨을 내쉬며 쓴웃음을 지었다. 그의 눈길이 서늘하게 옆으로 흘렀다. 그것만으로도 그녀의 마음 한구석이 서서히 무너져 내렸다. 그가 던지는 말이 가슴 깊이 박힐 때마다, 그녀는 점점 더 자신을 잃어가는 기분이었다.

그녀는 오직 함께 나아갈 길을 찾고 싶었다. 하지만 그의 신념은 결국 그녀를 배제하는 방식으로 흐르고 있었다. 창수는 깨닫지 못했지만, 박고시라의 세계에서 그의 이상은 족쇄와도 같았다. 반면, 창수가 보기에 그녀의 신념은 부당한 억압과 다름없었다.

"시라의 정의는 결국 또 다른 억압일 뿐이야."

그의 말은 날카로웠지만, 어딘가 지친 울림이 담겨 있었다. 그녀는 그 울림 속에서 자신과 다르지 않은 외로움을 보았다. 창수 역시 갇혀 있었다. 그녀는 그의 상처를 너무나도 잘 알 것 같았지만, 이제 와서 무엇을 할 수 있을까?

그녀는 무심결에 한 걸음 앞으로 나아갔으나, 곧 멈춰 섰다. 창수의 표정은 분명한 선을 긋고 있었다. 마치 차가운 바람처럼, 보이지 않는 손으로 그녀를 밀어내고 있었다.

거실 한구석, 턴테이블의 바늘이 멈추면서 음악도 끝났다. 정적 속에서 촛불만이 미세하게 떨리고 있었다. 그녀는 천천히 다가가 턴테이블 앞에 섰다. 레코드를 갈아 끼우려다 손끝이 미끄러졌고, 검은 판이 바닥으로 떨어지며 둔탁한 소리를 냈다. 그 순간, 그의 목소리가 다시 들려왔다.

"나는 시라를 설득하려고 했어. 그러다 나 자신을 잃어버린 것 같아."

그녀는 천천히 돌아서며, 나지막한 목소리로 대답했다.

"자기는, 내가 뭘 원했는지, 무엇을 위해 싸워야 했는지 생각해 주지 않았어. 오직 나를 설득하려고만 했어. 그런데… 창수에게는 나보다 더 중요한 게 있었어. 나도 그걸 알지 못했지. 그 점, 나를 용서해 줘."

그녀의 목소리는 한 가닥 실처럼 가늘게 떨렸다. 촛불이 마지막 남은 불씨를 흔드는 것처럼, 두 사람 사이의 감정도 희미하게 흔들리고 있었다.

창수는 실내를 천천히 서성였다. 그의 내면에서는 수많은 감정이 부딪치고 있었다. 서로를 설득하려 했지만, 그 끝에는 결국 이해할 수 없는 지점에 도달하고 말았다.

박고시라는 체념하듯 말했다.

"창수가 만들려는 세상 속에서 나는 단순한 존재였어. 자기가 내게 강요하는 세계가 진리라면, 왜 나는 이렇게 숨이 막히지?"

그는 고개를 숙이며 말했다.

"신념이 같다고 해서, 모두가 같은 길을 가는 건 아니야. 우리는 서로를 이해하려 했지만, 결국 상대를 바꾸려 했던 것뿐이야."

그녀는 이제 더 이상 어쩔 수 없음을 깨달았다.

"나도… 인제 그만두고 싶어. 계속 이렇게 싸우다 보면 결국 우리 모두 상처뿐일 거야."

창수는 천천히 고개를 들었다. 그의 눈빛은 한겨울의 깊은 바다처럼 차갑고 무거웠다.

"우리 이제 각자의 길을 가야 해."

그는 다짐하듯 속으로 그 말을 되뇌었다.

그녀는 아무 말도 할 수 없었다. 창수는 마지막 기억을 간직하려는 듯 그녀의 모습을 바라보다가, 결국 뒤돌아서 문을 열고 나갔다. 그가 떠난 자리에 차가운 공기가 스며들었다. 촛불은 마지막으로 한번 크게 흔들리다, 꺼졌다.

텅 빈 방에는 적막만이 남아, 그녀를 조용히 감싸고 있었다.

한때, 그녀는 창수의 인도로 교회라는 문지방을 넘었다. 마치 메마른 땅이 단비를 만난 듯, 그녀는 성경 말씀 하나하나에 숨을 불어넣었고, 정식으로 세례를 받았다. 처음 신앙을 마주했을 때, 그녀는 창수보다도 더 눈부신 열정을 품었다. 마치 성령의 불꽃이 심장을 밝히는 듯, 그녀의 눈빛에는 순결한 확신이 어린 별빛처럼 반짝였다. 구원이라는 이름의 강물이 그녀의 내면을 조용히, 그러나 거세게 흘렀다.

그러나 세월은 불꽃을 식히고, 바람은 물줄기의 방향을 바꾼다. 창수가 신학교를 졸업하고 전도사로서 복음의 길을 걷는 동안, 그녀는 알 수 없는 그림자에 잠식되어 점차 생기를 잃어 갔다. 성경 말씀은 여전히 그녀의 마음속에 고요히 남아 있었으나, 그것을 해석하는 목회자들의 입술은 점점 그녀를 혼란의 늪으로 끌고 갔다.

설교는 점차 하늘과 멀어지고, 사랑과 정의의 언어는 어느새 권위와 규율의 갑옷을 입었다. 교회 안에는 말로는 다 담지 못할 모순의 안개가 내려앉았고, 강단 위에서 쏟아지는 구원의 외침은 그녀의 귓속에 무거운 자갈처럼 떨어졌다. 신앙은 자유와 깨달음이 아닌, 심연 같은 공허를 선물했다. 고요한 신의 음성은 더 이상 들리지 않았고, 그 자리를 대신한 것은 한 줄기 빛조차 없는 밤의 침묵이었다.

그녀의 마음속에서 자라난 회의는 창수와 그녀 사이에 보이지 않는 골을 만들었고, 함께 살기 시작한 이후 그 틈은 날카롭게 벌어졌다. 창수는 여전히 믿음이라는 등불을 들고 있었지만, 그녀의 세계는 이미 무너진 성전처럼 폐허가 되어가고 있었다. 두 신념의 신념 차이는 단순한 의견의 불협이 아니라, 서로 다른 별자리를 따르는 여정처럼, 절대 겹치지 않는 운명이 되어갔다.

창수의 눈빛은 언제나 따스하고 인내로 가득했지만, 그녀는 점점 자신이 그로부터 멀어지고 있음을 느꼈다. 구원을 향한 여정은, 오히려 그녀를 더 깊은 어둠 속으로 이끌었다. 의심은 마치 독초처럼 그녀의 가슴에 뿌리를 내렸고, 처음의 뜨거운 확신은 어디론가 바람에 실려 사라졌다. 남은 것은 해답 없는 질문들뿐— 그 질문들은 마치 사막 위를 떠도는 모래바람처럼, 끝없이 그녀를 휘감았다.

그녀는 창수의 기도를 떠올리며 눈을 감았다. 그 기도 속에는 늘 평온한 강물 같은 확신이 있었다. 그러나 이제 그녀 안에는 그 강물이 말라붙었고, 남은 자리는 어둠과 불안이 서성이고 있었다.

두 사람은, 인류의 잔혹한 역사 속에서 마치 무거운 유산을 물려받은 자들처럼, 인간 본성의 그림자를 직시하려 했다. 아시리아의 군기 아래 울부짖던 민중의 함성, 페르시아의 전쟁, 알렉산드로스의 정복, 로마의 피바람, 몽골의 쇠발굽, 임진왜란의 절규, 제국주의 시대의 학살, 그리고 현대의 전쟁들까지 — 그들은 이 모든 참화를 마음속 지하실에 하나씩 눕혔다.

이러한 반복은 단지 정치적 혹은 사회적 압박의 결과만은 아니었다. 그것은 어쩌면 인간이라는 존재 안에 각인된, 침묵 속에서 자라는 고요한 광기일지도 모른다는 생각. 그녀는 생존을 위한 무수한 진화의 계단에서, 인간이 폭력을 유전처럼 품고 태어났을지도 모른다는 상념에 사로잡혔다.

그리하여 그녀는 묻지 않을 수 없었다. "희망은, 정말 존재하는가."

그 물음은 그녀의 가슴을 짓눌렀고, 깊은 좌절이 파도처럼 밀려왔다. 그러나 그녀는 그 절망 앞에 무릎 꿇지 않으려 애썼다. 인간 내면 어딘가, 아직 발견되지 않은 선(善)의 씨앗이 있을지도 모른다는 희망을 지니고 싶었다. 그녀는 기독교의 교리 너머를 응시하며, 그 안에서 어쩌면 인간 본성을 초월하는 진리가 숨어 있을지도 모른다고 믿었다. 그것은 단순한 신앙의 문제가 아니었다. 그것은 영혼 깊은 곳을 치유하려는, 하나의 구도(求道)였다.

하지만 탐구가 깊어질수록, 의문도 함께 깊어졌.

'만약 인간의 본성이 폭력과 탐욕이라면, 구원은 가능한 것일까?'

그 질문은 거울처럼 그녀를 마주 보게 만들었고, 매번 창수의 얼굴이 떠올랐다. 그의 확신은 그녀에게 한 줄기 빛이었고, 동시에 그녀의 내면을 더 깊이 뒤흔드는 바람이었다. 그녀는 그의 믿음을 사랑했지만, 그 믿음은 그녀를 더 깊고 차가운 물 속으로 이끌고 있었다. 믿음의 여정은, 끝내 고요한 안식이 아닌, 사라지지 않는 갈등의 노래가 되어 그녀 안에 울려 퍼졌다.

박고시라는 창수와의 갈등 속에서 서서히 내면의 혼란에 잠식되어 갔다. 창수가 신학도로서 신의 절대적 의지를 신앙의 중심에 세우는 동안, 그녀는 세상의 어둠과 인간의 그림자를 응시했다. 그 사이에서 끝내 물 위로 떠 오르지 못한 질문들 — 부유하는 의심의 파편들 — 을 품은 채, 조용히 침잠하고 있었다.

창수는 거대한 종탑처럼 묵직하게 서 있었다. 신의 언어로 세상을 해석하고, 현실의 모든 균열과 교회의 타락마저도 신의 섭리로 포섭해 냈다. 그의 세계는 치밀하게 설계된 도면 같았고, 그 위에 드리운 부패와 혼란은 단지 먼지에 불과했다. 그는 인간의 삶을 신의 뜻을 실현하는 장으로 이해했고, 사회의 모순과 고통조차 신의 시험 혹은 사탄의 유혹이라는 설명으로 덮어버렸다. 그의 신앙은 폭풍 속에도 부서지지 않는 바위처럼, 혹은 조류에 휘말리지 않는 닻처럼, 단단하고 침묵에 가까운 확신이었다.

그러나 박고시라는 그 반대편에서, 현실의 냉기와 피비린내 속에 몸을 담그고 있었다. 언론인으로서 그녀는 믿음의 외피 아래 감춰진 이물감을 감지했다. 교회는 점점 상업의 화려한 장막을 두르고 있었고, 신앙은 은밀히 돈과 권력의 언어로 대체되어 갔다. 예배는 더 이상 성스러운 고백이 아니었고, 설교는 사람들의 영혼을 깨우기보다는 공허한 웅변이 되어 메아리쳤다. 그것은 차가운 금속이 충돌하는 소리 같았다— 사라진 신의 목소리를 대신해 울려 퍼지는 탐욕의 공명.

그녀는 그 모든 것을 지켜보았다. 세습으로 이어지는 교회의 혈통, 감춰진 성범죄, 권력화된 강단. 그 하나하나가 파문되어 그녀의 믿음을 침몰시켰고, 그 아래에서 진실한 신앙의 그림자는 점점 더 멀어져갔다. 그러나 창수는 고개를 저었다. 그것은 신의 시험이며, 결국 신의 뜻은 이루어질 것이라고. 그의 태도는 굳건해 보였지만, 그녀에겐 감정을 잃은 성상처럼 차갑고 먼 존재로 다가왔다.

두 사람의 대화는 점점 불붙었고, 말은 서로를 겨누는 화살처럼 날아들었다. 박고시라는 현실의 모순을 꿰뚫고 변화시키고자 했고, 창수는 오직 신앙 안에서만 해답을 찾으려 했다. 그들의 신념은 끝내 서로를 건널 수 없는 강이 되었고, 관계는 조용히, 그러나 돌이킬 수 없이 벌어졌다.

그럼에도 박고시라는 사라지지 않는 물음을 껴안은 채, 신앙이 인간의 삶에 무엇을 남기는지, 그 신앙이 부조리한 현실과 어떻게 화해할 수 있을지를 끝없이 사유했다. 그녀의 내면은 안개 속을 걷는 나그네와 같았다. 발아래의 길은 흐릿했고, 하늘은 낮게 내려앉아 시야를 가렸다. 하지만 그녀는 멈추지 않았다. 어둠 속에 부서지는 신의 언어 조각들을 밟으며, 희미한 빛이든, 잊힌 숨결이든, 그 무엇이라도 붙잡기 위해 그녀는 걸었다. 자갈 위에 맨발을 디디듯, 믿음의 잔해들 위를 걸었다. 아릿한 고통조차 이제 그녀의 기도처럼 느껴졌다.

한편, 창수는 흔들림 없는 등대처럼 제 자리를 지켰다. 그는 세상의 풍랑 속에서도 신의 등불을 지키고 있다고 믿었고, 그 믿음은 세상의 균열을 무효

화시켰다. 그의 기도는 논증이었고, 세상은 신의 수학이었다. 그의 얼굴에는 흔들리지 않는 신념의 마스크가 씌워져 있었고, 그 마스크 아래의 세계는 그녀에게 끝내 닿지 않았다.

갈등의 틈에서, 박고시라는 자신이 속한 세계와 신앙, 그리고 인간의 본성에 대해 깊은 사유에 빠져들었다. 현실과 이상, 믿음과 의심 사이를 맴돌며, 진정한 구원과 신앙의 본질을 향한 여정을 이어갔다. 그 여정은 끝없는 길 위에서 홀로 타오르는, 작지만 꺼지지 않는 등불 같았다.

박고시라는 인류의 역사 속에서 반복되어 온 고통의 그림자와 마주하며, 신의 존재에 관한 질문을 멈추지 않았다. 전염병과 팬데믹은 세대를 건너뛰며 수많은 삶을 파괴했고, 그 고통의 강물은 무심히 흘러 그녀 내면 깊은 곳까지 스며들었다. 기원전의 기록에서부터 현대의 도시까지, 역병은 끊임없이 형상을 바꾸며 나타났고, 그 반복되는 악몽 속에서 인간은 언제나 가장 약한 존재로 내던져졌다.

죽음은 메마른 대지 위로 쏟아진 검은 비처럼 번져갔다. 삶은 무너지고, 신의 침묵은 더욱 짙어졌다. 박고시라는 그러한 고통의 파편들 속에서 자문했다.

"신이 존재한다면, 왜 이런 참혹함을 허락하는가?"

그 질문은 심연 속으로 가라앉는 돌덩이처럼, 그녀 가슴 깊숙이 내려앉았다. 더 이상 교리도, 신의 뜻이라는 설교도 그녀를 위로하지 못했다. "고통은 신의 시험이다"라는 말은 허공에 울리는 껍데기일 뿐이었고, 그 속에선 아무런 의미도 찾을 수 없었다.

그녀는 자꾸만 되묻고 또 되물었다.

신의 존재란 과연 절대적 진리를 반영하는가, 아니면 인간이 만들어낸 아름다운 허상인가. 신은 인간의 상처를 덮기 위한 이름인가, 아니면 그 상처를 외면한 절대자인가.

그 물음은 더 이상 신학의 테두리에만 머무르지 않았다. 그것은 인간 존재 그 자체에 관한 질문이었고, 고통이라는 수수께끼에 대한 끝없는 사유였다.

그러다 어느 순간, 그녀는 신앙의 본질과 마주하게 되었다.

믿음이란 이름의 위로인가, 아니면 세계를 관통하는 진실의 빛인가.

그녀는 신이 존재한다고 믿는 이들의 틈에서 고통의 의미를 묻고자 했으나, 그 어떤 대답도 그녀의 마음에 닿지 않았다. 신의 뜻은 여전히 안갯속의 미로처럼 멀었고, 고통은 인간의 이해 너머에서 묵묵히 존재하고 있었다.

그녀는 내면의 더 깊은 심연으로 침잠해 들어갔다. 신이란 존재는 과연 위안인가, 아니면 더 깊은 허무의 문을 여는 열쇠인가. 곧 그녀는 알게 되었다.

진실을 향한 질문은 믿음을 흔들고, 그 흔들림은 결국 자기 자신을 낯선 어둠 속에 놓이게 한다는 것을.

그럼에도 박고시라는 그 물음을 멈추지 않았다. 삶의 의미와 고통의 본질을 이해하려는 여정은 멈출 수 없는 기도처럼, 그녀 안에서 쉼 없이 이어졌다. 신의 해답을 기다리는 대신, 그녀는 폭풍 이는 바다 한가운데서 자신만의 나침반을 세우려 했다. 그것은 어쩌면 신을 향한 순례이면서 동시에, 신을 넘어서는 인간의 물음이기도 했다. 그녀는 고통을 정면으로 응시하며, 그 어둠 속에서 단 하나의 의미, 자기만의 빛을 찾으려 나아가고 있었다.

박고시라는 오랜 고뇌 끝에, 마침내 창수와 신앙에 관한 대화를 나누기로 결심했다. 그녀는 구약 성경의 페이지를 넘기며, 그 안에 숨어 있는 야훼의 여러 얼굴을 천천히 되새겼다. 전쟁의 신, 율법의 수호자, 질투와 분노를 품은 절대자. 그러나 동시에, 자비와 사랑으로 백성을 감싸는 따뜻한 그림자 또한 그 안에 스며 있었다. 그녀는 묻고자 했다. 신은 시대의 얼굴을 닮는가, 아니면 인간이 신에게 시대의 옷을 입히는가.

박고시라는 구약 속 야훼가 유대 공동체의 부족신으로 나타난 역사적 맥락을 짚으며, 진정한 신의 형상은 예수의 가르침을 통해 비로소 완성된다고 말했다. 사랑과 정의, 그 깊은 울림 안에서 드러나는 예수의 메시지는, 야훼의 모순된 초상 너머로 이어지는 길이라고 믿었다. 그녀에게 그 믿음은 단순한 신의 성격 변화가 아니라, 신앙의 본질을 향해 더 깊이 다가가는 내면의 순례였다.

그러나 창수는 그녀의 말을 가로막았다. 그의 얼굴엔 신념의 흔들림이 아닌, 신성에 대한 모독을 막아야 한다는 단호한 의지가 스쳤다. 그는 조용히 말했다.

"신은 해석의 대상이 아니라, 믿음의 근원이야."

그의 목소리는 단단했고, 의심을 거부하는 흑암 속 바위 같았다. 창수에게 신은 설명될 수 없는 존재였고, 구약의 야훼와 신약의 예수는 본질적으로 하나라는 확신 아래 묶여 있었다.

박고시라는 조용히 다시 입을 열었다. 그녀의 목소리는 낮고 부드러웠지만, 그 안에는 오랜 사유가 가라앉아 있었다. 그녀는 말하고자 했다. 신은 완성되어야 할 진실이며, 예수의 삶을 통해 그 진실은 처음으로 빛을 얻었다고. 구악의 야훼를 넘어선다는 것은 신을 부정하는 것이 아니라, 신의 본질에 더 가까이 다가가려는 길이라는 것을.

창수는 당황했다. 그녀의 말은 독단도 아니고, 도그마도 아니었다. 그러나 그 속엔 흔들림 없는 결이 있었고, 그 결은 단단한 진심으로 다가왔다. 그는 말없이 그녀를 바라보았다.

그 눈동자에는 확신이 아니라, 고요한 갈망이 있었다.

신의 이름을 부르기 전에, 진실을 먼저 알고자 하는 마음.

그들의 대화는 단순한 논쟁이 아니었다. 믿음과 이성, 성서와 현실, 신의 이름과 인간의 언어 사이를 오가는 긴 여정이었다. 박고시라는 자신의 내면에 울리는 질문들을 꺼내 놓았고, 창수는 자신의 신앙으로 그것을 막아내려 했다. 그러나 그 막힘 속에서도, 둘은 끝내 귀를 기울이고 있었다.

그날의 대화는 종교적 신념을 넘어, 두 존재가 '신'이라는 어둠의 심연을 함께 응시한 순간이었다. 신앙의 미로는 여전히 끝나지 않았지만, 그 미로 속을 걷는 두 사람의 걸음은 조심스럽게 평행선을 이루어 가고 있었다.

박고시라는 차분하게 말을 이었다. 그것은 하나의 견해가 아니었다. 오래된 침묵 속에서 길어 올린 생각, 마음 깊은 곳에서 맺힌 결론이었다. 그녀는 모세와 야훼의 관계를 오래된 거울처럼 들여다보았다. 그 거울은 빛을 반사하기보다는, 불꽃과 돌판의 언어를 되비추고 있었다. 그녀는 그 속에서 다섯 개의 어두운 형상을 보았다.

첫째, 절대적 권위. 모세는 민중 앞에 법을 세우고, 신의 대리인으로서 명령을 내렸다. 그의 말은 곧 신의 말씀이 되었고, 반박은 곧 신성에 대한 도전이었다. 야훼 역시 그러했다. 그는 복종하지 않는 자에게 가차 없는 심판을 내리는 절대자로 그려졌다.

둘째, 타오르는 분노와 감정의 변덕. 모세는 반석을 두 번 내리쳐 신의 노여움을 샀고, 금송아지를 섬긴 백성들을 향해 율법 판을 던졌다. 그의 분노는 야훼와 닮아 있었다. 야훼 또한 도시를 불태우고, 배신한 이들을 무참히 벌했다.

셋째, 법과 질서의 확립. 모세는 십계명을 비롯해 수많은 율법을 반포했고, 야훼는 그 법을 통해 인간의 삶을 규정했다. 그 법을 어긴 자에게는 예외 없는 형벌이 따랐다.

넷째, 선민사상과 배타성. 모세는 이스라엘을 신이 선택한 민족으로 선포했고, 이방과의 혼합을 경계했다. 야훼 역시 그들을 특별한 백성으로 여겼으며, 다른 신들과의 융합을 금지했다.

다섯째, 신과 인간 사이의 중재자. 모세는 신의 진노를 누그러뜨리려 간청했고, 백성을 대신해 벌을 감수하기도 했다. 그는 더 이상 단순한 인간이 아니라, 신의 뜻을 대변하는 그림자이자, 그 의지를 말하는 입이었다.

박고시라는 잠시 말을 멈췄다. 숨을 고르듯, 차를 한 모금 들이켰다. 뜨거운 액체가 혀끝을 스치고, 목을 타고 내려가며 내면 어딘가에 미세한 온기를 불어넣었다. 그것은 사유보다 오래 남는 열기였다.

"이 모든 걸 종합하면, 모세는 단순한 예언자가 아니야. 그는 신의 성격을 반영한 인물일 수 있어. 어쩌면 신의 뜻을 전한 자가 아니라, 자기 뜻을 신의 이름으로 실현한 존재였는지도 몰라."

그녀의 말은 신앙을 부정하는 것이 아니었다. 오히려 신의 얼굴을 더 깊이 들여다보려는 시도였다.

그러나 창수는 말이 없었다. 눈빛은 멀어졌고, 표정은 어딘가 부서진 듯 일그러져 있었다. 그는 믿었다. 신앙은 논리로 해부할 수 있는 것이 아니며, 신의 뜻은 신비 그 자체라고. 그것을 이성의 칼로 가르면, 신앙은 본래의 생기를 잃고 만다고.

박고시라의 말은 그에게 불길처럼 느껴졌다. 성전을 뒤흔드는 지진이었고, 믿음의 집 안으로 스며든 조용한 균열이었다.

'시라가 틀린 말을 하는 건 아닐지도 모른다.'

그 한 문장이 스치듯 떠올랐고, 그는 곧바로 고개를 저었다. 그는 반박하려 했지만, 어떤 말도 입을 통해 나오지 않았다. 대신, 내면 깊은 곳에서 불안이 자라고 있었다. 말보다 오래 남는 침묵의 그림자였다.

박고시라는 조심스레 그의 표정을 바라보았다. 그가 말하지 않아도, 그녀는 그 침묵이 무엇을 뜻하는지 어렴풋이 알 수 있었다.

"…신은 질문의 끝에서 어렴풋이 모습을 드러내."

그녀는 나직이 말했다. 창수는 여전히 대답하지 않았다. 그저 허공 어딘가를 바라보며, 생각의 바깥으로 걸어 나가는 듯 보였다.

방 안의 공기는 무겁게 가라앉았다. 말과 말 사이, 마음과 마음 사이엔 손으로 만질 수 있을 듯한 장막이 드리워졌고, 박고시라는 조심스레 다가가고 싶었지만, 창수는 한 걸음 더 물러나는 사람처럼 보였다.

그 침묵 속에서, 금이 간 유리잔처럼 균열이 소리 없이 번져나가고 있었다.

박고시라는 그날, 진도의 바닷가에서 마주한 풍경을 잊을 수 없었다. 세월호의 침몰은 사고가 아니었다. 그것은 그녀 눈앞에서 역사의 상흔으로 새겨졌고, 삶의 기반을 송두리째 뒤흔든 파문이었다. 물살 아래 가라앉은 것은 배 한 척만이 아니었다. 진실과 정의, 인간의 존엄까지 함께 가라앉았다. 그날의 순간은 파도처럼 되풀이되어 그녀의 의식을 두드렸고, 살아남은 자의 자책과 분노는 심연 속에서 끓어오르는 용암처럼 그녀를 태웠다.

무엇보다도 그녀를 무너뜨린 것은 침묵이었다. 방송국은 진실을 말하기는커녕, 편집된 화면 뒤에 목소리들을 감췄다. 사람들의 절규는 지워졌고, 생존자의 증언은 메아리조차 허락되지 않았다. 대신 떠돌던 것은 숫자와 당국의 무채색 발표뿐이었다. 개신교회도 다르지 않았다. 애도의 기도는 며칠뿐, 곧 세상과 함께 입을 닫았다. 침묵은 단단한 벽이 되어 진실을 가뒀고, 왜곡된 침묵은 어둠처럼 세상을 뒤덮었다.

그녀 삶을 지탱하던 두 기둥, 신앙과 저널리즘은 동시에 무너졌다.

창수와의 균열도 피할 수 없었다. 그는 비극을 신의 뜻으로 해석하려 했다. 모든 것은 예정된 길이니, 인간은 다만 받아들여야 한다는 식이었다. 그러나 그녀는 그런 해석을 받아들일 수 없었다. 신의 이름 아래 누군가는 책임을 외면하고 있었고, 신은 그녀에게 구원의 존재가 아니라 무기력한 동의자처럼 느껴졌다. 존재한다면, 어째서 그분은 어린 생명들을 외면했는가. 어째서 진실을 말하려는 목소리가 꺾여야 했는가. 그녀의 질문은 밤하늘에 퍼지는 별빛처럼 끝없이 이어졌고, 창수와의 대화는 점차 낯선 벽으로 변해갔다.

결국 그는 아무 말도 하지 않았다. 그녀를 이해할 수 없다는 듯 고개를 저으며, 조용히 곁을 떠났다.

밤이 내려앉은 도서관 뒤뜰, 박고시라는 나무 의자에 가만히 앉아 있었다. 붉게 물든 나뭇잎 사이로 떨어지는 가로등 불빛이 그녀의 어깨를 감쌌다. "신은 해석의 대상이 아니야" 창수의 그 말은 무겁고 단단한 돌처럼 그녀 가슴속에 박혔고, 그 돌의 표면엔 오래전 언어처럼 해독되지 않은 글씨가 새겨진 듯했다. 신의 언어는 여전히, 이마 위를 스치는 바람처럼 스쳐 지나가기만 했다.

그녀는 눈을 감고, 더 깊은 심연 속으로 가라앉았다. 그 안엔 말도, 형상도 없었다. 오직 하나의 이미지. 바람 속을 걷는, 불붙는 나뭇잎. 소용돌이치는 어둠 속을 자신을 태우며 헤쳐 가는 작은 불꽃. 그녀는 문득 생각했다. 신을 묻는다는 건, 어쩌면 그 나뭇잎처럼 자신을 불태우는 일이 아닐까.

그 순간 그녀 마음속에 한 구절이 떠올랐다.

"신은 거기에 없다. 그러나 그 부재야말로, 신이 존재하는 가장 깊은 방식일 수 있다."

그 말은 누구도 입 밖에 낸 적 없는 속삭임처럼, 그녀 안에서 피어났다. 별빛은 서서히 희미해지고, 이슬이 내려앉았다. 그녀는 그 이슬방울 하나하나가 세상의 눈물처럼 느껴졌다. 이해되지 않는 고통, 감당되지 않는 상실, 끝내 해답 없는 기도. 그 모든 것이 이슬로 응결되어 풀잎 끝에 맺혀 있었다. 그 맺힘은, 어떤 결심 이전의 침묵처럼 떨리고 있었다. 떨어질 듯 말 듯—

박고시라는 천천히 자리에서 일어섰다. 걸음을 뗄 때마다 발밑에서 흙이 숨을 쉬었다. 그녀는 더 이상 신을 온전히 믿을 수 없었고, 그렇다고 부정할 수도 없었다. 신은 그녀 안에서 끝없이 흔들리는 그림자였다. 그러나 그 그림자는 오히려 그녀의 존재를 더욱 선명히 비추었다.

그녀는 생각했다.

신이 없다면, 나는 왜 아직도 그를 찾고 있는가.
신이 있다면, 왜 그는 언제나 이토록 멀리 있는가.
박고시라는 어둠을 따라 걸었다. 바람이 그녀의 머리칼을 스치고, 문득 그녀는 오래전 누군가 자신을 위해 속삭인 기도를 떠올렸다. 기억나지 않는 언어, 그러나 잊을 수 없는 울림. 그것은 신의 시작도 끝도 아닌, 그 사이 어딘가에서 들려오는 목소리였다.

그녀는 다시 혼자가 되었다.
허무는 조용한 파도처럼 밀려와 그녀를 덮었고, 거울 속 얼굴은 이미 낯선 이의 것이었다. 그것은 더 이상 그녀가 알던 얼굴이 아니었다. 잃은 것은 단지 신념이나 사랑이 아니었다. 젊음의 열정과 이상, 함께 꿈꾸었던 시간이었다. 그녀와 창수가 함께한 모든 순간은 황금빛 추억으로 반짝였지만, 이제 그것은 멀어진 꿈처럼 희미했다.
시간은 흘렀으나, 그녀 방 한구석에는 아직도 그의 흔적이 남아 있었다. 책상 위 덩그러니 놓인 책, 소파 한쪽에 남은 향기, 손길 머물렀던 작은 물건들. 그 잔상들을 바라보며 그녀는 문득 깨달았다. 신념이란 상대를 꺾거나 지배하는 게 아니라, 공존하며 이해하는 것이라는 사실을. 그녀는 그것을 가슴 깊이 새기고도, 행동으로 옮기지 못했다.
그러나 그 깨달음은 너무 늦게 찾아왔다.
결국, 그녀는 쓰러지고 말았다.
병원에서도 병의 원인은 밝혀지지 않았다. 그녀의 몸은 갈잎처럼 말라가고, 의식은 낙엽처럼 소용돌이 속으로 가라앉았다.

그 모습을 지켜보던 그녀의 엄마는 마침내 결단을 내렸다. 박고시라를 데리고, 직접 내림굿을 하러 간 것이다. 강원도 첩첩산중의 암자. 한밤중, 노승의 독경과 목탁, 엄마의 간절한 춤사위와 기도 속에서— 그녀는 혼미한 의식 속에서 잊고 지냈던 먼 혈육의 기억, 피에 새겨진 운명을 되찾았다.

그녀의 오랜 할미는 만신이었다.

그리고 그녀의 핏속에도, 시베리아 하늘의 기운이 흐르고 있었다.

박고시라를 무너뜨린 것은 결국 세월호였다. 바닷속에 잠겼던 진실이 운명처럼 그녀를 다시 끌어당기고 있었다. 창문 너머로 바람이 흔들렸다.

그녀가 헤매던 해답은, 어쩌면 가장 깊은 상처 속에서 자라고 있었는지도 모른다.

신념과 사랑이 무너진 자리에, 이제 새로운 운명이 천천히 그녀 앞에 모습을 드러내고 있었다.

하루가 또 조용히 스러졌다. 시간은 바삭거리는 메마른 나뭇가지처럼 갈라지며 겨울 가뭄의 골짜기를 지나고, 세상은 그 속에서 조금씩 색을 잃어 가고 있었다. 경제난의 찬바람은 도시의 골목마다 스며들어, 낡은 벽화처럼 벗겨지는 풍경 위에 절망의 그림자를 길게 드리웠다. 사람들의 얼굴에는 하루하루를 짊어진 삶의 무게가 잿빛 안개처럼 내려앉았고, 눈빛은 먼 곳을 향해 굳게 닫혀 있었다.

정치권의 소음은 오늘도 어김없이 전파를 타고 흘러나왔다. 국회와 정부는 끝없는 대립 속에서 서로에게 날 선 말을 쏟아댔지만, 국민을 위한 대화는 사라진 풍금 소리처럼 먼지 속에 잠겨 있었다. 대통령은 마치 오래된 비극의 주인공처럼, 국가보다 한 사람의 그림자에 사로잡혀 있었고, 야당은 특검과 탄핵이라는 검을 뽑아 들고 진실과 거짓 사이를 갈랐다. 그러나 그들의 싸움은 허공 속에서 부딪히는 검은 바람일 뿐, 접점을 찾지 못한 채 끝없이 평행선을 그으며 부유했다.

그 사이, 공정과 상식은 서서히 뿌리째 뽑혀 나갔다. 권력의 입맛에 길든 언론은 진실과 거짓을 뒤섞어, 사람들에게 흐릿한 유리창 너머로 세상을 바라보게 했고, 법치라는 이름의 검찰은 이미 오래전, 타락한 성채의 방패가 되어 있었다. 서민의 숨소리는 정책의 두꺼운 문턱에 닿지 않았고, 왜곡된 역사관은 거꾸로 흐르는 시계처럼 현재를 되감고 있었다.

그럼에도, 이 모든 격랑 속에서 대다수의 사람은 말이 없었다. 체념은 가라앉은 물결처럼 무기력했고, 분노는 오래된 고요에 파묻혔다. 극우 세력은 부당한 깃발 아래 눈을 감았고, 소수의 특권층은 철옹성 안에서 자신들의 금고를 더욱 단단히 조여 갔다. 무대 위의 오래된 연극처럼, 똑같은 대사와 장면이 반복되는 사이, 관객들은 박수도 야유도 잃고 말았다.

세상은 얇게 언 호수 같았다. 그 표면은 고요하게 반짝였지만, 그 아래로는 조용한 균열이 깊숙이 번져가고 있었다. 보이지 않는 금이 점점 벌어지며, 언젠가 폭발하리라는 예감을 품고 있었다. 그 어둠 아래에서 누군가는 구원의 빛을 기다리고 있었다. 그러나 그날이 오기 전까지, 침묵은 계속해서 세상을 집어삼키고 있었다.

전화벨 소리가 울리자, 박고시라는 느릿하게 깊은 생각에서 걸어 나왔다.
"네, 그렇습니다. …말씀하세요."

수화기 너머의 목소리에 귀를 기울이며, 그녀는 잠시 말을 잊었다. 그 정적 속에서 무언가를 천천히 씹듯 곱씹고 있었다.

"그러시다면, 내일 오후 두 시에 들르세요. …네."

전화를 끊은 그녀는 조용히 창밖을 바라보았다. 거리 위를 사람들이 스치듯 지나가고 있었다. 무표정한 얼굴, 무기력한 걸음. 그 움직임은 오래전부터 감춰진 톱니바퀴의 리듬처럼, 의심도 저항도 없이 반복되고 있었다. 아침이면 출근하고, 저녁이면 퇴근하고… 그렇게 하루가 저물면 다시 같은 내일이 돌아오는 순환. 사람들은 그 순환을 '삶'이라 이름 붙이며 자신을 스스로 안도시켰다.

이 나라는, 어쩌면 이 세계 전체는 어딘가 어긋나 있었다. 뉴스는 진실의 옷을 벗기고, 사람들은 침묵을 믿음처럼 지켰으며, 정부는 부패를 일상으로 받아들였고, 기업은 탐욕의 허기에 떠밀려 더 깊이 허우적거렸다. 누구도 먼저 말을 꺼내지 않았고, 모두가 서로의 눈을 외면했다. 법은 존재했지만, 그 법이 누구를 위해 존재하는지를 모르는 이는 없었다. 피해자는 늘 대다수였고, 소수는 그 틈을 짜 맞추며 배를 불렸다. 그러나 누구도, 아무 말도 하지 않았다. 그 침묵은 법조 카르텔, 그보다 더 오래된 시스템이 만든 굳은 껍질이었다.

박고시라는 한때 이 세계에 질문을 던졌었다. 세상이 조금은 나아질 수 있으리라 믿었다. 사회적 정의라는 이름 아래에서 인간성은 빛날 수 있을 것으로 생각했다. 하지만 그녀는 알게 되었다. 아무것도 바뀌지 않는다는 것. 아니, 바뀌지 않도록 정교히 짜인 퍼즐임을. 눈을 둘러보면, 세상 어디에서나 인간은 같은 죄를 반복하고 있었다. 탐욕, 타락, 부패는 국경도 시대도 넘는 본능이었다.

이제 그녀는 알고 있었다. 살아간다는 것은 체념에 익숙해지는 과정이라는 것을. 진실을 본 자에게 남겨진 건, 그럼에도 살아내야 한다는 절박한 사명뿐이었다. 때로는 그것이 가장 절대적인 진실처럼 느껴졌다. 아무리 시계를 거꾸로 돌려도, 시간은 절대 되돌아가지 않았다.

창밖에서 불어온 바람 한 줄기가 그녀의 뺨을 스쳤다. 세상은 멈춘 듯 고요했지만, 그 깊은 속에서 무언가 미세하게 금이 가고 있었다. 그녀는 그 소리를 들을 수 있었다. 갈라진 어둠 속에서, 오래도록 잊혔던 숨결이 천천히 깨어나고 있었다.

박고시라는 정수된 물을 전기 주전자에 천천히 부었다. 버튼을 누르자 붉은 불빛이 점등되고, 물은 차츰 온기를 머금기 시작했다. 김이 서린 주전자를 바라보며 그녀는 나직이 중얼거렸다.

"그래, 세상은 아마 이렇게 살아가는 게 순리인지도 모르지. 하지만, 그렇다고 순응만 하며 살 순 없잖아. 우리가 무력해지면, 그 소수는 더 강해질 테니까. 만약, 바꿀 수 있다는 희망조차 없다면… 살아간다는 건 대체 무슨 의미일까?"

그 순간, 소스라치듯 어떤 말의 잔향이 떠올랐다. 그녀는 세차게 고개를 저었다.

'빌어먹을. 아직도 이 생각이 꿈틀대고 있네.'

텔레비전과 라디오, 인터넷과 핸드폰. 사방에서 흘러나오는 뉴스는 여전히 갈등과 타락, 추문과 폭력으로 가득 차 있었다. 그러나 이제 그것들은 그녀와는 상관없는 세계처럼 느껴졌다. 적어도 그녀는 그렇게 믿으려 애썼다. 더 이상 세상에 휘둘리지 않으려 했다.

하지만 인간이란 본디 세상과 단절된 채 살아갈 수 없는 존재였다.

세상은 거대한 기계처럼 작동하고 있었다. 보이지 않는 어둠 속에서 무수한 적들이 서로를 밀고 당기며 돌아가는 복잡한 시스템. 그 기계 속에서 박고 시라는 마모되지 않기 위해, 흔들리지 않기 위해, 틈새를 찾아 숨을 돌리는 법을 익혀왔다. 그러나 완벽한 단절은 불가능했다. 마음 깊은 곳에서, 끊임없는 질문이 솟구쳤다.

'이 세상이 정말 이럴까? 내가 너무 쉽게 포기한 건 아닐까?'

그 질문은 맴돌고 또 맴돌았다. 길어질수록 결론은 더욱 희미해졌고, 결국 그녀가 의심하게 된 건 세상이 아니라 바로 자기 자신이었다.

혹시 살아남기 위해, 뇌의 일부를 꺼낸 채 기계처럼 기능하고 있는 것은 아닐까? 세상이 추악한 게 아니라, 스스로 그렇게만 보고 있는 건 아닐까?

인간의 사고란 얼마나 협소하고, 얼마나 쉽게 자기 확신 속에 갇히는가. 우리는 진실을 보는 게 아니라, 보고 싶은 것만을 진실이라 믿는다. 그 생각에 이르자, 그녀는 피식 웃었다.

'그래, 아무튼… 살자.'

설령 아무 의미 없는 하루일지라도, 그 하루 속에서 할 수 있는 것을 해나가며 버텨야 한다. 그렇게 다짐하는 순간, 그녀의 기억 깊은 곳에서 또 다른 목소리가 되살아났다.

"비록 역사는 늘 소수의 권력자가 다수를 지배해 왔지만, 변화의 순간은 존재해 왔어요. 민주주의, 인권운동, 혁명 같은 것들. 권력은 소수의 것이 아니라, 다수의 동의와 행동 속에서 존재합니다. 그러니까 냉소적인 현실감각과 세상을 바꿀 수 있다는 가능성, 그 둘 사이의 균형이 중요하다고 생각해요."

그렇게 말하던 사람. 건강하고 아름다웠던 정신만큼이나, 고왔던 그 사람.

문득, 차가운 기운이 얼굴을 스쳤다. 키르기스의 산맥, 녹아내린 물줄기가 흐르던 차디찬 냇물, 꽃물결이 넘실대던 들판, 그 사이를 날던 흰나비 떼. 그 날, 그 여행 중에 만났던 희고 고운 빛의 남자. 그의 목소리.

'지금… 어디서, 무엇을 하고 있을까?'

이름이라도 물어둘걸.

박고시라는 모락모락 김이 피어오르는 찻잔을 들어 한 모금 마셨다. 뜨거운 차의 온기가 목을 타고 흘러, 그녀 마음 깊은 곳까지 스며드는 듯했다.

잊힌 기억들이 온기와 함께 천천히, 다시 살아나고 있었다.

저녁 무렵, 부동산중개소의 송 소장이 찾아왔다. 그녀는 계단 아래에서 쭈뼛거리는 남자를 손짓하며 불렀다.

"탐정님, 거기서 뭐 해요? 얼른 올라와요."

남자는 머쓱한 듯 계단을 올라왔다.

두 사람은 빼꼼 열린 작은방의 침실 쪽을 힐끗 바라보며 자리에 앉을 곳을 망설였다. 그 모습을 본 박고시라는 부드럽게 말했다.

"그쪽 방석에 앉으세요. 언제 오시나 했습니다. 그래도 이웃인데 무심했네요. 요즘 날씨도 그렇고, 경제도 우중충한데, 두 분은 잘 지내시죠?"

송 소장이 특유의 웃음을 지으며 말했다.

"호호, 그럼요. 부동산 거래가 뚝 끊긴 거 말고는, 먹고는 살죠."

그녀는 옆자리의 남자를 고개로 가리키며 말했다.

"이분은 종종 우리 사무실에 들르시곤 해요."

남자는 손사래를 치며 너털웃음을 지었다.

"아이고, 저는 심부름센터 소장입니다. 앞으로 잘 부탁드립니다. 허허."

송 소장은 웃음을 머금고 말을 덧붙였다.

"이분은 전직 경찰이래요. 지금은 민간 자격증을 따서 탐정 일을 하고 있대요."

남자는 어깨를 으쓱하며 말했다.

"이래 봬도 왕년에 정보과 형사였습니다. 술 취한 사람들을 상대하는 동네 경찰이랑은 달랐죠. 우리나라엔 아직 사립 탐정 제도가 없어서, 사람 찾거나 자료 조사 같은 일을 주로 하는데… 뭐, 그래도 일이 들어오면 뭐든 하죠. … 저, 이것…"

슬쩍 책상 위로 명함을 내밀자, 박고시라는 미소 지으며 받았다.

"궂은일은 도맡아 하시겠군요. …그래서 오늘 무슨 일로 오셨나요?"

송 소장이 몸을 비스듬히 기울이며 말했다.

"호호, 별거 아니에요. 이 양반, 앞으로 일이 잘될지, 그리고 우리 둘이 어울리는지 궁합 좀 봐주셨으면 해서요. 저보다 여섯 살이나 많아서, 뭐…"

탐정은 쑥스러운 듯 헛기침을 했다.

"흠흠, 궁합까지요?"

박고시라는 눈가에 미소를 머금으며 말했다.

"두 사람 궁합은 보나 마나 괜찮겠네요. 더 좋아지려면 결국 두 사람이 어떻게 하느냐에 달린 거죠. 탐정 일은 아직 초창기 업종이고, 나중에 미국이

나 일본처럼 정식으로 허가가 날 수도 있으니까, 이무기가 승천하는 격이 되겠죠. 지금도 열심히 하시면 먹고사는 데 문제없을 거예요."

송 소장이 입을 삐죽 내밀며 투덜거렸다.

"에이, 언니. 점사가 왜 이렇게 진지해요?"

탐정이 옆에서 끼어들었다.

"왜요? 말씀이 좋기만 한데?"

송 소장은 손을 휘저으며 말했다.

"그게 아니라 부채랑 방울 흔들고, 뭐 주문도 외우고 그래야 점쟁이 같지 않냐고요."

박고시라는 가볍게 미소 지었다.

"지금은 점사 보는 시간도 아니고, 그 정도는 얼굴만 보고 말할 수 있답니다."

송 소장의 눈이 휘둥그레졌다.

"그래요? 유튜브에서 보던 것과 뭔가 다르네요?"

박고시라는 고개를 끄덕였다.

"흠, 그렇겠죠. 그들과는 다를 거예요. 같으면 더 이상하지 않겠어요?"

송 소장은 의아한 낯빛을 지우지 못했다.

"그렇지만 언니는 무당 같지가 않아요. 말투도 그렇고, 옷차림도 한복이 아니라 그냥 일상복이고, 멋지게 귀고리까지 하고 있잖아요."

주위를 휘둘러보며 그녀는 덧붙였다.

"게다가 신당이라고 하기엔 뭔가 좀…."

박고시라는 조용히 미소 지으며 답했다.

"무당도 각자의 경험과 취향이 있는 거죠. 꼭 정해진 모습이 있는 건 아니니까요."

그때 문득 예전 일이 떠오른 듯, 담담히 말을 이었다.

"예전에 한 유튜버가 찾아온 적이 있긴 하네요. 점사하는 모습을 촬영해서 올리면 광고가 될 거라며 제안하더군요. 그때 그 피디라는 사람도 놀랐죠. 이래서는 아무도 찾아오지 않을 거라고요. …그래서 거절했어요."

송 소장은 두 눈을 동그랗게 뜨며 물었다.

"아니, 왜요? 제 생각엔 그렇게 해야 용하다고 하면서 사람들이 우르르 몰려들지 않을까요?"

박고시라는 씁쓸한 표정을 지었다.

"다 그런 건 아니겠지만, 그 유튜버는 사기꾼이나 다름없었어요. 자기 돈벌이에 무당을 끌어들이려는 수작이었죠. 결국 한통속이겠지만…."

송 소장은 생각에 잠기듯 고개를 끄덕였다.

"네… 말씀 듣고 보니 그렇겠네요. 근데, 언니는 뭐 해서 먹고살아요?"

"흠, 뭐 해서 살긴, 그냥 이렇게 살지요. 생활은 물려받은 유산으로 충당하면 되고, 점사는 돈을 벌기 위해 하는 게 아니에요. 상실과 두려움에 쓰러진 사람들이, 그 넘어진 땅을 딛고 일어서게 도와주는 거죠. …아니, 그냥 그렇게 해야 할 것 같아서요."

그제야 옆에서 우두커니 듣고 있던 탐정이 고개를 끄덕였다.

"아하, 정신과 의사분이랑 비슷한 일을 하시는군요. 물론 다 그런 건 아니겠지만… 허허, 아무튼 대단하십니다."

송 소장도 그제야 이해가 되는 듯 맞장구를 쳤다.

"이상해요, 언니. 다른 무당들하고는… 전혀 다른 세계를 살고 계신 것 같아요."

박고시라는 고개를 가만히 저었다.

"나는 점쟁이라기보다 현실에 어울려 살려는 사람인지도 모르죠. 외계에서 받는 기운보다 현실적인 조언으로 풀어가는 편이에요."

탐정이 고개를 끄덕이며 말했다.

"오, 현실주의자라. 그거 좋네요. 사실 사주팔자보다는, 예지에서 오는 번뜩이는 통찰이 훨씬 도움이 되겠죠."

송 소장은 뭔가 아쉬운 듯 고개를 갸웃했다.

"아휴, 그래도 때론 신비랄까, 괴기스러운 맛이 있어야 재미나잖아요. 세상이 이렇게 팍팍한데, 재미까지 없으면 어떻게 살아요."

박고시라는 미소 속에 고개를 끄덕였다.

"그래요. 세상은 너무 팍팍하죠. 하지만 그 속에서도 현실을 바탕으로 조금씩 나아가는 법을 배운다면, 재미를 넘어서 의미 있는 삶을 찾을 수도 있을 거예요."

송 소장은 장난스럽게 투덜거렸다.

"의미 있는 삶…? 내겐 젬병이야. 난 그냥저냥 재미있게 놀고, 맛있는 거 먹고, 웃고 살면 그만이지, 뭐. …생각하려 들면 만사가 귀찮아!"

탐정이 끼어들었다.

"그래도 의미라는 게 있어야 우리 삶을 붙잡아 주지 않겠어요?"

"오호! 웬일로 문자까지?"

뜻밖이라는 송 소장의 추임새에 탐정은 으쓱해져 말을 이어갔다.

"예전에 형사로 일하면서 느낀 게 있었어요. 범죄는 대체로 사는 이유를 잃어버린 사람들이 일으키는 경우가 많더라고요."
"호호, 평소 봐 왔던 탐정님이 아니셔."
그녀의 감탄 속에, 대화는 자연스레 이리저리 이어졌다. 차를 따라주고, 가벼운 농담이 오갔다. 시간이 지나면서 세 사람은 편안해졌고, 방 안은 웃음소리로 채워졌다.

찻잔 속의 생강차를 한 모금 마신 뒤 박고시라는 조용히 숨을 들이켰다. 방 안에 감돌던 온기와 웃음소리는 어느새 잦아들고, 창밖의 바람 소리만이 가늘게 귓가를 스쳤다. 그녀는 마주 앉은 두 사람을 천천히 바라보았다. 그들의 눈빛 속에는 어느새 알 수 없는 존경과 경계, 그리고 작은 의문이 한데 섞여 있었다.
"사실 무당이 된다는 건요." 그녀는 낮은 목소리로 말을 꺼냈다.
"죽음을 한 번 건넌 사람만이 갈 수 있는 길이에요. 세상의 소리를 듣는 게 아니라, 그 이면의 침묵과 마주할 수 있는 사람. 나는 아직도 완전히 그 세계에 다다르지 못했지만요."
송 소장은 말없이 그녀를 바라보았다. 장난기 많던 눈매가 어느새 진지해졌고, 탐정 또한 자세를 고쳐 앉았다. 박고시라는 계속해서 말했다.
"점사라는 것도 결국 말이잖아요. 그런데 그 말이 진짜가 되려면, 그 사람의 어둠 속을 같이 걸어야 해요. 듣고, 공감하고, 같이 주저앉기도 하면서. 그러다 보면, 때로는 내가 점을 치는 게 아니라, 그 사람이 스스로 답을 찾는 걸 도와주는 것뿐이라는 생각이 들어요."
잠시 침묵이 흘렀다. 탐정이 조심스럽게 입을 열었다.

"죽음을 건넌다… 그 말, 이해할 수 있을 것 같아요. 저도 현장에서 동료들을 잃고, 몇 번이고 그 끝자락에 서 있었거든요. 그때마다 느꼈죠. 사람을 다시 살게 하는 건, 진실도 정의도 아닌, 아주 사소한 것들일 수도 있다는걸요. 누군가의 말 한마디, 따뜻한 눈빛 하나."

"맞아요." 박고시라는 고개를 끄덕였다.

"그 조각들을 모아, 다시 걸을 수 있도록 돕는 거죠. 저는 그걸 '숨을 돌려주는 일'이라 부르고 있어요. 무당이 아니라, 숨을 되찾아 주는 사람. 그런 뜻으로 살고 있답니다."

송 소장이 작게 중얼거렸다.

"숨을… 돌려주는 사람이라… 참, 멋지네요."

그러고 눈치를 보더니 덧붙였다.

"근데, 그 숨을 잃은 사람은 누가 돌봐 주죠? 언니는… 누가 숨 돌려줘요?"

박고시라는 말없이 미소 지으며 찻잔을 들었다. 잔 위로 다시금 김이 피어올랐다. 따스하고도 쓸쓸한 온기. 그녀는 천천히 한 모금 입에 머금었다. 어쩌면, 그 물음의 답은 이 차 한 잔 속에 담겼는지도 몰랐다.

찻잔을 감싸는 그녀 모습을 물끄러미 바라보던 탐정이 헛기침으로 말문을 열었다.

"흠흠! 에, 제가 하는 일도… 뭐랄까요. 사실을 밝히는 것, 그래서 사람들을 돕는 일이죠. 겉으로 보긴 허드렛일 같아도, 내가 찾아내는 진실이 누군가의 삶에 조금이나마 보탬이 되었으면 하는 거랍니다, 헤헤."

그 말에 송 소장이 입술을 삐죽이며 툴툴거렸다.

"쳇! 말은 그럴싸해도, 불륜 조사가 태반이라면서요."

박고시라는 그녀의 투정을 흘러들으며 고개를 천천히 끄덕였다.

"진실을 밝히는 것에 의미를 두는 일이라면… 결국 우리는 같은 길을 더듬고 있는 건지도 모르겠네요."

그렇게 말한 뒤, 박고시라는 시선을 창밖으로 돌렸다.

어느새 저녁이 깊어 있었다. 희미한 가로등 불빛 아래, 사람들이 천천히 길을 걸었다. 현실의 무게를 잠시 내려놓은 자들의 발걸음. 그녀도 한때는 저들처럼 보통의 삶을 살아갔다.

그러나 엄마가 급작스러운 심장마비로 세상을 떠난 이후, 삶의 방향은 다시금 전환점을 맞이했다.

엄마의 마지막 숨결은 무속의 언어로도 해석할 수 없는 침묵이었다. 그날 이후, 그녀는 '들리는 목소리'보다 '지워지지 않는 침묵'을 더 신뢰하게 되었다.

모든 걸 정리한 뒤, 그녀는 서울을 떠나 이 작은 도시에 터를 잡았다. 내림굿으로 이어진 엄마의 기운에서 벗어나기 위해, 무당으로서의 홀로서기를 선택한 것이다.

그녀는 무당이 되었다. 그러나 세상의 무당들과는 사뭇 다른 길을 걷고 있었다.

박고시라는 자신의 운명을 스스로 재해석하고 있었다.

창수는 박고시라와 결별한 뒤, 점점 더 깊은 신념의 늪에 잠겨갔다. 하지만 그것은 단단한 확신이 아니라, 끝없이 뒤틀리는 내적 갈등이었다. 중심을 잡으려 몸부림쳤지만, 그의 내면은 여전히 혼돈으로 들끓었다.

그녀와 나눈 날들은 좀처럼 잊히지 않았다. 서로의 말을 물고 늘어지던 대화들, 때로는 숨 막히게 치열했던 논쟁들, 신념과 신념이 맞부딪혀 불꽃을 튀기던 순간들. 그 기억들은 밤마다 그의 의식을 배회했다.

그녀가 떠난 뒤에도, 창수는 무의식적으로 그녀의 흔적을 쫓았다. 카페, 도서관, 강변의 산책길. 오래전 나란히 앉아 대화를 나누던 자리에 홀로 머무르며, 그녀의 목소리를 마음속에서 되새겼다. 그리고 마침내 깨달았다.

그녀를 밀어낸 건 그의 신념이었다. 하지만 이제 와서 되돌릴 길은 없었다.

밤이면 창수는 좀처럼 잠들지 못했다. 성경을 펼쳐도 말씀은 더 이상 위로가 되지 않았다. 두 손을 모아 기도했지만, 마음을 울린 것은 하나님의 응답이 아닌, 그녀의 목소리였다.

"신념이란 상대를 지배하는 게 아니라 함께 공존하는 것이야."

그녀의 말은 날 선 칼날처럼 그의 가슴 깊은 곳을 파고들었다.

결국 그는 담임목사가 되었다. 대형 교회의 부목사 자리를 거쳐, 자신의 이름으로 개척교회를 세웠다. 그러나 목회의 길은 생각보다 훨씬 거칠고 외로웠다. 사실 전도사 시절부터 그는 줄곧 갈등 속에 있었다. 때때로 자신에게 되물었다.

'오직 앞만 보고 달렸다면, 달라졌을까?'

부목사로서 몸담았던 교회는 그가 꿈꾸던 신앙의 터전과는 너무나 달랐다.

그곳의 목사들은 스포츠카를 굴리고, 별장을 소유하며, 은밀한 쾌락을 즐겼다. 기득권에 기대어 반대자들을 '악마'로 낙인찍었고, 이단을 규탄하면서도 정파적 이해관계에 따라 폭력과 불의를 눈감았다.

신앙이라는 이름 아래 벌어지는 부패와 탐욕.

죄와 벌

그들에게 이단은 순수한 신앙을 지키기 위한 결단이 아니라, 신도들을 묶고 헌금을 끌어모으기 위한 방패에 불과했다.

창수는 그 현실에 맞서고 싶었다. 그래서 스스로 교회를 세웠다.

그러나 현실은 더 냉혹했다. 개신교 신자는 해마다 줄어들었고, 사람들은 더 이상 목사의 설교에 귀를 기울이지 않았다. 물질적 궁핍은 그의 목을 조여왔다.

밤마다 그는 찬양을 부르고, 구원의 기도를 올리며 통곡했다.

그러나 하나님은 침묵으로 응답했다.

기도를 올릴 때마다, 창수의 머릿속은 소용돌이쳤다. 온갖 생각이 그의 의식을 휘몰아쳤고, 내면 깊숙이 자리한 강박은 점점 그의 존재를 잠식해 갔다. 세상은 마치 거대한 덫처럼 그를 조여왔다. 사람들은 눈앞의 안락에 안주한 채 살아가고 있었지만, 창수는 그 틀을 깨부숴야만 한다는 강렬한 확신에 사로잡혀 있었다.

"이 세상에서 누구도 자유롭지 않아. 우리는 감시당하고, 조작당하고, 조종당하고 있어. 진정한 자아란, 애초에 허락되지 않은 걸지도 몰라."

그의 얼굴은 점점 붉어지고, 숨결은 거칠어졌다. 세상은 거짓으로 짜인 무대였다. 그는 그 무대 위에 세워진 허상의 배우처럼 고통받고 있었다. 예배당 벽면의 모니터를 바라보았지만, 거기엔 아무것도 없었다. 디지털의 허공은 텅 빈 거울처럼 그를 비췄고, 그 안에는 오직 그의 분노만이 남아 있었다.

세상의 모든 것들은 타인의 설계 속에서 움직이는 가짜처럼 느껴졌다.

'우주는 수학이다. 피타고라스는 이미 그것을 알고 있었어. 이 세계는 알고

리즘으로 작동하는 정밀한 시뮬레이션에 지나지 않아.'

그는 그 왜곡된 질서 안에서, 조작된 코드들 틈에서, 자신의 존재를 찾아야 했다. 아니, 반드시 찾아내야만 했다. 그는 누군가의 손끝에서 조종된 허구가 아니라, 숨 쉬는 진짜 현실을 원했다.

거짓된 질서를 무너뜨리고, 자신을 만든 존재에게 경고해야 했다.

그의 가슴 깊은 곳에서 울부짖음이 터져 나왔다.

"이 세상이, 이 우주가 신의 창조물이든, 아니면 양자의 정보로 짜인 시뮬레이션이든, 그 모든 걸 조작한 자는 천벌을 받아야 하지 않겠소!"

예배당 안에 그의 목소리가 메아리쳤다. 그러나 그 외침에 응답하는 이는 없었다. 거대한 디지털 모니터는 칠흑 같은 어둠 속에 잠긴 괴수처럼 웅크리고 있었고, 세상은 마치 숨을 멈춘 듯, 그의 절규를 외면했다.

인간들은 여전히 이 지구를 그들만의 창조물이라 믿었고, 빅뱅으로 태어난 광활한 시공간을 신의 무대로 여겼다. 그러나 창수의 내면에는, 불길처럼 번지는 새로운 의심이 자리 잡고 있었다.

'어쩌면 우리는, 단지 몇 줄의 코드로 짜인 꿈에 불과한 존재일지도 몰라.'

세상은 픽셀처럼 무수히 재편되는 환영이었다. 그리고 그 환영을 뒷받침하는 논문과 이론들이, 과학이라는 이름 아래 세상의 구석구석에서 쏟아져 나오고 있었다.

'그래! 이 모든 게 코드라면… 우리의 신앙은 어떤 무대 위에 서 있는 거지? 기도는 결국, 프로그램 안에 갇힌 잡음일 뿐인 건가?'

창수는 힘없이 무릎을 꿇었다. 절망은 차디찬 철의 손처럼 그의 심장을 움켜쥐었고, 허탈감은 영혼의 깊은 심연을 흔들며 뼛속까지 파고들었다. 장기간의 금식과 기도는 그의 육신을 갈가리 찢었고, 신념은 지진으로 갈라진 대지처럼 금이 가기 시작했다.

그때, 어둠 속에서 아련히 빛나는 예배당의 십자가가 눈에 들어왔다. 그것은 마치 생을 다한 별처럼, 먼 우주에서 마지막으로 깜빡이는 불빛처럼, 위태롭게 흔들리고 있었다.

이 같은 혼돈이 마음을 집어삼키기 전까지, 창수는 자신의 믿음이 서서히 균열하고 있다는 사실조차 깨닫지 못했다. 그는 그것을 단지 세상의 지식을 탐구하고 이해하려는 과정이라 여겼다. 신의 존재에 대한 의심이 점차 짙어지고 있었음에도, 그는 그 존재를 놓지 않으려 안간힘을 썼다. 예수의 행적을 찬미하면서도, 성경 속 귀신들에 관한 기록에는 늘 어딘가 미심쩍은 기색이 남았다. 그것은, 끝내 그는 귀신의 존재를 받아들일 수 없었기 때문이었다. 그 불신의 그림자가 어렴풋이 신에 대한 회의로 번지고 있었음을, 그는 아직 말할 수 없었다.

한편, 세상 또한 혼돈이었다.

러시아와 우크라이나의 전쟁, 이스라엘의 가자 지구 침공, 끊이지 않는 무역 분쟁, 일촉즉발의 세계정세. 젊은이들과 선량한 이들이 무참히 쓰러지는 동안, 광기는 회오리처럼 지구를 휘감고 있었다.

그 절망의 한가운데서, 창수는 점차 시뮬레이션 가설에 이끌렸다. 처음엔 단순한 호기심이었다. 이 세계와 우주가 하나의 거대한 프로그램일지도 모른다는 생각은 흥미로운 가설에 지나지 않았다. 그러나 그 사유는 조용히 그의 의식을 점령해 갔다.

'만약 이 세계가, 양자컴퓨터의 연산 결과로 생성된 하나의 허구라면? 그렇다면, 우리는 단지 고안된 환영에 불과한 것 아닐까?'

그 생각이 스치는 순간, 억눌렸던 감정들이 와르르 무너졌다. 불행했던 기억들, 상실의 순간들, 수많은 고통과 눈물이 모두 무의미하게 느껴졌다. 절망할 이유조차 사라진 듯 보였다. 그러나 동시에, 그 깨달음은 창수의 가슴을 타오르는 분노로 채웠다.

"그럼 나도, 한낱 프로그램일 뿐인가?"

창수는 두 손으로 머리를 감쌌다.

이 모든 것이 코드로 짜인 이야기라면, 인간의 고통과 선택, 사랑과 신앙은 … 결국 누군가의 손끝에서 태어난 시뮬레이션에 지나지 않는 것 아닌가?

"신이 존재한다면, 왜 이토록 잔인한 세계를 만들었단 말인가!"

그의 절규가 예배당의 어둠을 가르며 퍼졌다.

그 목소리는 깊고 거친 비탄이었고, 그 울림은 어느덧 과거 박고시라가 품었던 질문들 속으로 창수를 끌어들이고 있었다.

신의 자비와 사랑을 믿고 싶었다.

그러나 전쟁과 질병, 무고한 죽음이 반복될 때마다 그의 믿음은 금이 가고, 그 금은 마침내 와해하기 시작했다.

만약 신이 존재하지 않는다면?

이 모든 혼돈은 단지 정해진 연산의 부산물일지도.

우리가 신이라 부르던 그것은, 어쩌면 단순한 코드의 수식에 불과했을지도 모른다.

"우리는 누군가가 설계한 시뮬레이션 속에서 연기하는 캐릭터일지도 몰라.

그것을 '섭리'라 부른다 한들, 본질은 바뀌지 않아."

창수는 더 이상 자신을 속일 수 없었다. 그 깨달음은 그를 더 깊은 심연으로 이끌었다. 만약 누군가가 이 모든 세계를 조종하고 있다면, 그 존재는 신이 아니라, 단죄받아야 할 악한 프로그래머에 불과했다.

"그렇게 세상을 만든 자는… 천벌을 받아야 해."

어둠 속으로 가라앉은 그의 목소리는 메아리 없이 사라졌지만, 그의 내면에서 울리는 회의는 점차 분노로 번져갔다. 이제 시뮬레이션이 진실인지 아닌지는 중요하지 않았다. 중요한 건, 그가 체감하는 이 현실이 점점 비현실적으로 느껴지고 있다는 사실이었다. 사람들은 현실에 안주한 채 살아가고 있었고, 자신이 어떤 존재인지조차 모르고 있었다. 마치, 한 줄의 코드처럼.

창수는 더 이상 침묵할 수 없었다. 이제 자신의 사상과 신념을 행동으로 드러내야만 했다. 그것이 무엇을 의미하든, 그는 피할 수 없었다.

창수는 손을 움켜쥔 채 기도석에서 천천히 일어섰다. 그의 눈빛은 더 이상 흔들리지 않았다. 의심과 혼란을 헤치고, 남은 건 단 하나.

이 세계와의 싸움.

예배당의 공기는 마치 폭풍 전야처럼 팽팽했다.

그는 결의에 찬 목소리로 외쳤다.

"어떤 일이 있어도, 이 빌어먹을 시뮬레이션을 박살 내야 해."

그 울림이 예배당을 가로지를 때, 삐걱—

낡은 문이 천천히 열렸다.

어둠 속에서 한 그림자가 조심스럽게 고개를 내밀었다.

창수는 고개를 돌렸고, 희미한 불빛 아래 상대의 얼굴을 어렴풋이 확인했다.

신자였다. 그러나 그의 눈에는 두려움이 어렸다.

마치 무언가를 목격한 자의 눈.

곧 그는 망설임 없이 몸을 돌려 사라졌다.

'왜 그렇게 날 봤지?'

의문은 스쳤을 뿐, 창수는 곧 개의치 않았다.

문을 박차고 나섰다.

그의 발걸음은 전장으로 향하는 군인의 그것처럼,

단단하고 확고했다.

그러나 문턱을 넘는 순간,

어디선가 낮고 깊은 속삭임이 그의 가슴을 파고들었다.

"만약 그 존재가 벌을 받을 만큼의 감정을 지녔다면,

애초에 이런 세상을 만들지도 않았겠지."

예리한 통찰이었다.

어쩌면 이 모든 것은 단지 법칙의 작용일 뿐.

의미를 부여하는 건, 결국 인간 자신인지도 모른다.

그러나—

"그렇다면, 내 신념은? 내가 싸우려는 대상은 무엇인가?"

그 모순이 창수의 내면에서 거대한 소용돌이로 피어올랐다.

시뮬레이션을 부수려는 의지,

그리고 자유의지마저 연산의 결과일 수 있다는 공포.

죄와 벌

그때, 밤하늘이 그를 내려다보고 있었다.

별빛은 차가운 눈동자처럼 빛났다.

그 시선엔 자비도, 해답도 없었다.

세상은 여전히 무심하게 돌아가고 있었다.

그 침묵 속에서, 창수는 어둠을 향해 한 걸음, 또 한 걸음을 내디뎠다.

그러던 그 순간—

한 줄기 빛이 그의 심연을 가르며 스쳤다.

"악마다!"

그는 걸음을 멈췄다.

전율이 온몸을 휘감았다.

"지금까지 내 모든 생각은, 악마가 속삭인 달콤한 독이었다!"

두 눈이 크게 흔들렸다.

어떤 결심이 그의 영혼을 파고들고 있었다.

과거가, 그의 사유가, 그의 분노가— 하나의 고백으로 모였다.

"아! 나는 광야의 예수처럼 사탄의 유혹에 시달려왔던 것이었다!

내 안에서 속삭이던 그 목소리는 자유가 아니라 타락이었어.

시뮬레이션이든 섭리든,

우리는 신의 피조물이자 동시에 자유의지를 지닌 존재야.

그렇다면 나는…"

그는 하늘을 우러러, 두 손을 맞잡았다.

별빛 아래, 어둠은 천천히 옅어져 갔다.

"마침내 성령께서 내게 임하셨다!"

그 순간, 창수는 거듭났다.

방황의 시간은 끝났다.

악마의 속삭임을 떨쳐내고, 신의 뜻을 따라야만 했다.

그것이 비록 모순에서 길어 올린 깨달음일지라도,

그는 이제 길을 찾았다고 믿었다.

그리고 그는,

다시 걸음을 내디뎠다.

그 후, 어느 예배 날.

창수는 단상 위에 섰다. 예배당은 숨조차 삼킨 듯 고요했다. 손엔 성경책, 눈은 감긴 채, 그는 깊이 숨을 들이마셨다.

"이제… 말할 때가 왔다."

목소리는 낮고 차분했다. 그러나 점차, 뜨거운 열기로 달아오르기 시작했다.

"세상은 타락했다! 우리는 정의를 실현하기 위해 일어나야 한다!"

그의 눈빛은 성난 불꽃처럼 타올랐다. 신도들은 숨을 죽인 채 바라보았다. 창수는 거칠게 성경을 펼쳐 들며 외쳤다.

"하나님이 원하시는 세상은, 약자가 짓밟히고 탐욕이 승리하는 세상이 아니다! 이제 우리는, 십자군의 칼을 들어야 한다!"

일순간 예배당이 얼어붙었다. 몇몇 신도들은 움찔하며 서로의 눈치를 살폈다. 그러나 오래도록 신앙을 떠났던 이들 중 몇몇은, 그의 열정에 이끌려 조용히 고개를 들기 시작했다. 그들은 그의 눈빛 속에서, 잊고 있던 신념의 불꽃을 보았다. 그의 말엔 설교 너머의 울림이 있었다. 어쩌면 성령의 음성과도 닮아 있었다.

그리고 어느덧, 그의 곁에는 열렬한 지지자들이 모여들었다. 창수의 설교는 날이 갈수록 더욱 격렬해졌고, 그의 언어는 신앙의 경건을 넘어 혁명의 외침으로 변해갔다.

"기도만으로는 부족하다!"

"우리가 정의를 위해 싸우지 않는다면, 악은 절대 멈추지 않는다!"

그 순간, 신도들 사이에서 누군가 외쳤다.

"아멘!"

곧이어 다른 이들도 따라 외쳤다.

"아멘! 아멘!"

찬동과 환호가 예배당을 뒤흔들었다. 그들의 눈빛은 광채를 띠었고, 숨겨진 불꽃이 되살아나는 듯했다.

그리고 그때부터였다.

일부 신도들이 행동에 나섰다. 한 장로를 중심으로 결사대가 결성되었다. 그들은 창수의 설교를 삶과 거리 속 실천으로 옮겼다. 사회 문제에 맞선 집회, 기독교적 가치와 보수적 권리를 수호하려는 시위. 그들은 선봉에 섰다.

거리에서, 광장에서, 인터넷 공간에서 그들은 외쳤다.

"정의는 살아 있다!"

"신의 뜻을 따르라!"

그러나—

그 모든 열기와 환호 속에서도, 창수의 내면에는 알 수 없는 혼란이 조용히 자라나고 있었다.

'내가 정말 신의 뜻을 따르고 있는 걸까?'

설교단에 설 때마다, 그 의문이 그의 가슴을 조용히 짓눌렀다.

'아니면… 내 욕망을 신앙으로 포장하고 있는 건 아닐까?'

그는 그 불안을 외면하려 애썼다. 신도들의 열광적인 환호가, 그의 흔들림을 덮어주었기 때문이다.

"오오… 저 아멘 소리가, 내 흔들림을 지워주는구나…"

그러나 그 위안은 오래가지 않았다. 시간이 흐를수록, 그의 외침은 점점 공허하게 울렸다.

"나는… 누구인가."

"내가 믿는 정의는, 누구의 얼굴을 하고 있는가."

"내가 외치는 신의 뜻은, 정말 신의 것인가."

그가 이끄는 운동은 불처럼 번졌지만, 그 불꽃 뒤에는 회의의 파도가 밀려들고 있었다. 그리고 그 파도는, 그의 영혼을 천천히, 그러나 확실히 침식하고 있었다.

박고시라는 지금의 야당을 떠올릴 때마다 마음 한구석이 저릿하게 저며왔다. 국민의 선택으로 다수당이 되었지만, 약자의 정의로움과 민주주의를 지켜야 한다는 사명감은 여전히 그들에게 숙명처럼 짊어진 십자가였다. 그러나 그 십자가는, 너무나 무겁고 날카로웠다. 파시즘적 이념으로 무장한 기득권층의 억압은 그림자처럼 그들을 따라다녔다. 부당한 공격과 왜곡된 비난 속에서 숨막히는 나날이 이어졌고, 그 억압은 결코 진실에 근거한 것이 아니었다.

조작된 여론, 교묘한 말장난, 사실을 덮는 우파 언론의 공세는 박고시라의 가슴 속에 분노의 불씨를 수없이 지폈다. 없는 먼지까지 끌어모아 좌파를 공격하는 데 특화된 검찰은, 정의의 탈을 쓴 사냥꾼이었다. 그 눈치를 살피며 판결을 내리는 재판관들조차 정의의 눈가리개를 벗지 못한 채 흔들리고 있었다.

그 결과, 좌파 정당의 구성원들은 늘 매도당했고, 끝없는 고통의 수레바퀴에 묶인 채 살아가야 했다.

박고시라는 자문했다.

'자신의 영달과 이익에 본능처럼 충실한 기득권층이, 과연 타인의 고통에 공감할 수 있을까?'

그들의 모습은 그녀의 눈에 현대판 귀족과 다름없었다. 피로 얼룩진 역사를 잊은 자들. 차별을 체질화한 채 특권을 놓지 않으려는 무리. 그들은 언제나 다수를 견제했고, 자신들의 권력을 지키기 위해 수단과 방법을 가리지 않았다.

좌파가 다수당이 되었음에도 여전히 그들은 비난과 처벌의 대상이었다. 박고시라의 마음속에서, 그들은 오히려 불쌍한 존재로 각인되었다.

그러나 그녀가 좌파 정당을 지지하는 이유는 연민 때문만은 아니었다. 그것은 역사 속에서 굳어진 신념이었다. 우파 정권은 언제나 국민의 분노를 불러일으켰다.

수많은 양민을 학살한 이승만의 독재는 4·19 혁명의 피로 무너졌고, 박정희의 군화 소리는 6월 항쟁의 함성에 멈춰 섰다. 전두환의 군부 독재는 광주의 절규로 기록되었으며, 그 후로도 우파 정권의 타락과 무능은 결국 감옥의 철장 너머로 이어졌다.

그리하여 그녀는 확신했다.

우파가 집권한 어느 순간도, 이 나라는 온전한 이성으로 운영된 적이 없었다. 그것은 더 이상 이념이 아니라, 역사가 증명하는 사실이었다. 그럼에도 기득권층은 국민을 조롱했다. '냄비 근성'이라 비웃었고, '개돼지'라는 모욕도 서슴지 않았다. 국민의 기억은 휘발성이라며, 언제든지 위선을 덮어쓸 수 있다고 믿었다.

다시금 독재자를 미화하고, 민족정신을 조롱하는 그들의 태도는—

그녀의 분노에 불을 붙였다.

그들은 일본 극우와 다를 바 없었다. 마치 '토착 왜구'처럼, 정신의 뿌리부터 오염된 자들이었다. 그런 자들을, 과연 '보수'라 부를 수 있을까? 건전함을 잃어버린 그 무리가 국가의 미래를 논할 자격이 있기나 한 것일까?

그녀의 가슴 한가운데에서, 의문과 분노가 뒤엉켰고, 때때로 그 감정은 불길처럼 타올랐다.

어제 전화했던 사내는 말쑥한 정장 차림으로 방석에 조용히 앉았다. 단정히 넘긴 머리엔 은은한 향수가 배어 있었고, 손목의 고가 시계와 손가락의 반지까지 번쩍였다. 양말조차 세련됐고, 그녀는 문득 그가 타고 왔을 차가 어떤 모습이었을지 상상했다. 겉은 번듯했지만, 과연 속도 그럴까?

"오시느라 수고 많으셨습니다. 식사는 하셨어요?"

그는 침을 꿀꺽 삼키며 "네, 네." 하고 대답했다. 말끝에 묻은 어색한 기운이 방 안 공기를 가볍게 휘젓고 지나갔다.

"서울에서 이렇게 먼 곳까지 오시기 쉽지 않으셨을 텐데요."

"제 승용차로 왔습니다."

죄와 벌

짧은 대답. 그러나 그의 눈빛엔 불안이 일렁였고, 손끝은 미세하게 떨렸다. 그녀는 조용히 물었다.

"누구 소개로 오셨나요?"

그의 표정이 일그러졌다. 잠깐의 침묵, 그리고 아래로 떨어지는 시선.

"아는 선배… 용하다고 해서요."

그의 목소리엔 지푸라기를 잡으려는 듯한 절박함이 묻어 있었다. 그녀는 조용히 백지를 펴고 펜을 들었다.

"그럼 이름과 생년월일시를 말씀해 주세요."

그녀는 하얀 백지를 앞에 두고 조용히 펜을 들었다.

"그런데… 신점 보시는 거 맞죠?"

그의 불안은 숨기지 못할 만큼 커져 있었다. 그녀는 조용히 눈을 감았다. 그리고 고개를 좌우로 천천히 흔들더니, 이내 위아래로 끄덕였다. 마치 먼 곳에서 불어오는 바람의 미세한 흔들림을 따라가는 듯이. 멀리서 들려오는 희미한 소리에 귀를 기울이는 것처럼.

눈을 떴을 때, 방 안의 공기가 달라져 있었다. 숲속 깊은 데서 천천히 흐르는 물줄기처럼 고요하면서도 알 수 없는 기운이 감돌았다.

"그래요. 무엇이 궁금해서 오셨습니까?"

그는 간신히 말했다.

"앞날이… 어떻게 될 것 같습니까?"

목소리에는 물이 삼켜지려는 자의 두려움이 서려 있었다. 태연한 척했지만, 뭔가가 그의 내면을 짓눌러 가라앉히고 있었다. 서울의 요란한 무속인을 놔두고 이곳까지 온 이유는 명백했다.

이 사내, 평범하지 않았다.

그녀는 조용히 그의 눈을 바라보았다. 허우적거리는 사람의 마지막 눈빛처럼, 간절함이 느껴졌다. 그리고 의문이 스쳤다.

30대 후반의 나이에 이미 그 위치. 재벌가 자제가 아니라면, 저 자리는 스스로 오르기 어렵다. 누군가가 그를 끌어올렸을 것이다.

"선생보다도 지지해 주는 그분이 문제입니다."

사내의 시선이 크게 흔들렸다.

"보아하니, 꽤 높은 자리에 계신 분 같군요. 능력도 있으시겠지만, 분명 보이지 않는 손이 있었겠지요."

사내는 그녀를 응시했다. 그의 침묵에 곧 확신이 섰다.

"그런데 그분과 뭔가 틀어졌군요. 그가 선생께 좋지 않은 기운을 끼치고 있습니다. …맞습니까?"

"네…."

"선생은 지금 국가의 녹을 먹으시는군요. 혹시 관직에 계시나요?"

"…그건 밝히기 어렵습니다."

그녀는 미소를 지었다. '밝히기 어렵다'라는 말은 곧 '그렇다'는 뜻이었다. 화려한 점집도, 유튜브도 없는 이곳에 찾아온 이 관료는, 자신의 가장 깊은 그림자를 들여다보려는 자였다.

그녀는 손에 들었던 방울을 살짝 흔들었다. 맑은소리가 방 안을 울렸다. 그것은 마치, 운명의 문턱을 여는 신호 같았다.

그녀는 방울을 내려놓고, 조용히 말했다.

"앞날이 궁금하시다 했지요."

죄와 벌

그는 한숨을 쉬었다.

"네, 어떤 시련이 닥쳐도 무사히 넘어갈 수 있을지… 그리고 나 자신도 괜찮을지… 알고 싶습니다."

"음… 별로 좋지 않네요. 그 이유는 아시겠죠?"

그녀는 목소리를 낮추며 단호하게 말했다. 순간 방 안의 공기가 서늘해졌다. 마치 보이지 않는 손이 창문을 열고 찬바람을 불어넣은 듯한 기운이었다.

"선생을 영입한 그분, 요즘 뭔가를 꾸미고 있어요. 그리고 곧 선생에게 요구할 일이 생기겠죠."

사내의 얼굴이 굳어졌다. 그는 잠시 머뭇거리다 조심스레 입을 열었다.

"아직 특별한 요구는 없었습니다. 하지만… 뭔가 불온한 기운이 감도는 건 사실입니다."

그녀는 눈을 가늘게 뜨고 사내를 바라보았다. 그의 말속에서 은근한 배신의 냄새가 풍기는 듯했다.

"세상에 공짜는 없죠. 그분이 왜 남에게 이익을 나누겠어요? 돼지를 키우는 데는 이유가 있는 법입니다."

그녀의 말은 마치 보이지 않던 퍼즐 조각이 맞춰지듯, 점점 선명한 윤곽을 드러냈다.

"선생은 자기 일이 아닌 타인의 음모에 휘말려 입방아에 오르게 될 겁니다. 그렇게 되면 신상에 큰 영향을 미칠 수도 있어요. 그러니 몸가짐을 잘하셔야 합니다. 그분과는 거리를 두세요. 그럴듯한 말로 설득하더라도, 불의한 요구가 있다면 단호히 거부하셔야 해요. 자리를 지키려다 창살에 갇히는 신세가 될 수도 있으니까요."

사내의 눈이 크게 흔들렸다.

"네? 제가 감옥에 간다고요?"

"반드시 간다는 뜻이 아니라, 그릇된 길을 따르다 보면 결국 모든 죄를 뒤집어쓸 수 있다는 얘기예요. 어휴… 이 재앙을 벗어날 수 있으려나."

그녀는 말을 멈췄다.

잠시의 침묵 뒤 그녀는 손끝에 정화수를 찍어 허공에 흩뿌렸다. 물방울이 공기를 가르며 흩어지는 순간, 방 안의 기운이 미세하게 뒤틀렸다. 나비의 날갯짓이 태풍을 일으키듯, 그 작은 의식이 세계의 균형에 파장을 일으키려는 듯 싸늘한 기운이 넘실거렸다.

그녀는 방울을 가볍게, 그러나 매듭을 끊듯 흔들었다. 사내는 저도 모르게 몸을 움츠렸고, 순간 눈을 감았다. 그의 작은 떨림 속에서 불안과 두려움이 선명히 드러났다.

그러다 그는 무너지는 방죽처럼 억눌렀던 말들을 쏟아내기 시작했다.

"무당 선생님, 제 이야기를 들어 보십시오. 우리는 모두 거대한 콘크리트 숲에서 살아가고 있습니다. 인간 사회라 불리는 이 구조물은 유기적으로 움직이는 듯하지만, 결국은 하나의 거대한 기계에 불과해요. 우리는 그 속의 미미한 부속품일 뿐이죠. 저도 한때는 희망을 품었어요. 우습지만, 그 시절엔 세상이 이토록 좁고 억압적일 줄 몰랐습니다. 꿈을 꾸면 이루어질 줄 알았고, 모든 것이 내 것인 양 느껴졌죠. 그러나 현실은 달랐습니다. 시스템은 언제나 그것을 설계한 자들에게 봉사합니다. 그 안의 개인은 연료에 불과하죠. 법과 조직, 제도는 모두 그들의 것이었습니다. 나는 그저 톱니바퀴 하나에 불과했어요."

 그의 목소리는 서서히 절망을 머금었다. 말 한마디 한마디가 공기 속에 가라앉으며, 그의 혼란과 고독은 점차 실체를 얻어갔다. 그는 마치 자신을 알아줄 단 한 사람을 찾는 눈빛을 하고 있었다.

 "언젠가 지하철을 탔을 때, 나와 같은 얼굴들이 빼곡히 들어차 있었어요. 모두가 무표정한 얼굴로 앞만 보고 걸었고, 누구도 웃지 않았습니다. 서로 눈을 마주치는 일조차 없었죠. 그때 깨달았어요. 우리가 살아가는 이 공간은 거대한 무덤이며, 우리는 그 안에서 생존하는 존재들이라 믿는 것뿐이라는 걸. 삶은 단지 살아남는 과정입니다. 의미란 없습니다. 존재는 지속일 뿐이에요."

 그는 잠시 말을 멈추고 손끝으로 책상을 톡톡 두드렸다.

 "'조직에 반항하는 자는 제거된다. 조직에서 벗어나려는 자는 존재 자체가 지워지거나, 결국 조직에 동화된다.' 이 문장을 매일 되뇌며 살아갑니다."

 말이 끝나자, 방 안에 깊은 침묵이 흘렀다. 무거운 고백이 공기 속에 걸려 있었다. 그녀는 천천히 고개를 숙이며 그의 말을 곱씹었다. 그리고 조심스레 물었다.

 "선생은 도대체 어떤 일을 하시는 분이죠? 직업을 밝히지도 않고, 마치 국가의 그림자 속에서 움직이는 사람처럼 말씀하시니 조금 두렵네요. 혹시… 정부가 뭔가를 꾸미고 있는 건가요? 야당 쪽에서는 정부가 계엄령을 준비하고 있다고 주장하던데, 혹시 그와 관련된 일에 관여하고 계신 건 아닙니까?"

 그녀의 물음에 사내는 눈을 한 번 깜빡이고, 천천히 숨을 들이쉬었다. 그 숨결 속에는 감춰야 할 무언가가 섞여 있는 듯했다. 공기 중에 긴장감이 묘하게 진해졌다.

그러나— 그는 고개를 저으며 말했다.
"천만에요. 절대 아닙니다. 제가 그런 일에 관여할 리가요. 그런 위치에 있지도 않습니다."
하지만 그의 말투에는 지워지지 않는 불안이 깃들어 있었다. 어쩌면 그는 이미 조직의 일부가 되었거나, 그 사실을 스스로 부정하고 있는지도 몰랐다. 그는 현실에서 빠져나올 길을 찾지 못한 채, 허우적거리고 있었다.
다시 그는 입을 열었다.
"무당 선생님, 세상은 언제나 소수의 악이 다수를 지배하고, 진실은 왜곡됩니다. 언제나 그래왔고, 앞으로도 그럴 겁니다. 우리는 민주주의라는 이름 아래 통제당하고, 자유라는 환상 속에서 속박당합니다. 모든 것은 보이지 않는 곳에서 조작되고, 뒤틀립니다. 결국 진실마저 의심받게 되죠. 그러나 사람들은 점점 무감각해져요. 시스템의 모순을 알면서도 익숙해지는 겁니다. 그것이 이 세계의 본질입니다."
그의 목소리는 어둡고 단단했다. 확신과 체념이 동시에 묻어나는, 이미 결론에 다다른 목소리였다. 무거운 비관이 방 안을 장악했다.
"내가 무엇을 느끼든, 무엇을 보고 듣든, 나는 이 구조 속에서 살아가야 합니다."
그 말은 단호했지만, 끝자락에는 서늘한 체념이 스며 있었다. 그는 천천히 손을 들어 책상 위를 쓰다듬었다.
"나는 그 사실을 받아들였습니다. 그래서 오늘도 승용차를 몰고 이곳에 온 겁니다. 살아남기 위해서죠. 세계가 아무리 왜곡되고 부조리하더라도, 나는 버텨야만 합니다. 그래야만 다시 한 걸음을 내디딜 수 있으니까요. 우리는 모두 그렇게 살아갑니다. 그렇게 믿고요. 제 말, 틀렸습니까? 무슨 문제라도 있습니까?"

그의 말은 마지막 남은 방어선 같았다. 타인과 자신을 구분 짓고, 존재를 보호하려 쌓아 올린 최후의 벽. 그러나 그 벽은 이미 깊게 금이 간 상태였다. 고통 속에서 형성된 그의 철학은, 오히려 그를 더 좁은 세계로 몰아넣고 있었다. 그의 말이 전혀 뜻밖은 아니었지만, 그것을 직접 들었을 때 그녀는 순간적으로 당혹감을 감추지 못했다. 그것은 단순한 불만이 아니라, 그의 존재를 지배하는 필연적 귀결이었다.

박고시라는 하얀 백지 위에 사주의 팔자를 거칠게 긁적였다. 손에 쥔 부채를 천천히 펼쳐 들고 방울을 흔들었다. 흔들리는 방울은 오래도록 멈추지 않았다. 공기를 가르며 울려 퍼지는 청동 방울의 차가운 울림. 그 소리는 그녀의 내면 깊숙이 맴돌았다.

그녀는 조용히 숨을 들이마시고, 차분하게 말했다.

"선생은 자신이 하는 일과 무관하다고 말하지만, 사실 그 생각 자체가 선생을 더 깊이 억누르고 있어요."

그녀는 그의 눈을 똑바로 바라보았다. 그 눈빛 속 갈등과 허무, 언젠가 진실을 마주하게 될 운명이 숨어 있었다.

"선생은 자기가 무슨 말을 하고 있는지, 그 말이 어떤 무게를 지니는지 잘 알고 있어요. 하지만 그걸 인정하는 순간, 모든 것이 무너질까 봐 두려운 거죠. 결국 세상은 권력자들의 게임일 뿐이에요. 정치, 경제, 사회… 겉으로는 다른 듯 보여도, 실은 같은 방식으로 돌아갑니다. 사람들은 잘못된 이념에 속고 있다고 생각하겠지만, 사실 그 자체가 구조이고, 질서입니다. 선생의 고뇌도, 그 안에서는 그저 작은 파편에 불과한 거예요."

그녀의 목소리는 냉철하고 단단했다. 사내의 격한 감정을 가라앉히려는 듯, 서늘하면서도 침착한 어조였다. 그의 부조리에 대한 갈망과, 그것에서 벗어나지 못하는 절망을 동시에 끄집어내고 있었다.

"밖은 춥습니다. 하지만 선생에게 중요한 건 온도가 아니죠."

그녀는 조용히 부채를 접으며 말을 이었다.

"진짜 중요한 건, 지금 이 현실 속에서 살아가는 일입니다. 세상은 언제나 소수의 욕망과 이익을 위해 움직여요. 아무리 선생처럼 고뇌하는 사람들이 늘어난다 해도, 세상을 바꾸지는 못해요. 세상은 바뀌지 않아요. 다수는 소수의 영향력 아래 살아가고, 그 틀 안에서 평생을 소비하며 살아가는 겁니다. 그게 현실이고… 이것이 제가 선생에게 해줄 수 있는 전부예요."

사내는 아무 말도 하지 못했다. 방 안의 공기는 더욱 무거워졌고, 그의 얼굴에는 서서히 고요한 절망이 스며들었다. 그는 깊이 숨을 들이쉬고, 머릿속을 맴도는 질문 하나를 마침내 꺼냈다.

"…그러니까 선생님 말씀은, 제가 지금 이 자리에서 계속 일해도 괜찮다는 뜻이군요."

그의 목소리엔 체념과 무력감이 짙게 배어 있었다. 그 무게가 방 안의 침묵 속에 가라앉았다. 그는 천천히 자세를 고쳐 앉았다. 내면의 이야기를 모두 토해낸 뒤 찾아온 공허함이 그를 짓눌렀다. 그러나 그 허무를 인정하는 것만이 어쩌면 유일한 출구일지도 모른다고 그는 생각했다.

그는 소수의 악이 다수를 지배하는 왜곡된 세상에 대해 고백했지만, 결국 자신이 그 현실을 바꿀 수 없다는 사실만을 확인했을 뿐이었다. 그가 할 수 있는 건, 그 왜곡된 질서 속에서 그저 사는 일이었다. 어쩌면 그렇게 받아들이는 것이, 그의 정신을 겨우 붙드는 유일한 방법인지도 몰랐다.

"선생의 생각은 결국 자기 말에 묻혀 있습니다."

그녀는 고요하지만 단호하게 말했다.

"'무거운 하루가 다시 시작된다. 나는 이 조직에서 그저 살아갈 뿐이다.' 그게 선생이 품은 진심이죠. 그러니 무당인 나도 달리 해줄 이야기가 없습니다. 생각의 틀에 갇혔으니, 그 안에서 살아갈 수밖에요."

그녀의 말은 그의 닫힌 마음을 조용히 두드리고 있었다. 그러나 그는 아직 그 문을 열 준비가 되어 있지 않은 듯했다.

사내는 무겁게 일어섰다. 다리가 저린 듯, 가볍게 신음을 흘리며 몸을 풀었다. 짧은 움직임이었지만, 그 안에는 어딘가 짓눌린 삶을 떨쳐내려는 고투가 담겨 있었다. 그녀는 그 모습을 바라보다, 문득 되물었다.

"그런데… 당신도 그 소수 집단에 속해 있는 거 아닌가요?"

그녀의 질문은 날카로웠다. 사내의 움직임이 멈췄다. 그는 천천히 그녀를 바라보았다. 그 눈빛 속에는 당혹감과 고통이 뒤섞여 있었다. 그 질문은 그가 필사적으로 외면해 왔던 진실을 정면으로 겨누고 있었다.

그는 입술을 달싹이며 무언가를 말하려 했지만, 말은 끝내 입 밖으로 나오지 않았다. 그의 고백은 이미 너무 무거웠고, 그 무게를 지탱할 언어는 아직 그에게 없었다.

사내가 돌아간 뒤, 박고시라는 몸이 바닥으로 가라앉는 듯한 무거움을 느꼈다. 금세 가벼운 몸살이 몰려왔다. 침대에 눕자마자 두통이 머리를 짓눌렀고, 규칙적으로 뛰는 심장 소리는 오히려 머릿속을 어지럽혔다.

그녀가 타인에게 점괘를 봐주는 이유는 단지 생계 때문만은 아니었다. 정신적으로 방황하며 삶의 방향을 잃은 이들에게, 작게나마 위로를 건네고 싶었다. 그들이 갈림길에서 길을 찾을 수 있도록 돕고 싶었다. 그래서 이 좁고 낡은 빌라에서 점집을 운영해 온 것이다. 그녀에게 이 일은 거의 사명과도 같았다.

하지만 이번만큼은 달랐다. 그 사내와 나눈 대화가 머릿속을 떠나지 않았다. 그의 무거운 말들과 어두운 눈빛이 뇌리 깊숙이 박혀 있었다. 자기 말들이 그를 제대로 도와주지 못한 것은 아닐까— 그 자책감이 가슴을 짓눌렀다.

'그가 단지 살아남기 위해 그 조직에 들어갔다면, 그냥 버티라고 말해야 했다. 그게 그나마 그가 무사히 살아갈 수 있는 길이었을지도 모른다.'

그녀는 그렇게 중얼거리며 눈을 감았다. 하지만 마음 한구석은 여전히 흔들렸다.

'하지만 만약, 그 조직에서 생명을 위협하는 명령이 내려진다면? 그땐 주저 없이 사표를 던지고 떠나야 해. 공의를 위해 불의를 고발하는 게 옳다고 해도… 세상은 그런 사람을 영웅이 아니라 탄압하고 배신자로 몰아세우지.'

그녀는 무겁게 숨을 내쉬었다.

'특히 그 일이 단순한 조직의 문제가 아니라, 국가 차원의 일이라면… 그 말은 더더욱 위험해진다.'

그녀는 그가 속한 조직이 그런 곳임을 어렴풋이 짐작하고 있었다. 거짓과 불의가 뒤엉켜 돌아가는 그 안에서 정의를 외친다는 것은, 곧 스스로 감옥으로 들어가는 것과 다름없었다.

'그러니 그는 눈을 질끈 감고, 지금이라도 사표를 던져야 했다. 일어설 때, 마지막으로 그 말을 해줘야 했는데… 강하게, 분명히 말해야 했다.'

그녀는 고개를 돌려 천장을 바라보았다. 오래된 균열이 거미줄처럼 얽혀 있었고, 그 틈새로 어둠이 스며드는 것만 같았다. 그녀는 서서히 눈을 감았다.

'그는… 내 말을 듣고, 무사히 살아남을 수 있을까?'

사내의 뒷모습이 떠올랐다. 그것은 마치 그림자처럼 희미하고, 위태롭게 흔들리다 이내 사라질 듯한 형상이었다. 그녀는 그 형상이 사라지지 않기를 바랐다. 그러나 그림자가 떠난 방 안에는, 여전히 그 무게가 남아 있었다. 말로 표현되지 못한 책임, 닿지 못한 진심이 그녀의 가슴 속에 조용히 가라앉아 있었다.

겨울 산맥의 눈밭을 넘어온 한파가 거리에 휘몰아쳤다.

찬 바람이 을씨년스레 쓸어대는 바깥 복도에서 탐정은 코트 깃을 여미며 주변을 서성거렸다. 한참 지나 연인으로 보이는 남녀 한 쌍이 한숨지으며 나오자, 그는 닫히려는 현관문을 황급히 붙잡고 안으로 들어섰다.

"탐정님이 연락도 없이 웬일이세요? 일이 잘 안 풀리시나 봐요?"

불편한 기색을 드러낸 채 탐정은 투덜대며 자리에 앉았다. 깊게 숨을 들이켰다가 내뱉으며 툭 하고 말을 던졌다.

"휴… 다 큰 딸년이 속을 썩입니다."

목소리엔 분노가 비치고, 눈동자엔 걱정과 불안이 뒤엉켜 있었다. 박고시라는 그의 말에 가만히 눈을 감았다. 방 안에는 무거운 정적이 내려앉았고, 바깥에서는 회오리친 바람이 창틀을 스치고 있었다. 그녀는 마치 그 바람결조차 마음에 품듯, 침묵 속에서 한없이 고요해졌다. 세상의 모든 소리를 듣는 나무처럼, 흔들림 없이 그 자리에 있었다.

잠시 후, 눈을 뜬 그녀가 말했다.

"이제 말씀해 보세요. 따님이 어쨌기에 마음이 그리도 상하셨어요?"

잠시 침묵 속에서 숨을 고른 탐정은 조심스럽게 말을 잇기 시작했다.

"딸아이가 며칠 전 직장을 그만두더니, 말도 없이 집을 나갔습니다. 연락도 없고… 어디 있는지, 뭘 하는지도 모르겠습니다. 그냥, 사라졌어요."

박고시라는 그의 얼굴을 물끄러미 바라보았다. 탐정의 표정은 낙심으로 어두웠고, 그 안엔 자책이 고목의 뿌리처럼 얽혀 있었다.

"마지막으로 따님과 어떤 이야기를 나누셨어요?"

그녀가 조심스레 묻자, 탐정은 또다시 깊은 한숨을 토해냈다.

"회사 일이 힘들다고 하기에, 그냥 참으라고 했습니다. 다 그렇다, 지나간다… 그렇게 말했죠. 그런데 그게 마지막이었습니다. 그날 이후, 딸아이는 말 한마디 없이 사라졌어요."

박고시라는 고개를 천천히 끄덕였다.

"아버님은 지금, 그 일이 운명이거나 액운이기를 바라시는 듯해요. 하지만 어쩌면… 그건 따님의 외침을 듣지 못한 결과였는지도 모릅니다."

탐정은 천장을 올려다보다, 이내 시선을 떨구었다.

"그럼… 지금은 뭘 해야 할까요?"

박고시라는 잔잔하게 미소 지었다.

"따님을 찾기 전에, 먼저 따님의 마음을 찾아야 해요. 그 아이가 왜 힘들었는지, 왜 그 자리를 벗어나려 했는지를 헤아리는 거예요. 부적도 굿도 아닌, 아버지의 진심이 가장 강한 힘이 될 겁니다."

한동안 말이 없던 탐정은 고개를 끄덕였다. 그의 얼굴에, 희미하게나마 한 가닥 희망이 떠오른 듯했다.

"알겠습니다. 딸아이의 이야기를 들어 보겠습니다. 그 아이는 어릴 적 엄마의 사랑조차 제대로 받지 못했어요. 이제라도, 절대로 외면하지 않겠습니다. 그 아이가 바라는 방식으로 살 수 있도록 도와줄 겁니다."

그는 얼굴을 붉히며 자리에서 일어섰다.

"찾을 수는 있을까요?"

그녀의 물음에 탐정은 멋쩍은 듯 웃어 보였다.

"제가 누굽니까? 탐정 아닙니까?"

현관문이 닫히고, 다시금 방 안엔 고요가 내려앉았다.

박고시라는 조용히 창문을 열었다. 차가운 겨울바람이 방 안으로 밀려들었다. 세상의 모든 바람은 어딘가로 길을 내고 있었다. 비록 어둡고 거친 길일지라도, 바람이 지나간 자리에 언젠가 빛은 깃들 것이다.

문득, 살갗을 간질이는 바람결에, 그녀는 느꼈다.

한참을 돌아온 기억 하나가 어깨에 살며시 내려앉는 것을―

바람 부는 들판의 오후였다.

해가 가장 높이 솟은 시간, 박고시라는 키르기스스탄의 어느 평원에 서 있었다.

그녀는 내림굿을 받은 뒤, 시베리아와 중앙아시아의 거친 들판을 휘돌아 다녔다.

그날의 바람은 유난히 부드러웠다. 초원의 풀들이 꽃잎처럼 일렁였고, 그녀의 발끝을 스치던 흙먼지마저 잠잠했다.

멀리 키르기스스탄 산맥이 병풍처럼 둘러쳐져 있었다. 설산의 능선은 물결처럼 부드럽게 이어졌고, 곳곳에 솟은 뾰족한 봉우리는 바람에 깎인 돌기처럼 날카로웠다. 회백색의 바위 절벽은 세월이 새긴 주름처럼 파여 있었고, 해빙기의 눈 녹은 물줄기는 거센 급류로 바닥을 파고들며 계곡을 만들고 있었다. 산 아래로는 완만한 경사가 들판으로 스며들었고, 그 사이로 염소 떼가 지나간 듯 좁고 흩어진 길들이 어지럽게 뻗어 있었다.

바람은 그 골짜기를 휘감아 굽이치며 내려왔고, 산등성이 너머엔 푸르스름한 실안개가 너울처럼 내려앉아 있었다.

그는 그녀의 옆에 서 있었다.

"이 바람이 어디서 오는지 알아요?"

그가 물었다.

그녀는 고개를 저었다.

그는 입꼬리를 살짝 올리며 풀잎 하나를 꺾어 손가락으로 비볐다.

"저 산 너머, 우즈베크 국경에서부터 불어와요. 2박 3일쯤 걸려서 도착하죠."

"거짓말."

그녀가 웃었다.

그는 고개를 저으며 아무 말도 덧붙이지 않았다.

그녀는 눈을 가늘게 떴다.

죄와 벌

그의 말이 바람의 궤적처럼 유랑하던 자신의 마음을 어루만지는 듯했다.

그날, 그들은 하루 종일 거의 말을 나누지 않았다. 언어가 아닌 풍경이 그들을 대신했으니까.

바람 소리, 풀벌레 소리, 멀리서 들려오는 조랑말의 울음소리.

그에게는 일행이 있었다. 비록 기름과 물처럼, 가까우나 따로였다.

흰 나비 떼가 들판 위를 날고 있었고, 마른 바람은 그녀의 뺨을 연신 스쳐 지나갔다.

그의 그림자가 그녀의 그림자와 겹칠 때면, 말하지 못한 감정이 그 틈에서 일렁였다.

그녀는 가끔 그와 부딪히지 않으려 발끝을 조심스레 옮겼다.

하지만 마음은 자꾸 그에게 걸려 넘어졌다.

그녀는 자주 그의 손등을 훔쳐보았다. 햇살에 그은 피부 위로 돋은 잔털, 길고 가느다란 손가락, 손목 아래 희미한 흙 자국.

그 손이 어느 순간 그녀의 옷깃을 가볍게 감싸며 말했다.

"당신, 춥죠."

그녀는 놀랐다.

밤이 되어, 야영지로 돌아오는 길. 그녀는 문득 걸음을 멈추었다.

뒤돌아본 들판 위로, 흰 나비 한 마리가 느리게 떠 있었다.

그가 조용히 말했다.

"가끔은, 어떤 사람은 그저 지나가는 바람 같아요. 머물진 않지만… 지나간 흔적은 오래 남죠."

그녀는 그 말을 오래도록 잊지 못했다.

그의 체취, 그가 건넸던 물 한 모금, 흙먼지 뒤섞인 말굽 소리, 한밤중 조용히 들리던 옆자리의 숨소리까지.

그날 밤, 그녀는 말없이 그의 곁에 앉아 별을 보았다.

별빛 아래 그의 옆얼굴은 고요했다. 말이 없었기에, 더 많은 말이 들리는 듯했다.

이튿날, 그는 먼 산을 오래 바라보았다.

눈 덮인 산맥이 햇살에 녹아 작은 강이 되어 흐르고 있었다.

"여기선 시간이 좀 달리 흘러요."

그가 말했다.

"어떻게요?"

그녀가 되물었다.

"느려요. 한 걸음씩, 꼭 누군가를 기다리듯이."

그녀는 고개를 끄덕이지 않았다.

대신 주머니에서 손을 꺼내 바람 속으로 내뻗었다. 손끝에 닿는 공기의 감촉이 낯설고도 다정했다.

"왜, 혼자 여행하세요?"

그가 물었다.

"보내려고요, 기다리지 않고. 아니, 모르겠어요. 그냥… 어디론가 훌쩍 떠나야 할 것 같아서."

"도망치는 건 아니고요?"

"아니요. 숨으려는 거죠."

죄와 벌

"그게 그거 아닌가요."

그는 웃었고, 그녀도 따라 웃었다. 그러나 둘 다 웃지 않았다.

그 웃음 속엔 말이 닿지 않는 무엇, 혹은 말이 지나간 자리에 남은 울림이 있었다.

"…아이들의 소리가… 지금도 웃으려면…."

그녀는 설산 너머로 시선을 옮겼다.

바람이 스쳤다.

그는 푸른 하늘을 보며 중얼거렸다. 자신에게 들려줄 이야기라는 듯.

"역사는 늘 소수가 다수를 지배했지만, 변화의 순간은 예기치 않게 오죠. 권력은 다수의 동의와 행동 속에서 존재하고요. 냉소적인 현실주의자로 살되, 세상을 바꿀 가능성을 잊지 않아야 해요."

그의 말은 바람 같지도, 나비 같지도 않았다.

돌처럼 단단하고, 오래 머무는 무게를 지닌 어떤 것.

그녀는 시선을 이리저리 옮겼다.

저기 눈에 띄는, 스케치 속 풍경 같은 여자—

전날 저녁, 불빛 아래 일행 속에 앉아 있던 다소곳한 모습.

까무잡잡한 피부에 커다란 눈동자, 말이 없었고, 말이 없어 더욱 눈에 띄던 사람.

플란넬 셔츠에 배어 있던 약초 향처럼, 불빛에 일렁이며, 잔잔한 평화를 지닌 얼굴.

새초롬하게 물었다.

"일행 중에, 한 여자분과 띄엄띄엄, 같이 있는 걸 봤어요."

"약사예요."

그가 대답했다.

"그녀는 처음 나를 본다는데, 난 오래전부터 알고 있었죠."

"…약사세요?"

"아뇨. 전 작가입니다. 몇 번 이곳에 왔었죠. 소설 쓰러."

그녀는 더 묻지 않았다.

그는 가방에서 낡은 공책 하나를 꺼냈다.

"그녀는 약사 회보에 가끔 글을 써요. 제 그림과 단상이 거기 연재되죠."

공책 표지엔 가슴에 하얀 부케를 안은 낯선 여자의 얼굴이 그려져 있었다. 그는 페이지를 넘기다 한 장의 스케치를 그녀에게 보여주었다.

산 아래 하얀 꽃이 흐드러진 들판, 그 위를 유영하는 나비 떼.

"어제 혼자 나갔을 때 봤어요. 꼭… 어떤 기억이 떠다니는 것 같았죠."

"기억이… 날개를 달면, 다시 돌아오기도 하나요?"

그녀가 물었다.

"가끔은요. 하지만… 나비처럼 오래 머물진 않죠."

그녀는 고개를 돌렸다.

금방이라도 날아오를 듯 가벼운 한 나비, 바람에 쓸려가는 긴 그림자.

그녀는 조용히 그의 손놀림을 지켜보며 생각했다.

희고 고운 빛을 내는, 아름다운 사람이라고.

"이번엔 제게 물어보세요."

그녀가 말했다.

스케치를 펼친 그의 손등 위로 햇살이 비껴들었다.

그 빛은 그의 체온처럼 느껴졌다.

"두 번째 날의 바람이 가장 부드러워요. 처음 오는 바람은 낯설고, 마지막 바람은… 떠날 준비를 하니까."

그는 풀잎을 하나 꺾어 손끝에서 비볐다. 그리고, 그녀가 묻던 그 말을 되돌려주었다.

"기억이 날개를 달면, 다시 오기도 하나요?"

"와요. 가끔은 한참을 돌아와요. 다 잊었다 싶을 때, 다시 와요. 그러니까… 조심해야 해요. 기억은 생각보다 집요하니까요."

바람이 불었다.

들판 너머로 흰 나비 한 마리가 느리게 날아들었다.

그녀는 숨을 멈췄다.

그는 조용히 그녀를 바라보았다.

"당신은… 가끔 아주 조용히 있을 때, 무너질 듯 보여요."

"그건… 괜찮은 건가요?"

"글쎄요. 그냥… 그대가 스스로 어디론가 사라져 버릴 것 같아서."

"그럼… 그땐 붙잡아 주세요."

"정말 붙잡으면요?"

"그땐… 말리지 않을게요."

말이 멎었다.

그들은 한참을 말없이 들판을 바라보았다.

그의 그림자와 그녀의 그림자가 겹쳤다. 어깨쯤에서.

그녀는 그 겹친 경계에서, 오래도록 미뤄온 어떤 감정이 서서히 깨어나는 걸 느꼈다.
사랑일지, 그리움일지, 혹은 놓쳐버린 어떤 감각일지.
다만 그것은 오래도록 품어온 상처의 모양과 똑 닮아 있었다.
"살면… 살아지는 겁니다."
그는 그렇게 말했다.
그리고, 그들은 각자의 길을 떠났다.
그러나 그날의 들판, 그 바람, 흰 나비의 날갯짓은—
가끔, 아주 조용한 날에만
그녀를 찾아왔다.

부드러운 꿈결,
그 언저리에는 늘 낯섦과 홀로됨과 길 잃는 여정이,
그녀의 미몽을 따라다녔다.
새벽 기도를 위해 일찍 잠자리에 든 그녀는 비몽사몽간에 깨어났다. 전화기의 요란한 진동음은 마치 어둠 속에서 울린 경종 같았다.
"계엄이 선포됐대요!"
심부름센터 탐정의 목소리가 전화기 너머에서 터졌다. 그녀의 심장은 얼음처럼 굳더니, 곧 거친 파도처럼 요동쳤다. 휴대전화를 움켜쥐고 화면을 켜자, 속보들이 빗발치듯 쏟아졌다. 대통령의 모습이 화면 위로 떠올랐다.
2024년 12월 3일, 22시 27분.
그의 얼굴은 얼음조각처럼 굳어 있었고, 목소리는 감정 없이 매끄러웠다.

"존경하는 국민 여러분, 저는 대통령으로서 피를 토하는 심정으로 국민 여러분에게 호소드립니다. …국회는 …판사를 겁박하고 다수의 검사를 탄핵하는 등 사법 업무를 마비시키고, 행정부마저 마비시키고 있습니다. …민주당은 주요 예산을 전액 삭감하여… 국민의 삶은 안중에도 없고… 지금 우리 국회는 범죄자 집단의 소굴이 되었고, 입법 독재를 통해 국가의 사법, 행정 시스템을 마비시키고 자유 민주주의 체제의 전복을 기도하고 있습니다. …우리 국민의 자유와 행복을 약탈하고 있는 파렴치한 종북 반국가 세력들을 일거에 척결하고 자유 헌정 질서를 지키기 위해 비상계엄을 선포합니다. …망국의 나라로 떨어지고 있는 자유 대한민국을 재건하고 지켜낼 것입니다…"

차디찬 말들이 그녀의 귓속으로 사정없이 쏟아졌다. 영상 속 대통령은 민주주의의 마지막 숨결 위에, '질서'와 '안정'이라는 이름의 무덤을 덮어씌우고 있었다. 그 목소리는 얼음처럼 차고 단호했으며, 그 차디참은 곧 현실의 시간으로 흘러들었다.

국회는 이미 봉쇄되었다. 쇠창살 같은 경찰의 벽이 출입문을 틀어막았고, 정예부대의 군홧발이 칠흑빛 아스팔트 바다 위를 둔탁하고도 무심하게 두드렸다— 명령에 길들여진 음계처럼.

그 시각, 서릿발 선 얼굴의 야당 지도자는 아내가 다급히 모는 승용차 안에서 떨리는 손으로 휴대전화를 들었다. 화면 너머, 그의 목소리는 거세고 낮게 심장을 울렸다.

"대통령이 비상계엄을 선포했습니다. 국회가 비상계엄 해제 의결을 해야 하는데, 군대를 동원해 국회의원들을 체포할 가능성이 매우 높습니다. 국회로 와 주십시오. 늦은 시간이긴 하지만, 국민 여러분께서 이 나라를 지켜주셔야 합니다. 저희도 목숨 바쳐 이 나라 민주주의를 꼭 지켜내겠습니다."

그의 눈빛은 차창의 그늘진 현란 속에서 불꽃을 품고 있었다. 그것은 두려움이 아니라, 다짐의 섬광이었다.

그리고 이어지는 화면— 국회 담장을 넘는 그와, 시차를 두고 도착한 국회의장의 모습. 어둠과 시간의 벽을 뚫고, 그들은 각자 본회의장을 향해 내달렸다.

계엄군의 그림자가 그들을 따라 움직였고, 체포의 손길이 그들의 등 뒤를 노려보았지만, 그 발걸음은 멈추지 않았다.

그 순간, 박고시라는 얼마 전 점집을 찾았던 사내의 얼굴이 떠올랐다.

"아…!" 짧은 탄식이 입술 사이로 새어 나왔다.

그가 남겼던, 체념 섞인 말들이 귓가에 울렸다.

'설마, 했던 일이 결국은 터지는구나! …그 사내는 알고 있었던 것일까?'

무기력과 순응으로 포장된 그의 선택이, 바로 지금의 이 사태를 미리 알고 있었던 예고였던 걸까.

그녀는 숨을 고르며 급히 노트북을 켜고, 보도 채널을 틀었다. 화면 속 서울은 이미 낯선 도시가 되어 있었다. 헬리콥터 대열의 프로펠러 굉음이 하늘을 가르고, 장갑차의 엔진이 대지를 울리며, 붉게 번진 경고등 속에서 총구들이 천천히 고개를 들고 있었다.

무장한 병력은 국회와 선관위, 언론매체의 심장부를 점령해 들어갔다. 역사의 심연에서 되풀이되던 장면— 그 어둠이 다시 살아나고 있었다.

그녀는 텅 빈 눈빛으로, 마치 바람처럼 속삭였다.

"이건… 명백한 친위 군사쿠데타야."

오래전 읽은 철학자의 문장이 그 어둠 속에서 떠올랐다.
'권력은 규율과 담론을 가장하지만, 끝내 억압과 부패로 귀결된다.'
그 마지막 문장, 한 번도 잊히지 않았던 그 문장—
'권력은 필연적으로 부패한다.'
그러나 그녀의 깊은 심연 어딘가, 잿더미 속에도 꺼지지 않은 작고 단단한 불씨 하나가 희미하게 깜박였다. 체념이 아니었다. 희망이라 부를 수 있을지 몰라도, 그녀는 분명히 그것을 느꼈다.
"역사는, 늘 그렇게만 흐르진 않았어…"
그녀는 조용히, 그러나 분명하게 자리에서 일어섰다. 아직 선택할 수 있다는 듯이. 아직 인간으로 남아 있다는 듯이.

그런데— 숨이 턱턱 막히던 그날 밤. 내란 사태는 뜻밖의 방향으로 흐르기 시작했다. 죽음을 무릅쓴 야당 의원들이 각처에서 달려오고, 계엄령의 소식을 들은 시민들이 하나둘 국회 앞으로 향했다.
"들어오지 마!" "당신도 국민이야!" "나가!"
절규가 터졌다. 몸으로 부딪치며, 사람들은 무장을 막았다. 의사당을 점거하려는 정예 병력 앞에서 보좌관들과 시민들은 거센 저항으로 맞섰다. 맨몸으로 장갑차를 가로막고, 살처럼 퍼지는 분노로 봉쇄선을 흩뜨렸다.
민주주의를 지키고자 하는 열망은 마침내 강물처럼 국회 앞을 가득 메웠다. 그러나 놀랍게도, 군인들은 시민들을 향해 무력을 행사하지 않았다. 오히려 그들은 나중에 스스로 무장을 해제했다.
젊은 군인들은 더 이상 독재자의 맹목적인 명령을 따르는 예전의 군인이 아니었다. 그들은 민주주의의 가치를 배웠고, 그 가치를 지키고자 결심한 이들이었다.

야당 의원들은 국회 담장을 넘어 본회의장에 속속 모였다. 체포의 위협 속에서도, 그들은 결의안을 통과시켰다.

3백 의석 중, 재석 191, 찬성 191. 만장일치의 목소리로 대통령의 '비상계엄 해제 요구 결의안'을 통과시켰다.

대통령은 국방부 장관과 계엄사령관, 방첩 사령관 등을 독촉하며 재차 계엄을 선포하려 획책했지만, 더 이상 군대와 경찰이 그의 명령을 따르지 않음을 깨닫고 결국 국회의 결정을 받아들일 수밖에 없었다.

그리하여 12월 4일, 새벽 4시 20분경. 한겨울밤의 비상계엄은, 그렇게 끝났다.

새벽 공기 속에서 시민들의 거친 숨결은 흰 김이 되어 어둠을 가르며 피어올랐다. 총검을 내려놓는 군인의 손끝은 조금씩 떨리고 있었다. 그 떨림 속에서 사람들은 말 없는 약속 하나를 읽었다.

"끝났다고…? 정말…?"

박고시라는 숨을 죽인 채 화면을 바라보았다. 핏기 없던 얼굴에 느리게, 아주 느리게 온기가 스며들었다. 그리고 그 순간, 그녀는 막연히 믿고 싶어졌다. 세상은 아직, 무너지지 않았다고.

어둠의 틈 사이로 새벽의 첫 빛이 조용히 세상을 어루만지기 시작했다.

박고시라는 시절의 부조리를 한탄했다. 박탈과 소외가 일상이 된 시대에, 세상을 차단하고 은둔을 꿈꾸려 해도, 그 어수선한 기운은 문틈 사이로 스며

죄와 벌

들기 마련이었다.

시국이 어수선해서인지 평소보다 많은 사람들이 그녀를 찾아왔다. 그들의 얼굴에는 깊은 고민과 절망이 주름처럼 새겨져 있었다.

늦은 오후. 한 젊은 여자가 하소연을 마쳤을 때, 박고시라는 조용히 고개를 끄덕였다. 그녀의 표정은 침착했고, 오래된 고목이 폭풍을 견디듯 흔들림 없이 단단했다.

"세상엔 수많은 점쟁이와 무당이 있지만, 진실은 단 하나지요. 천 길 물길은 알아도, 한 길 사람 속은 모른다고 하잖아요. 사람 마음을 완전히 꿰뚫어 보는 건 불가능해요. 하지만 진심으로 마음을 열고 이야기하면, 스스로 실마리를 찾을 수 있어요."

젊은 여자는 잠시 망설이다가 고개를 숙이고 조심스레 입을 열었다.

"가장 큰 문제는 남편이 일을 그만두고 집에만 있다는 거예요. 경제적으로 너무 힘들고, 아이들도 뜻대로 되지 않아요. 무슨 저주라도 걸린 게 아닐까 싶어요."

박고시라는 다시금 천천히 고개를 끄덕였다.

"삶은 누구에게나 무거운 짐을 안겨주지요. 저주나 액운은 대부분 마음속 두려움이 만들어낸 허상이에요. 마음이 어두워지고 닫히면, 세상 모든 것이 막힌 것처럼 느껴지죠. 두려움이란, 결국 보이지 않는 벽을 스스로 쌓는 일이에요."

젊은 여자는 박고시라의 말에 눈시울을 붉혔다.

"그렇다면… 어떻게 해야 마음을 열 수 있을까요?"

박고시라는 부드러운 미소를 지으며 답했다.

"변화를 받아들이고, 스스로 길을 찾으려는 용기가 필요해요. 남편과 아이들도 마찬가지지요. 부적이나 굿에 앞서, 먼저 자신의 마음을 정화하세요. 그리고 가족들과 진심을 나누는 대화를 시작하세요. 그것이 가장 중요한 첫걸음입니다."

젊은 여자는 가만히 고개를 끄덕였다. 여전히 눈빛 속엔 슬픔이 맴돌았지만, 그 깊은 곳에서 희미한 결심의 빛이 일렁이기 시작했다.

"감사합니다. 말씀을 듣고 나니, 이제 저도 뭔가 해야겠다는 생각이 들어요."

그녀는 지갑에서 만 원을 꺼내 조심스레 책상 위에 올려놓았다. 박고시라는 그것을 바라보며 말했다.

"그 마음이 정성이 될 거예요. 이제 마음을 다스리고, 현실을 변화시키는 건 당신의 몫이에요."

젊은 여자는 고개를 숙인 채 조용히 자리에서 일어섰다.

그녀의 뒷모습이 문밖으로 사라질 때까지 박고시라는 자리를 지켰다. 바깥에선 눈발이 희미하게 흩날리고 있었지만, 방 안은 따뜻한 기운으로 가득 차 있었다.

마음의 겨울이 끝나고, 조심스럽게 새봄이 찾아오는 순간처럼.

계엄은 불 지피다 만 모닥불처럼 화염의 흔적만을 남긴 채 해제되었으나, 내란의 그림자는 여전히 짙게 드리워져 있었다. 대통령이 직접 설계하고 오랜 시간 치밀하게 준비한 반란이었기에, 그 잔당들의 저항은 집요하고도 격렬했다. 집권당의 국회의원들은 반란에 동조하며 대통령 탄핵 의결을 조직적으로 가로막았다.

12월 7일 밤 9시 20분경, 그들의 표결 보이콧으로 인해 대통령 탄핵안은 무기력하게 좌초되었다. 국회는 허탈한 정적 속에 산회해야 했다.

한편에서는 국무위원들과 대통령실 인사들이 불법 계엄의 흔적을 지우는 데 혈안이 되어 있었다. 그들은 비밀스레 맞물린 톱니바퀴처럼 조작과 은폐의 기계를 멈추지 않았다. 역사는 왜곡되었고, 진실은 또다시 어둠 속으로 가라앉고 있었다.

그러나 거대한 억압에도 불구하고, 12월 14일 오후 5시. 총투표수 300표 중 찬성 204표, 간신히 2/3를 넘긴 탄핵소추안이 본회의를 통과했다.

탄핵안이 가결되자 대통령은 즉각 저항의 깃발을 들었다. 그러나 국가의 균열을 막기 위해 특별수사본부가 꾸려졌고, 내란의 핵심 세력인 방첩사, 정보사, 특전사, 수방사의 사령관들이 차례로 체포되었다. 이때 내란 비선으로 의심되는 정보사 장군 출신의 민간인도 체포되었다.

하지만 정작 반란의 우두머리인 대통령은 여전히 아내와 함께 관사에 틀어박힌 채 소환 요구를 무시했다. 그는 경호처의 무력에 의존하여 강제수사를 거부했고, 체포영장마저 조롱하듯 뭉개버렸다.

모든 책임을 지겠다는 대통령의 말은 끝내 기만이었다. 그는 충직한 부하들에게 책임을 떠넘기며, 은밀히 지지 세력을 선동해 폭동을 부추겼다. 전광인을 위시한 극우 기독교 세력은 거리로 나와 계엄지지, 탄핵 반대, 반국가 세력 척결을 외쳤고, 그들의 구호는 광기 어린 찬송가처럼 광장에 울려 퍼졌다. 그들은 자신을 신념의 전사로 포장했고, 오직 신이 자신들과 함께한다고 믿었다. 그러나 그들의 신앙은 맹목적이었고, 그들이 만든 신화는 허위에 불과했다.

그와 대조적으로, 2030의 젊은 여성들이 중심이 된 촛불 군중은 평화와 정의를 외치며 거리로 나섰다. K-팝 응원용 봉을 손에 쥐고 선 그들의 모습은 어둠을 밝히는 작은 별들처럼 보였다. 그들의 목소리는 조용했지만 강하게 메아리쳤고, 희망의 빛줄기는 차디찬 아스팔트 위로 길게 뻗어나갔다. 눈보라가 몰아치는 한밤중에도 그들은 그 자리를 지켰다.

마치 키세스 초콜릿처럼, 은박지에 감싸인 몸 위로 소복이 쌓이는 눈. 그러나 그 눈은 그들의 의지를 덮는 것이 아니라, 오히려 철갑을 두른 듯 더욱 단단하게 했다.

그러나 집권당 의원들은 이 평화로운 저항을 조롱하며, 반란 세력과 손을 잡고 내란의 종식을 무력화하려 했다. 심지어 탄핵을 추진하는 다수당인 야당과 민주시민들을 반국가 세력으로 몰아붙였다. 언론도 그들의 논리에 휘둘렸다. 처음엔 반란을 규탄하던 일부 우파 매체들마저 결국 양비론에 빠졌다. 그들은 헌법을 지키려는 시민들까지 싸잡아 비난했고, 진실을 진흙탕 속에 묻으려 했다. 혼탁한 물속에서 빛을 찾는 일이 불가능하듯, 진실은 다시금 어둠에 갇히려 했다.

그럼에도, 그런 어둠 속에서도 꺼지지 않는 작은 불꽃이 있었다. 그것은 정의를 향한 사람들의 불굴의 의지, 폭력에 맞선 평화의 빛이었다. 마치 밤하늘을 뚫고 새벽을 향해 나아가는 별빛처럼, 그 불꽃은 꺼지지 않고 타오르고 있었다.

"광화문 촛불 집회에 같이 가자고요? 언니, 거긴 먼데…"
"언제까지 폰만 들여다보며 불안에 떨 순 없잖아. 정의는 저절로 오지 않

아. 저항이 씨가 되고, 투쟁의 물을 줘야 싹이 트는 거야."

"알겠어요. 그럼, 언제쯤 갈까요? 서울까진 탐정님 차 타면 될 것 같고요."

"토요일이 좋겠네. 사람들이 많이 모이는 날이니까."

"모레네요? 알겠어요, 언니."

그때 현관 벨 소리가 공간을 가르듯 울렸다.

"손님이 오셨나 봐요. 도사 언니, 전 이만 갈게요. 점사 잘 보세요, 호호."

복덕방 여자는 바람처럼 몸을 일으켜 사라졌다. 문밖으로 그녀의 웃음 섞인 말소리가 희미하게 번졌다.

"여기 맞습니다. 네네, 안으로 들어가세요. 저도 손님이라…."

잠시 후, 한 아주머니가 문지방을 조심스레 넘었다. 눈빛은 눈발처럼 차갑고 깊었다.

"어서 오세요. 여기 방석에 앉으세요."

손님은 무릎을 가지런히 모으고 조용히 앉았다.

"날이 몹시 춥네요. 눈길을 오시느라 힘드셨겠어요."

"…네."

짧은 대답 뒤로 얼어붙은 침묵이 흘렀다.

"그래요. 무엇이 궁금해서 오셨나요?"

아주머니는 입을 떼려다 말고 망설였다.

"…주위에서 그러는데, 진짜 무당은 왜 왔는지 알아맞힌다더군요."

박고시라는 희미하게 웃었다. 실구름처럼 부드러운 미소였다.

"요즘 유튜브 때문인지, 취업난 때문인지 젊은 무당이 많아졌대요. 덩달아 진짜네 가짜니 말도 많죠. 내림굿에 돈을 다 날렸다는 얘기도 심심찮게 들리고… 뭐, 역사적으로 늘 있던 일이에요."

박고시라는 어깨를 가볍게 으쓱하며 말을 이었다.

"저는 아주머니에게 돈을 챙길 생각 없어요. 점괘를 보고 싶으면 말씀해 보세요. 복채는 정성이니 만원이면 됩니다."

"어머, 그것밖에 안 받아요? 부적이나 굿은요?"

"제가 굿한다고 한 적 있나요?"

아주머니는 당황한 듯 말을 더듬었다.

"아, 아니 그게… 다른 무당집에서는 액땜하려면 부적 써야 하고, 굿도 해야 한다고 해서요. 돈도 없고, 무서워서… 여긴 어떨까 싶어서 온 거예요."

"군말 말고, 무슨 문제로 오셨는지 말해 보세요. 아무 말 없이 모든 걸 맞춘다는 무당은 세상에 없어요. 그런 말을 하는 사람이야말로 진짜 가짜지요."

그제야 아주머니는 깊게 숨을 들이쉬고 입을 열었다.

"사실은… 친정엄마가 돌아가신 뒤로 슬픔이 가시질 않아서 무당집에 갔거든요. 그랬더니 조상귀신이 붙었다며 부적을 써야 하고, 씻김굿도 해야 한다더라고요. 돈도 없는데, 안 하면 가족 중 누군가 다치거나 죽을 거라고 협박하듯 말해서… 너무 무서웠어요. 혹시 다른 방법이 있을까 해서 여길 찾아온 거예요."

박고시라는 고요한 호수처럼 깊은 눈으로 그녀를 바라보며, 말 한마디도 놓치지 않으려는 듯 귀를 기울였다.

그러고는 조용히 부채와 방울을 손에 들었다.

"알겠습니다. 속 시원히 답을 찾아드릴게요. 두 눈을 감아 보세요."

그녀는 방울을 서서히 흔들기 시작했다. 맑은소리가 공기를 가르며 퍼졌고,

몸짓은 점점 격렬해졌다. 그러다 벌떡 일어나 손님 뒤로 가더니, 정화수에 적신 손으로 그녀의 머리를 조심스레 어루만졌다. 손끝에서 청량한 기운이 스며 나왔다. 알 수 없는 주문이 방울 소리와 뒤섞여 그녀의 입에서 흘러나왔고, 방 안은 그 울림으로 가득 찼다.

잠시 후, 박고시라는 제자리에 앉으며 깊은숨을 내쉬었다.

"눈 떠서도 됩니다. 휴…."

그녀는 피곤한 기색이 역력했지만, 따스한 미소로 손님을 바라보았다.

"친정엄마는 떠나셨어요. 따님이 행복하길 바라며 좋은 곳으로 가셨습니다."

"정말요? 사실이라면 좋겠지만… 이렇게 쉽게 될 리가…."

박고시라는 조용히 그녀의 눈을 마주 보며 말했다.

"아주머니?"

"…네?"

"무릇 조상들은 후손들이 잘되길 바라지, 해코지하러 오시진 않아요. 자식들이 오붓하게 살아가는 모습을 보고 싶어 하시죠."

그녀는 부드럽게 말을 이었다.

"앞으로도 기도해 드릴게요. 마음이 아프거나 과거 일이 떠오를 땐 절 찾아오시거나 전화 주세요. 친정엄마는 생전에 좋은 기억만 안고 가셨을 테니, 이제는 후회와 미련은 놓고 좋은 일만 떠올리며 살아가세요."

그 말을 들은 아주머니는 더는 참지 못하고 울음을 터뜨렸다. 눈물은 억누를 수 없는 슬픔의 강물처럼 흘러내렸다. 박고시라는 두툼한 수건을 그녀에게 건넸다.

"정말 엄마가 그러셨을까요? 저를 그렇게 생각해 주셨을까요?"

"그럼요. 엄마는 딸이 행복하길 바라셨어요. 지금이라도 즐겁게 살아가시길 바라고 계십니다."

그녀는 한숨 속에 훌쩍이며 말했다.

"제가 엄마한테 불효를 많이 했어요. 그게 늘 마음에 걸려서 너무 힘들었는데… 만신님 말씀 들으니, 마음이 좀 놓이는 것 같아요. 감사합니다."

"고맙긴요. 그건 친정엄마의 사랑이고 뜻이지요. 이제 눈물을 거두세요."

그녀는 눈물 속에서 살며시 미소 지었다. 박고시라는 그녀의 두 손을 따뜻하게 감싸 쥐었다.

"세월이 흐르면 상처도 희미해져요. 친정엄마 생각이 날 때면 좋은 기억을 떠올리세요. 그리고 미소를 지으세요. 인간은 누구나 때가 되면 사랑하는 사람을 따라가는 법이에요. 다시 만날 수도 있고, 혹 못 만난다 해도 뭐 어떤가요. 이 세상에서 엄마 덕에 잘 살았다, 그렇게 만족하면 되는 거죠."

이제 그녀의 눈가에는 슬픔만이 아닌, 작은 평온이 깃들어 있었다. 박고시라는 그녀가 위로와 의존에 기대는 유약한 사람임을 알아차리고 조용히 다독였다.

"정녕 마음이 불안하거나 바라는 게 있다면, 촛불 켜고 냉수 떠 놓고 하늘께 정성껏 기도드리세요. 마음이 편안해지고, 분명 좋아질 거예요. 이것이 미신이거나 내 주장만이 아니고… 먼 조상 할미의 음성이 우리 숨결 속에 아늑하게 울려오는 것이에요. 옛날 우리네 엄마들이 오랜 세월 그렇게 살아왔잖습니까."

드디어, 관사에 칩거한 대통령을 체포하기 위한 두 번째 공수처 작전은 동트기 직전, 잿빛 안개가 짙게 깔린 새벽에 극도의 긴장 속에서 개시되었다. 새벽 4시 28분부터 공수처와 경찰의 체포조가 서울 한남동 관저 앞에 여명의 그림자처럼 집결했다. 경호처 직원들은 대통령이 임명한 간부의 지휘 아래 여전히 강철 같은 결속으로 무장한 채 무모한 저항을 이어갔다. 만에 하나 총성이 관사의 벽을 뚫고 울리기라도 한다면, 그것은 불길처럼 번져 유혈사태를 촉발하고 또 다른 내란의 서막을 열 것이 분명했다. 바로 그 순간, 비상계엄이 다시 선포되며 법과 질서라는 가면은 벗겨지고, 혼돈과 공포가 새로운 왕관을 쓸지도 몰랐다. 어쩌면 대통령은 그 모든 혼란을 자신의 마지막 무기로 삼으려 했는지도 모른다.

권좌에 남기를 간절히 원했던 대통령은, 변호사를 통해 전달된 편지로 지지자들에게 투쟁을 독려하는 메시지를 남겼다. 관사 앞에 모여든 지지자들 앞에서 그는 마치 최후의 성전을 선포하듯, 자신의 이름으로 저항을 외쳤다.

오늘에 이르기까지, 시민들의 불안은 매일 밤 검은 파도처럼 도시를 휩쓸었다. 눈꺼풀은 좀처럼 감기지 않았고, 꿈은 깨어진 거울 조각처럼 산산이 흩어졌다. 새벽이 오면 사람들은 가장 먼저 휴대전화를 집어 들고, 나라의 운명이 어디로 기울었는지를 확인했다.

법치, 공정, 정의, 상식. 대통령이 수시로 외쳐왔던 그 단어들은 이제 허공에 흩어지는 메아리처럼 공허해졌다. 그 단어들은 조롱과 냉소의 상징으로 뒤바뀌었고, 사람들은 묻기 시작했다. 도대체 어떻게 저런 자가 대통령 자리에 앉을 수 있었는가? 그의 지지자들은 무엇을 보았고, 무엇을 끝내 보지 못했던가?

그리고 마침내, 대통령은 2025년 1월 15일 오전 10시 33분에 체포되었다.

체포영장이 꺼내지고, 긴 대치 끝에 대통령이 제압되던 순간은 마치 시대의 한 페이지가 찢기고 새로운 장이 열리는 소리처럼 느껴졌다. 여섯 시간에 걸친 대치는 길고 숨 막혔지만, 결국 비열한 권력자를 태운 호송차는 경호 차량에 둘러싸인 채, 공수처를 향해 도로 위를 질주했다.

계엄이 실패로 끝나고, 국회에서 탄핵이 의결되며, 오랜 실랑이 끝에 마침내 관사에 틀어박힌 대통령이 체포되는 동안, 국가는 거대한 지진의 여진처럼 흔들렸다. 정국은 혼돈의 소용돌이에 빠졌고, 분노한 시민들은 거리로 쏟아져 나왔다.

대통령의 체포가 법에 따라 집행되자, 탄핵을 지지하는 시민들이 광장을 가득 메웠다. 반대편에선 집권당과 극우 세력이 격렬한 저항을 이어갔다. 거짓 뉴스가 퍼지고 음모론이 난무했다. 세상이 마치 광기에 휩싸인 듯했다.

그 흐름에 맞춰 창수의 교회도 결사대의 신도들을 이끌고 거리로 나섰다. 탄핵 반대를 외치며, 창수는 메마른 입술을 축이고 마이크를 움켜쥐었다.

"이 나라는 이제 악마들의 손에 넘어가고 있다!"

광장을 가르는 그의 목소리는 날카로운 칼날 같았다.

"신앙인들이여! 정의를 지켜야 한다! 하나님을 믿는 자는 결단코 물러서지 않을 것이다!"

군중은 함성으로 화답했다. 눈빛 속에는 광기가 서려 있었다. 하지만 창수의 내면은 고요하지 않았다. 이 모든 것이 끝난 뒤, 그는 어떤 모습으로 남게 될 것인가?

'내가 좇는 정의는 과연 신의 뜻인가. 아니면 내가 만든 왜곡된 신념의 산

물일 뿐인가?'

질문이 떠오를 때마다 창수는 고개를 돌렸다. 그러나 의심은 더욱 깊이 뿌리를 내렸다. 그는 갈등을 떨쳐내려는 듯, 더 격렬하게 외쳤다. 그러나 이제 그의 목소리는 신앙이 아닌 전쟁의 함성이 되어 있었다. 예배당은 더 이상 평화의 공간이 아니었다. 그곳은 투쟁과 저항을 선포하는 전쟁터가 되어가고 있었다.

그러던 어느 날, 창수는 장로와 안수집사들로부터 뜻밖의 제안을 받았다.

"목사님, 결단을 내릴 때입니다."

그들은 목회실에 모여 낮은 목소리로 속삭였다.

"이런 위기 속에서 독자적으로 움직여 봤자 한계가 있습니다."

장로는 의미심장한 눈빛으로 말했다.

"전광인 목사 측과 손을 잡으십시오. 그의 교세와 정치적 영향력은 우리에게 새로운 길을 열어줄 겁니다."

"그렇습니다." 안수집사들도 이구동성으로 거들었다.

그들은 창수의 오래된 신념을 앞세워 그를 설득하려 했다.

"목사님께서 늘 말씀하시던 대로, 하나님의 왕국이 이 땅에 건설되어야 하지 않겠습니까?"

"아무리 그래도, 어찌 그자와…"

창수의 발언을 끊으며 장로가 다그쳤다.

"여당조차 그들의 손아귀에서 놀아난 지 오랩니다."

창수는 말없이 앉아 주먹을 가볍게 쥐었다가 풀었다. 머릿속에는 수많은 생각이 얽혀 스쳐 갔다.

전광인.

정치와 종교가 한 몸이 된 자. 그자의 이름 석 자는 불길과 같았다. 그자와 손을 잡는 순간, 창수는 돌이킬 수 없는 길을 걷게 될 것이다.

"…시간을 두고 검토해 보겠습니다."

그들을 돌려보낸 뒤, 창수는 홀로 고적한 방에 남았다. 창밖에서는 여전히 신도들의 함성이 들려왔다. 그러나 그의 마음속에는 불길한 예감이 천천히 피어오르고 있었다.

'그자가 누구인가.'

어두운 구름처럼 그자의 이미지가 창수의 의식을 뒤덮었다. 전통적 기독교 교리는 그의 입에서 먼지처럼 흩어졌고, 그 자리에 '애국 신앙'이라는 기묘한 메시지가 교회의 지붕을 덮었다. 성경보다 정치 구호가 앞섰고, 특정 정당과 지도자는 신성한 우상처럼 추앙받았다.

예배당은 더 이상 기도와 찬양의 장소가 아니었다. 그곳은 군중의 열광이 넘실대는 광장이 되었고, 헌금은 신앙의 헌신이 아니라 탐욕의 연료가 되었다. 그의 설교는 거짓과 음모로 피어올랐으며, 신앙은 혼란을 부추기는 도구가 되었다. 반대하는 자들은 배교자라 낙인찍혔다. 그는 정부와 법원을 향해 반기를 들었고, 그것을 신앙적 의무라 불렀다.

그러나 창수의 기억에 가장 깊이 박힌 것은, '빤스목사'라는 별명이었다. 그 날, 수많은 목회자가 모인 연단에서 그자는 외쳤다.

"여신도가 내 앞에서 빤쓰를 내려야 그게 내 신도이고, 아니면 똥이다!"

목회자들은 박장대소를 터뜨렸다. 누군가는 무릎을 치며 웃었고, 또 누군가는 환호하며 고개를 끄덕였다. 타락과 퇴폐의 연극. 그들은 모두 자신의 역할에 도취해 열광했고, 그자는 더 큰 웃음을 위해 그 말을 반복했다. 그러나—

그 자리에서, 아무도 그자를 말리지 않았다.

창수는 그때의 녹음을 들으며, 그것을 일시적인 촌극이라 여기고 잊으려 애썼다. 그러나 웃음소리와 말들은 저주처럼 되살아났고, 오늘 그의 얼굴은 다시 불쾌와 수치심으로 붉게 달아올랐다. 내면에선 날카로운 경종이 울렸다. 얼음처럼 차가운 불안이 심장을 죄어왔다.

그는 나직이 중얼거렸다.

"내가… 그동안 잘못 설교해 온 걸까?"

목소리는 점점 작아졌다.

"우리의 투쟁을… 그자의 행위와 동일시하다니. 그렇지 않고서야 어찌 나를 그자와 엮을 생각을 하겠는가?"

회의와 자기 책망이 뒤엉켰다. 그는 곧바로 장로와 집사들에게 연락해 자기 뜻을 분명히 전해야겠다고 결심했다. 그러나 그 결심의 이면에서, 알 수 없는 불안과 공포가 서서히 몸을 일으켰다. 그 감정은 뱀처럼 마음 한구석에서 꿈틀거렸고, 도망칠 틈조차 허락하지 않았다.

'혹시 내가 망상에 빠져 살고 있는 건 아닐까?'

불현듯, 두 개의 그림자가 창수의 가슴속에서 교차했다.

하나는, 현실의 괴리감을 깨닫게 하는 자각. 그리고 다른 하나는— 자신을 덮치는 공포였다.

그는 기억했다.

"언젠가 똑똑히 들었다. '하나님, 꼼짝 마. 하나님 까불면 나한테 죽어.' 그자는 그렇게 군중 앞에서 연설했다. 자신이 메시아 나라의 왕이라고도 했다."
순간, 창수의 내면에서 분노가 치솟았다. 그는 주먹을 꽉 그러쥐었다.
"…개자식!"
숨이 가빴다.
"그런 놈과… 같이 하자고? 내가?"
그의 목소리는 한없이 떨리고 있었다.

권력을 잃어 가는 특권 세력은 마지막까지 혼란을 부채질했다. 대통령과 여당은 권좌를 순순히 내려놓지 않았고, 곳곳에서 연막전이 벌어졌다. 검찰, 경호처, 대통령실, 국무위원들까지 은밀히 결탁해 국정조사를 방해하고 수사를 교란했다. 이에 맞서 야당은 내란의 불씨를 끄기 위해 분주히 움직였고, 국가수사본부와 헌법재판소도 진실을 밝히기 위해 이들의 저항을 뚫고 나아갔다.

그러던 어느 날 오후, 창수의 개척교회 앞에도 인파가 몰려들었다. 계엄 해제 이후 거리로 쏟아져 나온 장로와 극우 신자들은 탄핵 반대 시위대에 합류해 도시 곳곳을 떠돌았다. 시위는 점점 격화됐고, 마침내 "법원으로 진격하자"라는 외침이 터져 나왔다. 대통령의 구속영장 청구를 막아야 한다는 절박한 목소리가 사방에서 메아리쳤다.

창수는 이 사태를 지켜보며, 거센 해류에 휩쓸린 난파선처럼, 극우의 주장에 휘말려 침몰해 가는 자신과 교회의 모습을 어렴풋이 자각했다. 도시 전역에서 찬반 시위가 충돌하는 가운데, 그는 목사로서 결단을 내려야 한다는 불안감에 점점 짓눌려 갔다. 하지만 아직 그는 극우 세력과의 결별을 선언하지 못하고 있었다. 장로가 이끄는 결사대는 대통령의 저항을 지지하며, 법과 질서를 바로잡기 위해 강경한 행동이 필요하다고 외쳤다.

"빨갱이 사탄들이 나라와 성전을 더럽히고 있습니다! 성도들이 나서서 종북 악마들을 깨부숴야 합니다!"

그들에게 계엄령은 신이 내린 질서였고, 반대하는 자들은 악마나 다름없었다. 분노로 가득 찬 장로는 창수의 목사관 문을 거칠게 열고 들어왔다.

"목사님, 어떻게 하실 겁니까?"

"법원으로 가자는 말씀입니까?"

"전체가 광화문에 집결합니다. 일단 거기로 간 후, 지시를 받아야죠."

"…알겠습니다. 성도들은 준비되었습니까?"

"네, 바로 출발할 수 있습니다."

그때 창수의 주머니 속에서 전화가 울렸다.

"잠시만요."

액정을 확인한 그는 전화를 받았다.

"준태? 무슨 일이야?"

준태는 창수의 고등학교 후배이자 과거 함께 사역했던 대형 교회 신자였다. 얼마 전, 그는 용한 무당을 찾는다며 창수를 찾아왔고, 창수는 박고시라의 이름과 주민등록번호를 알려주었다. 그녀가 무당이 되었다는 사실을 알고 있었지만, 이후 그녀의 행방은 알지 못했다.

"잠깐 보자고? …알았어. 주차장으로 나갈게."

전화를 끊고 창수는 장로를 향해 말했다.

"일단 장로님 뜻대로 움직이세요. 저는 후배를 만나고 뒤따르겠습니다."

장로가 이끄는 무리가 움직이기 시작했다. 창수는 그들의 뒷모습을 바라보며, 파도에 떠밀려가는 난파선을 보는 듯한 심정으로 나직이 중얼거렸다.

"개신교회는 신천지를 사탄의 자식이라 단죄했었다. 그런데 이제는 그들과 손을 맞잡고, 그들과 영합해 대통령이 된 자를 지키겠다며 안간힘을 쓰고 있다. 얼마나 기괴한가. 진리도, 성경도 뒷전이 되었고, 손가락질하던 샤먼의 미신에 빠진 불의의 세력을 위해, 저토록 몸부림치고 있다니."

그의 목소리는 허공에 던져진 조약돌처럼 잔물결 하나 남기지 못한 채 사그라졌다.

외투를 걸친 창수는 주차장을 향해 발걸음을 옮겼다. 거리에는 분노의 함성이 뒤엉켜 들끓었고, 시위대의 외침은 사나운 우레처럼 도시를 집어삼켰다. 드센 바람에 채찍처럼 휘날리는 태극기들이 아스팔트 길바닥에서 날카롭게 절규하고 있었다.

혼돈의 폭풍 한가운데에서, 창수의 결단은 바위처럼 점점 무겁게 가라앉고 있었다.

"바쁜 몸이 여기까지 친히 어쩐 일인가?"

창수가 조수석에 올라타며 물었다. 준태는 창밖을 두리번거리며 묘한 긴장감을 내비쳤다.

"선배님 얼굴도 볼 겸… 중요한 소식도 전할 겸 해서요."

그는 낮은 목소리로 말하며 메모지 한 장을 내밀었다.

"찾으시던 분, 찾았습니다. 진작 드려야 했는데, 일에 쫓기다 보니 늦었습니다."

창수는 메모지를 바라보다가 천천히 받아 쥐었다. 손끝에 닿는 거친 종이의 감촉을 느끼며, 조용히 물었다.

"고맙네. 하지만 전화로 해도 될 일을 직접 들고 왔다는 건… 다른 이유가 있겠지?"

준태는 짧은 한숨을 내쉬며 의자를 살짝 뒤로 젖혔다.

"사실 요즘, 살얼음판을 걷는 기분입니다."

그는 창밖으로 시선을 돌리고, 한동안 침묵하다가 낮고 무거운 목소리로 말을 이었다.

"선배님이 어떻게 들으실지 모르겠지만… 저는 지금 대통령실 사람입니다. 상황이 심상치 않아요. 불리한 증거들은 은닉하고, 반격을 위한 작전이 은밀히 진행 중입니다. 그리고… 오늘 선배님을 찾은 건 단순한 개인적 부탁이 아니라, 탄핵 저지를 위해 신도들이 적극 나서달라는 요청 때문입니다."

그 말에 창수의 표정이 굳었다.

"특히 오늘 밤, 법원에서 있을 구속영장 심사를 막는 데 힘을 보태주셨으면 합니다. 군중이 더 많이 모여야 하니까요."

창수는 미간을 좁히며 그의 옆모습을 응시했다.

"무서운 말을 하는군. 자네 입에서 이런 말이 나올 줄은 몰랐네."

잠시 말을 멈췄던 창수는 다시 낮게 물었다.

"법원 앞에서 시위한다고, 판결이 바뀔 거로 생각하나?"

준태는 고개를 돌리지 않고 대답했다.

"저도 잘 압니다. 하지만… 시위가 격렬해지길 바라는 사람들이 있습니다."

"설마 유혈사태까지 바라는 건 아니겠지?"

창수의 목소리에 싸늘한 기운이 섞였다.

잠시 침묵하던 준태는 마치 뱉기조차 두려운 듯, 나직이 말했다.

"필요하다면… 희생양이 있어야겠죠. 그래야 야당의 독주를 저지할 명분이 생기니까요."

그 순간, 창수의 온몸에 전율이 일었다. 대통령실 요직에 있다는 자가 대혼란을 의도적으로 선동하다니! 분노와 충격이 그의 얼굴에 고스란히 드러났다. 준태는 마침내 고개를 떨어뜨린 채 중얼거렸다.

"저라고 어쩌겠어요… 상부의 명령인데, 어길 수가 없습니다."

차 안엔 무거운 침묵이 흘렀다. 그것은 단순한 침묵이 아니었다. 사방을 조여 오는 불길한 압박, 숨이 턱 막히는 어둠 같은 것이었다. 멀리서 시위대의 함성이 점점 거세지고 있었다.

결국 법원에서 폭동이 일어났다.

2025년 1월 19일 오전 2시 59분. 헌정사상 최초로 현직 대통령에게 내란 우두머리 혐의로 구속영장이 발부되었다. 서울서부지방법원 앞은 이미 폭발 직전의 화약고였다. 수천 명의 시위대가 입구를 가로막은 경찰들과 팽팽히 대치하며, 호시탐탐 기회를 엿보고 있었다.

그리고 오전 3시 10분경. 마그마의 분출을 억누를 수 없었던 시위대는 드디어 경찰 저지선을 뚫기 시작했다. 대통령 지지자들은 법원 담장을 넘어 청사 안으로 난입했다.

"법은 죽었다!"

"판사를 잡아라!"

광기에 찬 함성이 밤하늘을 가르며 법원을 뒤흔들었다.

시위대는 경찰의 방패를 빼앗아 집단으로 폭행을 가했고, 청사의 유리창은 산산이 부서졌다. 날카로운 파편이 사방으로 튀며, 도심의 어둠에 공포가 스며들었다.

벽돌과 몽둥이를 휘두르던 그들은 법원 외벽을 깨뜨리고, 계단을 점령해 3층까지 진입했다. 곧이어 7층, 판사 사무실이 있는 층을 향해 돌진했다. 그들의 눈빛에는 오직 증오와 광기만이 서려 있었다.

그 순간, 법원은 단순한 건물이 아니었다. 그곳은 무너진 법치, 파괴된 질서의 상징이 되었다.

그런데— 이 폭동은 이미 예고된 비극이었다. 사회 곳곳에서 불길한 징조들이 감지되고 있었다.

대통령은 체포 직전, 지지자들을 겨냥한 영상 편지를 남겼다.

"존경하는 국민 여러분… 안타깝게도 이 나라에서는 법이 모두 무너졌습니다. 수사권이 없는 기관에 영장이 발부되고, 영장 심사권이 없는 법원이 체포영장과 압수수색영장을 발부하는 것을 보면서, 그리고 수사기관이 거짓 공문서를 발부해 국민을 기만하는 이런 불법의, 불법의 불법이 자행되고…, 저는 이렇게 불이익을 당하더라도…"

그는 법원을 불법의 공범으로 규정하며, 지지자들의 정의감을 자극했다. 특히 청년 지지자들을 직접 언급하며, 폭발 직전의 감정을 건드렸다.

그리고— 1월 18일, 영장실질심사가 열린 날. 법원 앞 구속 반대 집회는 이미 극단으로 치닫고 있었다.

빤스목사가 단상에 올라 외쳤다.

"우리는 서울구치소로 들어가서 강제로라도 대통령을 모시고 나와야 합니다! 왜냐, 국민 저항권이 최고의 권리니까!"

그의 외침은 불붙은 장작에 기름을 붓는 격이었다. 매번 그가 소리칠 때마다 군중의 눈빛은 더욱 광기 어린 빛깔로 번져갔다. 그 불길은 걷잡을 수 없이 번졌고, 그 분노는 마침내 폭동이 되었다.

그날 밤. 극우 세력의 선동과 증오는 절정에 이르렀고, 법원을 향한 돌진은 멈출 줄 몰랐다. 무너진 창문 사이로 불빛이 깜빡였고, 유리 조각들이 산산이 부서졌다. 법과 정의의 상징이었던 법원은, 한순간에 폐허로 변했다. 새벽의 어둠 속에서, 질서와 평화는 자취 없이 사라졌다. 도시는 깊은 혼돈 속으로 침몰하고 있었다.

그날 새벽녘, 드디어 경찰의 강경 진압이 시작되었다. 미처 달아나지 못한 폭도들이 속속 체포되었다. 그들의 얼굴에는 분노와 좌절이 뒤엉켜 있었고, 억눌린 광기만이 눈동자에 남아 있었다. 거리 곳곳에는 비명과 신음이 흩날렸고, 법원의 폐허 위로 붉은 비상등이 아련히 깜빡였다.

그러나 폭동은 끝나지 않았다. 잠시 가라앉았던 극우 세력의 분노는 다시 광장에서 불길처럼 타올랐다. 그들은 '사라진 정의'를 외치며, 분노의 깃발을 다시 치켜들었다.

대통령은 탄핵 심판이 열리는 헌법재판소에 모습을 드러냈다. 그러나 진실은 철저히 외면당했다. 그는 선동과 궤변으로 재판을 지연시키려 했고, 위헌

죄와 벌

적 계엄은 말장난처럼 포장되었다. 재판정은 진실을 가리는 연막 속에서 무의미한 단어 하나를 두고 시시비비만 벌이는 장소로 전락했다.

선고 일시는 안개 속으로 밀려났다. 집권당과 극우 세력은 연일 헌법재판소 판사들을 향해 "반국가 좌파 빨갱이!"라는 독설을 퍼부었고, 급기야 "헌법재판소도 파괴하자!"라는 외침이 광장을 뒤흔들었다. 그들에게 법과 질서는 이미 벗어던진 껍데기일 뿐이었다.

국회가 제출한 특검과 재판관 임명 등 제반 법률안은 내란에 깊숙이 연루된 권한대행의 무법한 거부권 앞에 무력화되었고, 내란 세력을 추적하던 수사조차 흐지부지 막을 내린 듯했다. 국정은 거센 소용돌이 속으로 빨려들고 있었다.

그 모든 것을 지켜보던 창수는 깊은 의문에 사로잡혔다.

'거짓을 외치는 자들은 정말 그것이 거짓인 줄 모르는 걸까? 아니면, 알면서도 군중을 속이는 걸까?'

질문은 꼬리를 물고 이어졌다.

'극우 군중은 정말 세뇌된 채 맹목적으로 따르는 걸까? 아니면 스스로 눈과 귀를 닫고, 분노를 던질 대상을 찾는 걸까? 그들이 속한 종교 집단의 구조가 그런 맹신을 가능케 한 걸까? 아니면 이 모든 것이 뒤엉켜, 자신조차 구분하지 못하게 된 걸까?'

그러나 창수를 짓눌렀던 건 그런 질문들보다, 법원 습격 당시의 영상이었다. 화면 속에서 장로들과 신자들은 광기의 눈빛으로 파괴의 중심에 서 있었고, 무대 위 목사들의 목소리는 지금도 그의 귓가를 떠나지 않았다.

그 순간, 그는 거울 앞에 선 듯 자신을 마주했다.

"내가 믿었던 신은 거짓이었다."

텅 빈 교회의 강단 위에서, 창수는 떨리는 목소리로 중얼거렸다.

"나는 회칠한 무덤이었다. 겉으로만 '주여, 주여!' 외쳤을 뿐… 내 안에는 신이 없었다."

그는 문득 깨달았다.

'신이 사랑과 정의라면, 나는 그 속성을 이미 오래전에 잃어버렸다.'

예수의 이름을 되뇌며, 천국을 약속했지만, 그 믿음은 껍데기에 불과했다.

"신이 있든 없든, 나는 진실 앞에 죄를 지었다."

창수의 목소리는 허공에 흩어졌고, 그 안에 남은 것은 씻을 수 없는 허위의 기억뿐이었다.

'신 앞에, 그 정의 앞에, 나는 순결해야 했다. 이제는 죗값을 치러야 한다.'

그는 성경책을 천천히 덮었다. 그리고 그것을 단상 위에 조용히 내려놓았다. 무거운 발걸음으로 교회의 문을 향해 걸어 나갈 때, 창밖으로는 어슴푸레한 새벽빛이 스며들고 있었다.

그러나 그 빛은 창수의 내면 깊은 어둠에까지 닿지 못했다.

어둠은, 인간이 존재하는 곳이라면 어디에나 도사렸다.

내란 세력의 그림자가 채 걷히기도 전에, 다시금 나라를 뒤흔드는 속보가 날아들었다.

3월 7일. 서울중앙지법 부장판사는 대통령 측의 구속 취소 청구를 받아들였다. '날(日)'을 '시(時)'로 바꾸는 기상천외한 숫자놀음, 그 조작된 판결 앞에서 야당은 준엄한 경고를 보냈다. 그럼에도 대검 수뇌부는 즉시항고를 포기했고,

수사팀은 신속히 석방 지휘를 내렸다. 모든 과정은 은밀하고도 치밀했다. 영장 청구의 지연부터 석방 결정까지, 법조 카르텔의 '법 기술'은 국민을 기만했고, 정의는 허울뿐인 말장난이 되었다.

반헌법적 계엄을 선포했던 인물의 탈옥은 마른하늘에 날벼락처럼 현실을 가르며 떨어졌다.

다음 날 오후. '3월에 다시 천기가 용솟음친다'라는 측근 주술사의 예언을 따르듯이, 하늘이 내린 왕이라는 점괘를 등에 업고, 그가 탈옥했다. 혼란의 상징으로 지목되던 인물인 그가, 육중한 구치소 문턱을 넘은 것이다. 그는 입술을 악물었다. 그 얼굴에는 후회도, 반성도 없었다. 불끈 쥔 주먹을 높이 들고, 지지자들의 환호 속에서, 그는 개선장군처럼 등장했다. 자신의 이름을 외치는 군중을 향해 천천히 고개를 끄덕이며, 그는 환호를 누렸다. 경거망동한 몸짓, 순교자인 양 거리낌 없는 행보.

부끄러움 없이.

죄의식 없이.

오직 권력에 대한 새로운 탐욕만이 그의 발걸음을 세차게 밀어 올렸다.

그는 다시금 역사의 중심에 섰다고 믿었다.

마치 이 모든 것이 정당한 승리라도 되는 양.

그러나, 분노한 국민은 거리로 나섰다.

법을 수호해야 할 자들이 스스로 법을 짓밟는 이 시대의 참상 앞에서, 상식 있는 시민들은 망연자실할 수밖에 없었다. 광장에 모인 수많은 사람들이 외쳤다. 구호가 울려 퍼졌고, 피켓이 흔들렸으며, 단식투쟁이 이어졌다. 야당은 법적 대응을 선언했고, 헌법재판소에 신속한 탄핵 심판을 요청했다.

그러나—

정의의 목소리는 얼마나 연약한가.

권력의 장막은 여전히 두꺼웠고, 거짓과 기만은 날카로운 비수처럼 현실을 찔렀다.

박고시라는 어둑한 벽에 몸을 기대며 깊은 한숨을 내쉬었다.

"잘났다는 인간들이 꾸며낸 권력 엘리트의 파시즘이야. 기만과 폭력의 시대가, 아아… 이 땅을 휩쓸 것만 같아."

일말의 기대조차 무너져 내리는 순간이었다.

이성의 탈을 쓴 인간은 얼마나 추악하고, 얼마나 교활한가.

배우고, 깨치고, 고고해질수록— 그 이성은 더욱 비열하게 쓰였다.

차라리 날것 그대로의 본능이 나았다.

짐승의 본능보다 더 나쁜 것.

그것이 바로 인간의 이성이었다.

"지긋지긋해요."

문이 열리자마자 송 소장이 벽에 등을 기대며 한숨을 길게 토해냈다. 피로와 체념이 겹겹이 드리워진 얼굴이었다.

박고시라는 조용히 책상 앞으로 걸어가 앉았다. 그녀의 눈빛엔 오래전 이별한 가족을 다시 마주한 사람처럼 묘한 정적이 일었다.

"기분이 가라앉았네? 우리… 꽤 오랜만이지?"

송 소장은 말 대신 고개를 천천히 끄덕였다. 그리고, 문득 시선을 들어 물었다.

"언니는… 속상하지 않아요?"

박고시라는 그녀의 표정을 찬찬히 살폈다.

"뭐가?"

"세상 돌아가는 꼴이요. 나라를 자기 것인 양 움켜쥔 인간들… 우린 그냥, 바람에 쓸려 다니는 먼지 같지 않아요?"

박고시라는 미소 아닌 미소를 지었다.

"그럼… 송 여사가 한번 바꿔 봐."

"…뭘요?"

"이 세상."

잠시, 송 소장은 허공을 바라보다가 허탈하게 웃었다.

"언니도 참… 농담도 가끔은 사납게 해요. 내가 무슨…."

박고시라는 고개를 살짝 흔들며 화제를 돌렸다.

"그동안 어떻게 지냈어? 연락도 없고… 이리 와서 앉아. 어때, 일은 좀 괜찮고?"

그 말에 송 소장은 이를 악무는 듯 말했다.

"어휴… 나, 요즘 진짜 속이 끓고 있어요. 이럴 땐 언니가 점쟁이가 맞나 싶다니까요."

"그래도, 화는 너무 오래 품지 마. 몸이 먼저 무너져."

"…내 맘대로 되는 게 하나도 없는 세상…."

그러면서 송 소장은 다가와 기진한 듯 방석에 털썩 앉는다.

그 모습을 물끄러미 바라보다, 창밖으로 시선을 옮긴 박고시라는 마치 그 너머를 꿰뚫는 듯 낮게 중얼거렸다.

"권력에 앉은 자들은… 자신들이 귀족인 줄 알아. 태생부터 다르다고 믿지. 권한대행은 대통령의 그림자처럼 움직였으니, 내란에 동조한 셈이지. 대법원의 그자는… 대법원장이잖아. 침묵했지. 내란도, 법원이 짓밟히는 것도… 판사들이 탈옥을 도왔을 때조차 그는 아무 말도 안 했어."

"그 침묵이라는 게 뭔지는, 저 같은 무식한 사람도 알겠더라고요. 그들도 공범이라는 거잖아요."

"그래… 이 나라는 아직, 살얼음 위에 서 있어."

그 말에 송 소장은 입꼬리를 비틀며 웃었다. 그 웃음은, 멈춘 울음에 가장 가까운 표정이었다.

"어떤 날은 숨이 턱 막혀서, 그냥 모든 걸 그만두고 싶어져요. 아이들이… 나보다 먼저 가 버린 날, 세상은 멈췄는데 나는 계속 살아있다는 게, 그게 지옥이었어요."

박고시라는 잠시 굳었다. 긴 침묵 끝에 조용히 물었다.

"…자식이 있었어?"

송 소장은 고개를 떨군 채 한숨을 내쉬었다.

"둘이나 있었죠, 언니…"

그녀의 시선은 방 안 어딘가, 보이지 않는 구덩이를 응시하듯 허공을 헤맸다.

"예전엔… 그냥 울면 좀 나아졌어요. 괜히 울었다가도, 숨통이 트였는데… 요즘은… 울음도 말라붙었어요."

두 사람은 말없이 그 자리에 머물렀다. 침묵은 벽지 틈 사이로 스며들 듯

방 안을 채웠다. 그제야 박고시라가 부드럽게 입을 열었다.

"슬픈 일은 내게 말해 줘. 나도… 같이 울고 싶어."

그 말에 송 소장은 울컥했다. 억지로 삼키던 감정이 무너지듯, 눈물이 차올랐다.

"나는… 원래 천성이 낙천적이라 이렇게라도 사는 건지 모르겠어요. …큰딸은 수학여행 간다며 좋아했는데, 세월호 안에서… 그대로 죽었어요. 작은아들 하나 남았던 게 유일한 위안이었는데, 그 아이마저도… 이태원에서…"

그녀는 끝내 말을 잇지 못했다. 박고시라는 조용히 다가가 그녀를 품에 안았다. 오래도록, 아무 말 없이.

한참을 그렇게 있던 송 소장이 흐느끼며 중얼거렸다.

"그놈이… 도끼로 제 발등 콱 찍었을 땐, 그땐 참 후련했었는데… 흑…"

박고시라는 그녀의 등을 조심스럽게 쓸어내렸다.

"내란을 통해 우리가 알게 된 건 단순해. 법은 언제든 구겨질 수 있다는 것. 이번 헌재의 탄핵 기각은 법이 아니라 정치였고… 그들은 서로를 감싸기 위해, 진실도 흙처럼 발밑에 묻었어."

"국회에서 탄핵 소추할 정도면… 그들은 전부 고위 공직자이겠죠. 하나 건너면 다 연줄에 엮여 있을 테고… 썩었어요, 정말."

"사람들이 그러더라. 대한민국 법체계는… 큰 물고기만 빠져나가는 촘촘한 그물이라고."

그 말에 송 소장은 씁쓸하게 웃었다.

"…그래도 우리는, 상식을 믿고 살아야겠죠?"

잠시 후, 그녀는 눈가를 닦으며 나직하게 말했다.

"운명이란 게 정말, 있는 걸까요… 없는 걸까요….."

박고시라는 대답하지 않았다. 창밖을 바라보는 시선이 멀어졌다. 창밖의 바람결에, 누군가의 흐느낌 같은 것이 스쳤다. 지상에 내려앉은 영혼 하나가, 아직 이름을 부르고 있는 것처럼— 그녀는 문득 느꼈다. 이 절망 끝에도, 무엇인가 다시 시작되고 있다는 것을.

박고시라는 혼잣말처럼 말했다.

"우린 목숨 걸고 싸웠잖아. 그렇다면… 그들 역시, 입을 다문 대가를 치러야 해. 정의가 아니라 부당한 권력의 편에 선 자는, 그 침묵으로 죄를 입은 거야."

국민 앞에는 법 해석이라는 함정이 깊숙이 파여 있었다. 법관들은 어린아이도 아는 상식 앞에서 연신 주판알을 굴렸다. 그들의 손끝에서 정의는 조롱당했고, 국가는 탄핵 찬반 시위의 소용돌이 속에서 신음했다.

박고시라는 시대의 격랑 속에서, 내란 우두머리 혐의자가 헌법재판소에서 읊조린 최후 변론을 떠올렸다. 그는 죄를 부정한 채, 모든 책임을 야당에 떠넘겼다. 반국가 세력이라는 적을 만들어내며, 북한의 음모라는 허상을 덧씌워 거짓을 진실처럼 내뱉었다. 하지만 그의 말은 마른 나뭇가지처럼 바스러졌다. 겉만 그럴듯했을 뿐, 손에 쥐면 산산이 부서질 것들이었다.

그러나 이러한 국가적 파열은 갑작스러운 것이 아니었다. 오래전부터 예고되어 있었다. 현 정권이 민낯을 처음 드러낸 건 이태원 참사였다. 159명의 젊은 생명이 차가운 거리 위에 스러졌건만, 대통령은 애도의 손길 대신 의심의 칼날을 들이댔다.

"사고가 특정 세력에 의해 유도되고 조작된 사건일 가능성을 제외할 수 없다."

그의 말은 지도자의 발언이 아니라, 음모론자의 섬뜩한 속삭임처럼 들렸다. 극우 세력은 즉각 이를 북한의 소행이라 우기며, 죽음을 또다시 정치적 도구로 삼았다. 그날의 거리는 희생자의 비명으로 가득했지만, 정권의 귀에는 아무것도 들리지 않았다. 유족들은 울부짖었으나, 대통령은 단 한 번도 그들과 눈을 맞추지 않았다.

무책임은 무관심을 낳았고, 무관심은 분노를 키웠다. 그 분노는 세월호에서 이태원까지 이어진 슬픔의 강을 다시 넘실거리게 했다. 그렇게 이 나라는 점점 되돌릴 수 없는 길로 접어들고 있었다. 세월호 참사 당시 무너져 내린 사람과 사람처럼, 오늘도 얼마나 많은 사람들이 각자의 절망 속에서 허덕이고 있을까.

그리고 지금, 우리는 어디로 가고 있는가.

박고시라는 황량한 바람이 이는 골목 모퉁이의 작은 수선점 앞을 스쳐 지나갔다. 마치 오래된 사진처럼 빛바랜 유리창 너머에서, 김 노인의 눈빛이 그녀를 붙들었다. 그 눈빛은 겨울 끝자락의 잿빛 하늘처럼 무겁고도 맑았다.

익숙한 미소로 눈짓을 건네며 그냥 지나치려던 그녀는, 기다렸다는 듯 울려오는 노인의 목소리에 발끝이 멈췄다.

"이보시오, 만신님."

그녀는 놀란 듯 고개 돌리며 눈을 크게 떴다.

"저를 아세요?"

"그럼요, 알지요. 잠깐 들러주시오. 여쭐 말이 있소이다."

무엇에 홀린 듯, 그녀는 바람결에 실린 나뭇잎처럼 가볍게 작은 문을 밀고 들어섰다. 좁고 허름한 공간, 재봉틀 위엔 오래된 먼지가 햇살을 타고 떠다녔다. 마치 말없이 쌓여온 세월의 숨결 같았다.

김 노인은 낡고 낮은 나무 의자 하나를 그녀 앞에 끌어다 놓았다.

"누추하지만 이리 앉으시구려. 마음에 걸리는 게 있어 그럽니다."

박고시라는 조심스레 자리에 앉으며 고개를 숙였다.

"그래요, 어르신. 무엇이 궁금하신가요? 아는 데까진 성심껏 말씀드리지요."

김 노인은 한숨과 함께 깊은 노을처럼 눈빛을 보냈다.

"다름이 아니라… 이 난리통이 대체 언제쯤 끝이 날지, 그게 참 알고 싶소."

그녀는 잠시 눈을 감았다. 마음속 깊은 샘에서 맑은 물을 길어 올리듯, 차분한 침묵이 번졌다. 이윽고 조심스레, 그러나 단단하게 입을 열었다.

"마음 상하지 마세요. 큰불은 이미 꺼졌어요. 이제는 숨은 불씨들을 하나씩 찾아 꺼야 할 시간이에요. 잿더미에서도 새순은 나잖아요. 봄은, 그렇게 오는 법이지요."

김 노인은 멍하니 허공을 바라보며 고개를 끄덕였다.

"유신 시절부터 민주주의니, 독재 타도니 하며 청춘을 불사른 게 어언 몇십 년이오. 그런데도 이 나라는 왜 이리 제자리인 것 같을까요… 마음이 허해지는구려."

그 말은 먼지 낀 레코드처럼, 잊힌 청춘의 노래가 그들의 가슴속에 다시금 울려 퍼졌다.

동지는 간데없고 깃발만 나부껴 새날이 올 때까지 흔들리지 말자. 세월은 흘러가도 산천은 안다. 깨어나서 외치는 뜨거운 함성. 앞서서 나가니

죄와 벌

박고시라는 조용히 웃었다. 그 웃음은 바람 끝에 매달린 종소리처럼 조용하고 따스했다.

"답답해서 그러시지요. 모진 풍파를 견디신 어르신 마음속엔 다 새겨져 있겠죠. 조금씩, 천천히 좋아질 거에요. 그 긴 세월이 절대 헛되진 않았을 겁니다."

김 노인은 고개를 끄덕이며, 이내 부드러운 웃음을 머금었다.

"하긴 말이오. 버리려다 고쳐놓은 물건이 새것처럼 살아나는 걸 보면, 사람들도 놀라고 나도 놀라지. 나라란 것도, 손을 봐 가며 다시 써야 좋아지지 않겠소."

박고시라는 세상에 대한 쓸쓸한 회의감을 가만히 눌러 삼키며 담담한 미소로 화답했다.

"그럼요, 어르신."

"잘 꿰매고 덧대어 써야지요. 터진 자리를 덮어주는 건, 시간이 아니라 손이지 않겠소."

김 노인의 목소리는, 오래된 재봉틀처럼 아늑하게 울렸다. 세상의 상처 위로, 한 땀씩 위로를 꿰매듯이.

임박했다고 알려진 대통령 탄핵 선고는 의외로 계속 미뤄지고 있었다.

그사이 극우 언론과 집권당은 야당을 압박하며 선언했다.

"이번 헌법재판소의 결정에 야당은 반드시 승복해야 한다."

내란 동조 세력들은 탄핵이 기각될 것이라 착각한 듯, 여당 원내대표를 통해 노골적으로 으름장을 놓았다. 마치 살인범을 앞에 두고, 피해자에게 굴종의 승복을 요구하는 것과 다름없었다.

그렇게 분노와 불안이 일상이 되어버린 어느 날이었다.

문밖에서 인기척이 느껴진 것은 정오가 막 지나고서였다. 초인종은 울리지 않았다. 대신 문 앞 어딘가에서 아주 미세한 기침 소리가 들려왔다. 마치 안으로 들어서기 전, 자신이 여전히 살아 있음을 스스로 확인하려는 듯한 소리였다.

박고시라는 천천히 눈을 떴다. 명상의 어운 속에서 그녀는 조용히 자리에서 일어나 문 앞에 섰다. 문 너머의 기척은 여전히 망설이고 있었다. 그녀는 낮고 고요한 목소리로 물었다.

"누구신가요?"

잠시 침묵이 흘렀다.

그녀는 문을 열었다.

문밖에는 붉게 충혈된 눈을 한 초로의 남자가 서 있었다. 초인종조차 누르지 못한 채, 검은 코트를 걸친 그는 바람결에 흔들리는 그림자처럼 망연자실하게 서 있었다. 그의 뒤로 잿빛 하늘이 무겁게 드리워져 있었다.

박고시라는 조용히 입을 열었다.

"들어오세요. 괜찮아요. 기다리고 있었어요."

예약도 없이 찾아온 낯선 남자였지만, 그의 얼굴에 서린 깊은 상처와 무거운 슬픔을 읽고, 그녀는 그리 말할 수밖에 없었다. 남자는 구두를 주섬주섬 벗고, 코트를 손에 든 채, 추레한 양복 차림으로 그녀의 손짓을 따라 조심스럽게 방석에 가 앉았다.

맞은편에 자리 잡은 박고시라는 말없이 기다렸다.

그가 감정의 물꼬를 터뜨릴 그 순간을—

숨 막히는 정적이 흘렀다.
그리고 마침내, 남자는 깊은 한숨과 함께 울먹이는 목소리로 입을 열었다.
"마음이 아파 죽겠습니다."
그 한마디에, 감정의 둑이 무너졌다.
"살아계실 때 잘해드릴걸… 이제 와서 후회한들 무슨 소용이겠습니까. 이미 지나간 세월인데…"
목소리는 점점 떨렸다.
"그동안 지난 기억이 떠오를 때마다 딴생각으로 잊으려 했어요. 잡생각에 몰두하면 고통이 덜어질 줄 알았지만… 아무 소용이 없었습니다."
다시, 깊은 한숨이 터져 나왔다.
"아버지가 돌아가셨을 땐 그저 눈물만 났어요. 가슴속을 후벼파는 아픔은 없었어요. 그런데… 어머니가 돌아가시고 나니, 생전 노쇠한 모습이 담긴 사진 한 장에도 속이 터져 죽을 것만 같았습니다. 펑펑 울었어요. 왜 그때 잘해드리지 못했을까, 왜 내 고집만 피우며 어머니 속을 그렇게 태웠을까…"
말끝을 맺지 못한 그는 결국 몸을 떨며 흐느껴 울기 시작했다.
박고시라는 눈시울을 붉히며 조용히 부채와 방울을 들었다. 바람결에 흔들린 방울이 은은한 소리를 냈다. 박고시라는 마치 그의 어머니가 된 듯, 조용히 말했다.
"그래, 잘 왔다. 내 아들. 엄마 여기 있단다. 무척 힘들었지? 하고 싶은 말, 다 해보거라."
그 말이 떨어지자마자, 남자는 바닥에 무너지듯 주저앉아 대성통곡을 터뜨렸다.

"엄마, 내가 잘못했어요. 괜히 엄마한테 고함지르고, 스트레스 풀고, 그냥 엄마 하자는 대로 하면 되는 걸… 괜히 윽박지르고 속만 썩였어요… 엄마, 용서해 주세요. 잘못했어요. 이제라도 잘할게요. 다시 돌아올 수만 있다면…"

박고시라는 격렬하게 방울과 부채를 흔들며 두 눈을 감았다.

"애야, 울지 마라. 네가 우니, 나도 마음이 아프다."

박고시라도 울음을 삼키지 못했다.

"엄마 불찰이 크다. 없이 살다 보니, 자식 뒷바라지를 못 해준 게 항상 맘에 걸렸단다."

"왜요? 엄마가 어쨌다고? 난 아무렇지도 않은걸. 정말로…!"

박고시라는 손에 쥔 부채와 방울을 내려놓고, 그에게 다가가 조용히 품에 안았다.

"고맙다, 애야. 너도 속상해하지 말거라. 에고… 에고…"

두 사람은 서로의 품에 안겨, 그동안 삼켜왔던 말들을 쏟아냈다. 눈물 속에 감춰졌던 회한과 후회가 조금씩 녹아내렸다. 한참을 울고 난 뒤, 박고시라는 눈물을 훔치며 따뜻한 목소리로 말했다.

"엄마는 괜찮다. 자식 마음 모르는 부모가 어딨느냐. 나는 괜찮으니 맘 놓아라. 엄만 하늘에서 잘 지내고 있다."

그러나 남자는 여전히 울음을 멈추지 못했다.

"안 그래도… 엄마한테 이 말 꼭 하고 싶었는데, 못했어요… 엄마… 사랑합니다. 전부터 사랑했고, 앞으로도 영원히 사랑할게요. 엄마, 내 맘 알죠?"

박고시라는 조용히 미소 지으며, 고개를 끄덕였다.

"그럼, 알다마다. 나는 너희랑 재미있게 잘 살았다. 이젠 너도 가족 챙기며 잘 살아야지."

"엄마, 고마워요… 이 말 못해서 죽을 것만 같았거든…."

"그래, 안다. 이제 괜찮아. 말 안 해도, 다 안다."

남자는 흐느끼며, 길고 길었던 슬픔의 터널 끝을 마주하고 있었다.

"엄마… 휴… 속이 좀 풀려. 풀리는 것 같아요…."

박고시라는 그의 등을 다정하게 두드렸다.

그날 늦은 오후, 바람이 불어 스산해진 골목을 박고시라는 일부러 멀리 돌아 걸었다. 가까운 길이었지만, 머릿속에 점처럼 흩어진 생각들을 비워내려고 이따금 그런 우회를 선택했다. 심부름센터 근방은 적막했다. 반쯤 열린 문틈 사이로 바람만 슬쩍 스쳐 지나갈 뿐, 어떤 인기척도 느껴지지 않았다. 사무실 안은 불이 꺼진 듯 어두웠고, 오래된 종이 냄새와 눅눅한 담배 연기가 뒤엉켜 공기마저 무겁게 가라앉아 있었다.

박고시라는 일부러 헛기침했다. 그의 방문을 알리는 소리가 잔잔한 공기를 일렁이게 했다. 그러자 안쪽, '소장실'이라 적힌 문이 벌컥 열리며 탐정이 잰걸음으로 뛰쳐나왔다.

"만신님, 오셨군요. 누추하지만 이쪽으로 앉으시죠."

탐정은 예를 갖추어 소파를 가리켰다. 박고시라는 말없이 사무실 안을 둘러보고는 무심히 자리에 앉았다.

"직원은 따로 없나요?"

"좀 횡하죠? 정직원은 여탐정 한 명뿐입니다. 지금 보조원 둘이랑 바깥에서 일 보고 있어요. 뭐, 대부분 현장에서 뛰어야 하는 일이라 사무실은 늘 비어 있죠. 하하."

"그렇군요."

"만신님, 차라도 한잔하시겠습니까?"

"아니, 괜찮습니다. 그것보다, 저를 찾으셨다면서요."

탐정은 잠시 머뭇거리다가, 이내 마음을 정한 듯 말을 꺼냈다.

"다름 아니라, 제 의뢰인 중 한 분이… 밀항을 원하고 있습니다."

"그래서요?"

"조만간 그분을 이곳으로 모셔 올 겁니다. 그때 만신님께서 점괘를 한 번 봐주실 수 있을까 해서요."

"무엇을 알고 싶어 하나요? 밀항의 성공 여부입니까?"

"그건 아닐 겁니다. 직접 이야기를 들어 보셔야 정확히 아시겠지만, 아마… 자신이 지금 정말 떠나야만 하는 운명인지, 그것부터 알고 싶은 모양입니다."

박고시라는 한순간 침묵했다. 곧 고개를 끄덕이며 말했다.

"좋습니다. 그렇게 하세요. 하지만 분명히 말씀드리죠. 저는 범법을 권유할 수 없습니다. 그 점, 의뢰인에게 정확히 전해 주시길 바랍니다."

"알겠습니다, 만신님. 물론이죠."

잠시 정적이 흘렀다. 탐정은 시선을 피하듯 창밖을 힐끗 바라보더니, 갑자기 한숨을 내쉬었다.

"이건 제 개인적인 질문인데요… 진행 중인 헌재 판결, 어떻게 될 것 같으십니까? 솔직히 속이 터져 죽겠습니다. 파면이 기각될 거란 소문도 돌고, 그냥 시간만 질질 끄는 것 같아서…."

박고시라는 조용히 탐정을 바라보았다. 그녀의 눈빛은 깊은 밤하늘처럼 차

죄와 벌 223

분했지만, 그 안에는 무언가 단호한 것이 깃들어 있었다.

"헌재의 법관들은 이미 도를 넘었습니다. 기각이든 인용이든 상관없이, 만약 기각 의견을 내는 자가 있다면 그는 불법 계엄의 행위에 동조한 공범입니다. 이는 제2의 내란을 도모하는 것과 같으며, 그 죄는 수괴와 다를 바 없습니다. 법이 바로 선다면, 그들은 단 한 순간의 유예도 없이 사형에 처해야 마땅합니다."

탐정은 순간 놀란 표정을 지었다가, 그 말의 무게를 느끼고는 긴 한숨을 내쉬었다. 그리고 다시, 약간의 기쁨을 숨기지 못한 채 입을 열었다.

"오오… 두렵지만, 통쾌한 말씀입니다. 만신님의 말씀이야말로 진리입니다!"

그는 갑자기 크게 너털웃음을 터뜨렸다. 그 웃음 속에는 오랜 시간 억눌렸던 것들이 터져 나오는 듯한 묘한 해방감이 스며 있었다. "아멘!" 그는 무언가에서 벗어난 듯, 기분 좋게 웃었다.

시간은 침묵 속에 흐르되, 잊지 않는다.

그 물결은 말없이 쓸고 지나가지만, 정의롭지 못한 것들을 퇴적시키고, 언젠가는 파도를 일으킨다.

세상이 부패하고 타락하더라도, 진실은 결코 영원히 묻히지 않는다.

억압과 왜곡, 권력의 포화 속에서도 민주시민의 숨결은 땅 밑에서 조용히 불씨를 품는다.

그 불씨는, 봄이 올 때를 기다리는 씨앗과도 같다.

그리고 마침내— 그날이 도래했다.

2025년 3월 26일 오후.

가나긴 밤처럼 이어졌던 정치검찰의 조작극, 거짓과 음모로 얼룩진 공소장의 시대가 서서히 붕괴하기 시작했다.

야당 지도자는 2심 재판에서 무죄를 선고받았다.

그 순간은 단순한 판결이 아니었다. 그것은 국민의 눈물과 피로 적힌 수기의 한 페이지가 다시 넘겨지는 일이었고, 침묵 속에서도 끝끝내 의식을 잃지 않았던 시민들이 쥔 촛불이 다시 타오르는 일이었다. 연이은 탄핵 기각으로 가슴속에 사금파리처럼 박혀 있던 절망— 그 절망의 모서리가 그제야 부서졌다.

누군가는 울었고, 누군가는 묵묵히 하늘을 올려다보았다.

그 하늘은 여전히 회색이었지만, 그 속 어딘가에서 양심의 별 하나가 다시 빛나고 있었다.

김 노인의 시간이 다시 이마를 타고 흘렀다.

햇살이 골목 끝에 미끄러질 때, 그는 오래된 바바리코트를 걸치고 문을 나섰다. 단추는 하나만 채워졌고, 코트 자락엔 지난 계절의 먼지가 묻어 있었다. 한 손에 움켜쥔 낡은 지팡이가 여위어가는 기력에 힘을 보탰다. 노인은 몇 달 전부터 이날을 기다려왔다. 하지만 그 기다림은 누군가의 환희처럼 요란하지 않았다. 그의 마음은 겨울 나뭇가지처럼 말라 있었고, 때로는 봄이 오는 것조차 잊을 만큼 침묵에 젖어 있었다.

그렇기에 그는 알고 있었다.

진실은 언제나 늦게 오고, 봄은 저절로 오지 않는다는 것을.

이날 아침, 종로의 바람은 평소보다 잔잔했다. 버스를 두 번 갈아타고, 그는 헌법재판소 근처에 닿았다. 계단을 오르내리는 데만 삼십 분이 걸렸다. 허리는 더 굽었고, 다리는 가늘어졌지만, 발걸음은 분명히 앞을 향했다.

사람들이 점점 모여들고 있었다. 아이 손을 잡은 부모, 국기를 어깨에 두른 청년, 손수건을 꼭 쥔 중년의 여성들, 그리고— 그들 중 하나처럼 김 노인은 조용히 그들 틈에 섰다.

등 뒤에서 누군가의 외침이 들렸다.

"됐다, 이제! …되겠지 …될 거야!"

전광판 앞에서 사람들은 일순 숨을 죽였다. 그 순간, 헌법재판소의 목소리가 광장을 가로질렀다.

"주문. 피청구인 대통령을 파면한다."

말은 짧았다. 하지만 울림은 깊었다. 광장 전체가 숨을 멈췄고, 다시 숨을 들이쉬는 데 단 일 초도 걸리지 않았다. 환호가 터졌다. 누군가는 눈물을 삼켰고, 누군가는 조용히 고개를 떨구었다. 그리고 김 노인은 그 자리에 서서, 천천히 하늘을 올려다보았다. 하늘은 맑았다. 흩어진 구름 사이로, 하늘 어딘가에서, 그는 아주 오래전의 별 하나를 떠올렸다.

1980년 광주, 1987년의 여름, 2016년의 촛불 바다.

모든 시간이 그의 이마 위로, 주름 사이로 흘러가고 있었다.

헌법재판소 앞에 사람들이 흩어졌다. 언론사들도 빠져나가고, 도시의 소음이 밀려들었다. 김 노인은 천천히 자리에서 일어났다. 그리고, 바람에 이끌리듯 어느 골목 어귀로 향했다.

그곳, 한 작은 나무 의자에 기대앉은 김 노인은 호주머니에서 낡은 수첩을 꺼냈다. 거기엔 붉은 펜으로 써 내려간 이름들이 있었다. 그의 동지들.

길을 잃고 돌아오지 못한 사람들, 혹은 자신을 스스로 잃어버린 사람들.

그 옆에 작은 아이 하나가 서 있었다. 손엔 종이 바람개비가 들려 있었다. 아이의 볼은 벌겋게 달아 있었고, 입가엔 땀이 맺혀 있었다.

"그게 뭐냐?"

김 노인이 물었다.

아이는 환하게 웃었다.

"이거요? 바람이에요."

김 노인은 고개를 끄덕이며 조용히 웃었다.

"그래, 그게 봄이다."

그날, 노인은 다시 사람의 이름으로 세상을 바라보았다. 그가 남긴 마지막 문장은 수첩의 빈 페이지 한편에 쓰여 있었다.

"진실은 늦게 오지만, 항상 도착했다. 그리고 오늘, 봄은 나를 다시 사람으로 불렀다."

그리고—

— 봄은, 그렇게 왔다 —

시간은 말을 삼켰다.

그러나 기억했다.

되돌아보지 않고 흐르되,

끝내 정의의 강물로 굽이쳤다.

거짓은 높았고, 세상은 어두웠다.
그러나 민심은 느린 숨결로,
작은 불씨 하나
겨울의 품에서 조용히 숨 쉬고 있었다.

2025년 3월 26일 오후.
조작과 표적의 긴 밤이 걷히고,
야당 지도자는 무죄를 선고받았다.

법정은 숨을 삼켰고,
광장은 숨을 토했다.
그것은 환호가 아니라
기억이었다.
양심은 그날, 빛으로 솟구쳤다.

그리고,
2025년 4월 4일
오전 11시 22분.
헌법재판소는 운명의 시를 낭독했다.

"주문.
피청구인 대통령을

파면한다."

말은 짧았고, 울림은 깊었다.
그 문장은
심판이었고,
기도였으며,
무너진 시대 위에 새겨진
탄생의 언어였다.

봉황기는 내려갔다.
허공을 가르며
천천히,
허위를 덮었다.

권력은 옷을 벗었고,
시민은 눈을 떴다.

그 소식은
남쪽 바다의 바람처럼
도시를 스치고
사람들의 가슴에 닿았다.

누군가는 미소 지었고,
누군가는
고요히 하늘을 올려다보았다.

겨울은 지나갔다.
그러나 봄은
저절로 오지 않았다.

그 봄은,
나날을 견디며
눈물의 언어로 심어진
시민의 손에서 피어난
상처 위의 꽃이었다.

그리고,
한 노인이
헌법재판소 생중계 앞에
고요히 서 있었다.

지팡이는 닳았고,
구두창은 해졌으며,
손등 위로

잊히지 않는 봄들이
희미하게 숨 쉬고 있었다.

그는 말이 없었다.
다만,
주름진 손에 쥔 지팡이가
조금씩 떨릴 뿐.

그 눈동자 속에는,
1980년 광주가 흐르고,
1987년 유월의 거리와
2016년 겨울의 촛불이
하나의 강처럼 이어지고 있었다.

"그래,
이제야 왔구먼…"

그는 그렇게 말하듯,
천천히 눈을 감았다.
그 눈꺼풀 아래엔
한 세기의 어둠과 빛이
조용히 깃들어 있었다.

그리고—

어느 골목 어귀,
한 아이가
봄바람을 쫓고 있었다.

작은 손에는
형형색색의 종이 바람개비.

햇살 속에서
그 바람개비는 천천히 돌고,
아이의 웃음 속에
새 계절이 반짝였다.

그 아이는
모든 것을 알지 못했지만,
몸으로 느꼈다.
세상이 바뀌었다는 것을.

그날,
우리는 다시
사람이 되었고—

한 노인은
긴 밤을 건던 세월의 끝에서,
한 아이는
처음으로
봄을 배웠다.

진실은
늦게 오지만
길을 잃지 않는다.

그 진실은
위대한 자의 입이 아닌,
이름 없는 이들의 입술에서 비롯되었다.
오늘의 봄은,
시민의 심장에서 피어난
아주 오래된, 그러나 새로운 약속이었다.

2025년 4월 4일 오전 11시 22분.
그날, 같은 시각, 박고시라는 대통령 파면 선고 과정을 노트북 화면으로 지켜보고 있었다.
"주문, 피청구인 대통령을 파면한다."
국민의 뜻을 겸허히 받아들인 헌법재판소는 운명의 시를 고했다.

그 짧은 문장은 천둥 같았고, 동시에 묵시록의 서곡이었다. 그것은 신의 형벌이 아닌, 민주시민의 심판이었다. 그리고 그 심판은 천상의 것보다 근원적인— 공동체의 의식이 깨어나는 순간이었다.

용산의 대통령실. 권력의 중심이라 불렸던 그곳의 깃대에서, 봉황기는 천천히 내려왔다.

그것은 단순한 파면의 신호가 아니었다. 그것은 왕이 옷을 벗는 순간이었고, 허위와 독재의 문명이 무너지는 찰나였다. 남은 것은 깃발도, 이름도, 계급도 아니었다. 오직 사람, 그리고 사람의 이름으로 지켜낸 민주주의였다. 그리고 오직 바람뿐— 국민이라는 이름의 바람, 공동체의 숨결.

내란 우두머리 혐의로 기소된 그는 이제 형사재판의 문턱에 섰다. 그는 한때 권력의 정점에 올랐지만, 스스로 왕으로 착각하여 자신의 거울 속에 갇힌 자였고, 그 거울은 이제 산산이 부서졌다.

그 소식은 남쪽 바다에서 불어오는 봄바람처럼 골목을 스치고, 광장을 지나, 사람들의 가슴속으로 스며들었다. 그 바람은 맨발의 아이들 눈동자에 스며들었고, 오래도록 싸워온 노인들의 주름 속에 머물렀다.

마침내 겨울은 끝났다. 아니, 겨울이 지나간 자리에 봄을 심는 이들이 있었다. 진실은 마침내 바다에 도착했다. 그리고 그 진실은 위대한 권력자의 입이 아닌, 이름 없는 국민의 입술에서 비롯된 것이었다. 사람이 역사를 만든다는, 너무나도 오래되고 너무도 강력한 진리. 그 진리가 다시금 대지 위에, 생명의 숨결처럼 피어오르고 있었다.

박고시라는 단단한 표정으로, 그러나 조용히 읊조렸다.

— 우리는 이제 쓰기 시작한다 —

우리는,
이 순간부터
쓰기 시작한다.

오랜 침묵,
찢기고 지워진
헌법의 여백 위에.

말라붙은 권리는
숨을 돌리고
말을 되찾는다.
어디서부터 시작할까.

광장의 돌바닥,
창살 너머의 시선,
굳은 손등 위에서.

모든 삶은
이야기를 품고 있었다.
침묵 속에 묻힌 시편들을.

기록하라,

이 봄의 증언을.

이 웃음의 저항을.

이 피로의 가치와

이 생존의 윤리를.

외워라,

이 이름들을.

그 이름 안엔

국가 이전의 공동체가 있고,

법 이전의 약속이 있고,

너와 나, 우리가 있다.

이제는 우리가 법이다.

우리가 나라다.

우리가 역사다.

그러니 맹세하자—

다시는

되돌아가지 않겠다고.

다시는

침묵을 강요하는 어둠에

입을 빌려주지 않겠다고.

한 아이는 달리고,
한 노인은 앉는다.
그리고 우리는,
함께 나아간다.

새 시대는
누가 여는가?

우리다.
지금.
여기서.

민주시민의 이름으로—

그날 저녁, 송 소장은 들뜬 얼굴로 부리나케 박고시라를 찾아왔다.
"언니, 언니! 그놈이 파면당했대요!"
말끝에 기쁨이 실려 있었지만, 목소리에는 어딘가 조심스러운 떨림이 숨어 있었다. 박고시라는 말없이 창밖을 바라보았다. 잿빛 하늘 아래 가만히 가라앉은 도시. 바람 한 점 없이 멈춘 풍경은 마치 시간을 삼킨 듯 고요했다.
"나도 알고 있어."

박고시라는 아주 천천히 대답했다. 마치 그 말을 꺼내는 것조차 무거운 짐처럼 느껴지는 듯이.

"이제 세상이 좀 조용해지겠죠?"

송 소장의 말에 박고시라는 입가에 살짝 미소를 띠었으나, 그 웃음은 금세 사라졌다.

"아무래도… 나아지겠지."

그 말은 희망인지, 아니면 오래된 체념인지, 혹은 그 둘의 경계 어디쯤인지 알 수 없었다. 그녀의 목소리는 먼 데서 불어오는 바람처럼 공허하게 흘러나왔다.

송 소장은 여전히 들뜬 기색이었지만, 박고시라의 표정을 읽고는 살짝 어색한 미소를 지었다.

"언니, 이제 어떻게 하실 거예요?"

"어떻게 하긴. 그냥, 이대로 사는 거지."

박고시라는 깊게 숨을 들이쉬며 무심히 말했다. 창밖의 세상은 잿빛 하늘 아래 고요했지만, 마음속에는 사그라지지 않는 불씨가 남아 있었다.

"하긴, 참 그렇네."

송 소장의 목소리에는 안도와 허탈, 그리고 어렴풋한 쓸쓸함이 섞여 있었다. 무엇을 기대했을까. 정의가 실현되면, 모든 것이 제자리로 돌아올 거라고 믿었던 걸까.

"봄비가 오려나…"

박고시라는 여전히 창밖에 시선을 둔 채, 낮은 목소리로 중얼거렸다.

"…법 앞에 평등할 수 있을는지…"

그때, 초인종이 울렸다. 짧지만 묵직한 소리.

송 소장이 몸을 일으켰다.

"언니, 내가 나가볼게요."

그녀는 서둘러 나서며 투덜댔다.

"하긴 그래요. 바퀴벌레 같은 놈들이 한둘이라야지."

그녀는 문을 열었다.

그리고, 그 앞에—

낯익은 두 사람이 서 있었다.

대통령실의 사내, 그리고… 창수.

박고시라는 자리에서 일어날 생각조차 하지 못한 채 얼어붙었다. 잊으려 했던 기억들이 심장 깊은 곳에서 꿈틀거리며 되살아났다. 몸이 기억하는 감각. 손끝에 남아 있던 온기. 그리고 차가운 이별의 밤. 그녀의 손끝이 가늘게 떨렸다.

창수는 말없이 그녀를 바라보았다. 그의 눈빛은 오래된 약속을 되묻는 듯했다. 어둠 속에서 길을 잃은 사람처럼, 그의 눈동자는 그녀를 응시했다.

세파에 떠밀려 여기까지 흘러온 두 사람. 그들의 발끝에서 묵직한 침묵이 퍼져갔다. 과거가 문을 열고 다시금 현재 속으로 걸어 들어오는 순간이었다.

박고시라는 가슴이 먹먹해졌다. 모든 것이 달라졌지만, 어떤 것들은 여전히 그 자리에 머물러 있었다.

창밖에서는 세찬 바람이 불어와 어디선가 낡은 문을 쿵, 쿵 두드리고 있었다.

세상은 변하고 있었다.

그러나 여전히, 그들 앞에는 답을 기다리는 질문들이 남아 있었다.

그리고 이제—

그 질문에 박고시라가 대답해야 할 차례였다.

「숨」해설

숨

소쿠리씨(한국작가회의, 역사 연구가, 소설가)

존재의 갈비뼈를 짚는 숨결의 문학

연작소설 『숨』은 서로 다른 인물, 장소, 사건을 담고 있지만, 전체는 마치 하나의 거대한 폐처럼 유기적으로 들숨과 날숨을 주고받는다. 세 편의 단편과 한 편의 중편이 서로를 밀어내고, 다시 끌어안으며 이루는 이 서사적 호흡은 삶이라는 리듬을 따라가며 조용한 교향곡을 이루어 낸다.

이 작품에서 '숨'은 단순한 생리적 행위가 아니다. 그것은 감정의 진폭이며, 존재가 세상과 맺는 가장 본질적인 접촉이고, 자아가 자기 자신을 인식하는 첫 신호다. 문장 사이의 쉼표들, 인물들이 마주하는 호흡 곤란과 그 회복의 순간들, 들숨과 날숨의 리듬 속에서 작가는 삶이라는 진자의 흔들림을 세밀하게 포착한다. 『숨』은 바로 그 미세한 떨림, 실존의 진동을 가만히 탐색해 나간다.

여기서 숨은 단순한 생명의 증표가 아니다. 그것은 기억과 망각 사이, 죄책감과 용서 사이, 고통과 사랑 사이를 떠도는 내면의 진실이다. 숨은 우리가 자신도 모르는 사이, 타인의 시선 앞에, 고요한 침묵 앞에 불쑥 흘러나오는 무의식의 물음이며, 결국은 감춰두려다 드러나는 존재의 맨얼굴이자, 삶의 깊은 곳에서 피어오르는 진실의 온기이다.

『숨』은 단편의 독립성과 연작의 유기성이 기하학처럼 정교하게 얽힌 보기 드문 구조적 성취다. 한국 사회의 고통스러운 현실을 정면으로 응시하면서도, 그 안에 녹아든 인간 실존의 질문들을 놓치지 않는다. 개인의 고통이 가장 보편적인 진실로 도달하는 순간, 이 작품은 문학의 윤리를 낮고 단단하게 증명한다.

첫 단편 「숨결」은 마치 서시처럼 연작의 문을 연다. 감각되지 않는 공기, 지나간 온기, 사라졌으나 여전히 우리 곁을 맴도는 존재들의 잔향이 먼지처럼 떠돌며 독자를 감싼다. 이 잔잔한 숨결은 말해지지 못한 감정, 포착되지 못한 고백, 이름 붙일 수 없는 기척으로 나타난다. 이는 무형의 것에 바치는 시학이며, 사라진 존재들을 위한 조용한 애도이다.

두 번째 단편 「낯선 여자」는 자아와 타자의 경계를 문질러 허무는 실존적 탐색이다. 주인공이 마주하는 '낯섦'은 결국 자기 내면의 타자 성과의 대면이며, 흐릿한 시간의 층위 속에서 자아가 자신을 다시 바라보는 정신의 여정이다. 이 작품은 '숨'이라는 주제를 인식의 혼란과 정체성의 떨림으로 확장하며, 내면 깊숙한 곳의 어둡고 묵직한 공기를 조용히 어루만진다.

세 번째 단편 「사는 이유」는 연작의 정서적 심장부라 할 만하다. 체리 홍이라는 인물은 사회의 낙인과 젠더 권력의 억압, 그리고 기억 속 깊이 박힌 트라우마로 인해 숨조차 제대로 쉴 수 없었던 존재다. 그녀가 다시 호흡을 되찾는 여정은 곧 자아의 회복이며, 타자의 공감을 통해 새롭게 태어나는 의례다. 특히 무씨와의 대화는 말 이전의 정서적 공명을 보여주며, 침묵으로도 이루어질 수 있는 공동체의 가능성을 제시한다. 이 단편은 숨이야말로 상처를 찢지 않고 감싸는 유일한 언어임을 말해 준다.

마지막에 놓인 중편 「죄와 벌」은 내쉬고 남은 숨의 여운처럼 낮고 깊게 독자의 심장을 파고든다. 여기서 숨은 더 이상 생의 찬양이 아니다. 그것은 죄를 짊어진 존재도 끊어낼 수 없는 생명의 아이러니이며, 인간이 견뎌야 하는 윤리의 무게다. 숨 쉬는 죄인— 그 모순된 존재야말로 인간다움의 정수 아닌가. 이 작품은 도스토옙스키의 질문을 다시 꺼내 묻는다. 우리는 과연, 죄를 짊어진 채 살아갈 수 있는가?

『숨』은 단편들의 단순한 병렬이 아니다. 그것은 각 이야기 사이의 '쉼', 말과 말 사이의 여백, 호흡 사이의 침묵들이 서로를 향해 조용히 호명하는 하나의 거대한 구조물이다. 말해지지 않은 감정, 다 말하지 못한 진실, 아직 드러나지 않은 상처 속에서 작가는 존재의 뼈대를 더듬듯 문장을 써 내려간다. 『숨』의 호흡은 종이 위의 문장 너머에서, 그 아래 깊은 층위에서부터 우리에게 천천히 스며든다.

이 작품의 문장은 시처럼 눅눅하고, 철학처럼 맑다. 그래서 『숨』은 하나의 소설이라기보다 태어남에서 죽음까지 이어지는 단 한 번의 존재적 호흡처럼 다가온다. 살아 있다는 것은 숨을 쉰다는 것, 그리고 숨이 남아 있다는 건 아직 말해지지 않은 진실이 남아 있다는 뜻이다.

이 숨은 고통스럽고, 아름다우며, 무엇보다도 피할 수 없이 필연적이다.

숨결

「숨」의 서막

숨이 겨운 시대, '숨결'을 지켜내는 이야기

고통과 헌신의 밀도를 가로지르는 문학적 호흡

연작소설 『숨』이라는 제목은, 첫 문장을 읽기 전부터 독자의 가슴에 내려앉는다. 그것은 조용한 들숨처럼 다가오지만, 곧 생과 사의 경계 위에서 떨리는 문학의 숨결로 전환된다. 이 숨은 단순한 생리적 호흡이 아니다. 그것은 삶을 견디기 위한 내면의 리듬이며, 타인의 고통을 감지하는 감각의 기관이자, 관계의 끝자락에 남겨지는 마지막 체온이다. 들숨과 날숨 사이, 생과 사를 가르는 실핏줄 같은 경계 위에서 인간은 비로소 자신을 드러낸다.

「숨결」은 그 경계에 선 두 인물, 곧 죽음을 기다리는 노인과 생명을 붙들려는 젊은 의사를 통해, '살아간다는 것'의 실존적 무게와 '살린다는 것'의 윤리적 떨림을 조용히 묻는다. 숨은 생물학적 조건이자, 동시에 감정과 관계, 기억의 언어이며, 인간을 끝까지 인간으로 있게 하는 어떤 따뜻한 파편이다. 작가는 이 미세한 떨림 속에서 고통과 회복, 책임과 체념, 제도와 감정 사이에 놓인 모호한 틈을 가만히 더듬는다. 삶의 말미, 그 숨이 가빠오는 자리에 문학은 시선 대신 손을 내민다.

병상 위의 사유, 삶과 죽음의 연극적 공간

병원이라는 장소는 삶과 죽음이 공존하는 침묵의 극장이며, 생명과 무력함이 교차하는 감정의 얇은 막 위에 선 공간이다. 순이의 병상은 그 자체로 하나의 사유 장치로 기능한다. 하이데거의 언어를 빌리자면, 인간은 본디 '죽음을 향한 존재(Sein-zum-Tode)'이며, 병실은 그러한 존재가 가장 진실한 얼굴을 마주하는 은밀한 장이다.

고요한 병원의 시간 속에서도, 존재의 긴장은 팽팽하다. 환자와 의사, 삶과 죽음, 치료와 포기의 경계는 명확히 나뉘지 않는다. 작가는 이러한 이분법을 거부하며, 오히려 그 경계선 위에서 벌어지는 흔들림과 질문, 그리고 무너짐을 섬세하게 포착함으로써 삶을 하나의 정답이 아닌, 끝없이 수정되는 서사로 제시한다.

인물의 윤리, 시간의 깊이에서 진동하는 고백

'순이'는 단순한 말기 환자가 아니다. 그녀는 시간 속의 고통을 침전시켜 온 존재이며, 그 고통은 어느새 육체를 벗어나 의미의 문제로 비화한다. "다 헛수고 같고, 고통만 길어지네"라는 대사는 단순한 체념이 아니라, 시간 그 자체를 향한 형이상학적 물음이다. 시간은 축복인가, 혹은 끌려가는 형벌인가. 살아 있다는 것은, 늘 옳은 일인가.

주치의 주상영은 끝까지 '살려야 한다'라는 의료윤리를 품고 있으나, 그것은 시스템의 냉철한 원칙이 아니라, 한 인간으로서 피할 수 없는 응답의 자리다.

그는 환자를 '환자'로 보지 않고, '얼굴을 가진 타자'로 마주한다. 그리고 그 타자의 고통 앞에 선 자신을 응답자이자 중인으로 받아들인다. 이 응시는 레비나스(Lévinas, Emmanuel: 프랑스 철학자)적 윤리의 깊은 울림을 지닌다.

언어의 진동, 조용한 사유의 메아리

「숨결」의 문장은 침묵을 벼린다. 절제된 언어는 감정을 지우는 것이 아니라, 그 감정을 오히려 더 또렷하게 부각하는 일종의 여백이다. '병원의 밤 그늘은 깊고도 적막했다'라는 문장은 세계가 멈춘 시간 속에서 존재의 낙차를 헤아리는 한 줄의 탄식이다. '눈꺼풀은 낙엽처럼 천천히 내려앉았다'라는 묘사에서, 삶이 사라지는 방식의 고요함을 우리는 본다. 작가는 그저 시선을 두는 데서 멈추지 않고, 시선을 언어의 촉으로 바꾸어 존재의 꺼지는 리듬을 더듬는다. 삶은 그렇게, 조용히, 나뭇잎처럼 내려앉는다.

'솜사탕 같은 구름', '가로등 불빛이 병실 벽을 타고 흐르는 밤', '숨이 겨웠다'라는 표현은 평범한 풍경에 정서의 결을 입히고, 일상의 공간을 철학의 무대로 전환한다. 마지막 장면에서 떠오르는 '구름'은 무위의 시간 속에서 잠시 피어오르는 기억의 표상이다. 기억은 존재의 시간을 거슬러 흐르는 유일한 강물이며, 인간은 그 회상의 물가에서 비로소 자기 얼굴을 다시 들여다본다.

숨결이라는 문, 윤리라는 긴장

「숨결」은 연작의 문을 여는 이야기로, 정서의 뿌리를 형성하는 비밀스러운 서시(序詩)다. 이 단편은 '숨'을 자기 자신과 타인을 잇는 윤리적 긴장으로 풀어낸다. 숨은 삶 그 자체이며, 동시에 존재가 질문되는 순간의 떨림이다.

작품은 환자의 환각과 불안, 가족의 책임과 회피, 의료진의 혼란과 결단을 통해, 우리가 살아가는 윤리의 가장 사적인 모습을 조망한다. 특히 며느리의 감정에서 드러나는 '퇴원'에 대한 두려움은, 간병의 끝이 돌봄의 종료를 의미한다는 사실을 조용히 암시한다. 이 장면은 오늘날 가족 윤리의 빈틈과 노년의 존엄, 사회적 돌봄의 결핍을 우회적으로 비춘다. 그러나 작가는 결핍을 고발하기보다, 여전히 사적인 관계 속에서 피어나는 윤리적 가능성을 믿는다. 인간에 대한 마지막 신뢰, 그것이 이 이야기의 숨이다.

문학의 윤리, 존재의 흔들림

『숨결』은 연작 전체의 정서적 방향을 예고하며, 문학이 어떻게 '숨'을 품을 수 있는지를 보여주는 시적인 증언이다. 감정에 빠지지 않고, 서사에 갇히지 않은 이 단편은, 고통의 미세한 떨림에 귀 기울이며, 존재의 흔들림을 언어의 진동으로 옮긴다. 작가는 문학이 도달할 수 있는 마지막 경계선, 곧 누군가의 마지막 숨이 가라앉는 자리에서, 그 호흡을 조용히 이어받는다.

숨이 끊어지는 순간에도, 누군가는 여전히, 누군가의 숨을 이어가기 위해 살아간다. 그리고 그 이어지는 숨결이야말로, 문학이 고통 너머의 존재를 증언하고, 사람됨의 윤리를 기억하게 하는 가장 근원적인 이유다.

낯선 여자

「낯선 여자」의 내면 탐구와 자아의 변증법
존재의 균열에서 탄생하는 윤리적 주체

『낯선 여자』는 감정의 파편 위에 세워진 자아의 실루엣을 고요히 탐색하는, 하나의 사유적 장치이다. 무너진 관계의 잔해 위에 홀로 선 한 남자의 내면을 소리 없이 파고들며, 조용한 파문을 남긴다. 격렬한 사건은 없다. 서사는 마치 한밤의 호흡처럼 느릿하고, 그러나 끈질긴 긴장을 머금고 흐른다. 주인공이 '이불 속'을 오래도록 응시하는 그 시선은, 시간이 덮어 버린 감정의 흔적을 조심스레 걷어낸다. 이 단편에서 가장 깊은 울림은 공간이 품고 있는 정서적 밀도에 있다. 거의 모든 장면이 '방' 안에서 펼쳐진다. 그 작고 폐쇄된 공간은 시간의 퇴적층이 되고, 기억은 거기서 미세한 결로 일어난다. 망각과 집착은 한 이불 아래 나란히 눕고, 어제와 오늘은 그 안에서 한 몸처럼 얽힌다. 그 중심에 '이불'이 있다.

이불은 단지 생활의 물건이 아니다. 그것은 불안과 회피, 슬픔과 기억의 무게를 품은 상징적 장소이다. 이불은 안온한 은신처인 동시에, 감정의 봉안당이며, 삶과 세계 사이를 가로막는 장막이다. 그리고 그 어둡고 조용한 틈 사이에, '여자'가 있다.

기억의 그림자 속에서 숨 쉬는 자아

이야기의 주인공은 한때 타자와의 관계 안에 자신을 걸고 살아갔던 사람이다. 그러나 그 끈이 끊어진 뒤, 그는 자신 안의 텅 빈 틈새를 들여다보게 된다. 그 틈에서 그는 '반성적 자아(reflective self)'로 거듭난다. 체리 홍과의 단절은 단지 감정의 상실이 아니라, 자아 구조의 붕괴를 뜻한다. 고통은 그 균열에서 피어난다. 하지만 그 고통은 단순히 정서를 소모하는 슬픔이 아니라, 존재의 지층을 흔드는 사유의 파문이다.

고통은 그에게 물음표를 남긴다. "나는 누구였는가?", "나는 왜 이렇게까지 부서졌는가?" 이러한 질문들은 그를 파괴의 길로 이끄는 대신, 새로운 자각의 문을 열어준다. 작가는 이 내면의 떨림을 통해 말한다. "자신을 인식할 수 있는 자만이, 자신을 초월할 수 있다" 고통은 그래서 쓰라리지만, 동시에 거룩하다. 그것은 자아가 윤리적 주체로 변모하는 첫 관문이다.

상징의 거울 _ 이불과 타자화된 '낯선 여자'

작품 속 '이불'은 물리적 대상이 아니라 심리적 풍경이다. 그 속은 어둡고 조용한 동굴이며, 주인공의 무의식이 웅크린 그림자의 자리이다. 그는 그 안에서 세상을 피하고, 자신을 숨기며, 동시에 자신을 마주 본다. 이불은 실존의 막간이자, 자기 응시의 무대다.

이와 짝을 이루는 존재가 '낯선 여자'다. 그녀는 실존의 타자가 아니다. 오히려 과거로부터 떠오른 기억의 유령이자, 주인공 안에 잠들어 있던 '타자화된 자아'다. 그녀는 상실을 초래한 인물이자, 동시에 상실을 통해 주인공의 내면을 비추는 거울이 된다.

이 구조는 라캉(Lacan, Jacques)의 '거울 이론'을 환기한다. 자아는 타자의 시선, 타자의 존재를 통해 구성된다. "나는 너를 통해 나를 본다" 주인공은 낯선 여자의 얼굴 속에서, 그리고 그 얼굴이 머물렀던 이불 속에서, 끝내 자신을 바라본다. 그가 발견한 것은 '그녀'가 아니라, '자기 안의 타자성'이다. 결국 이 작품은 존재가 타자를 통해 구체화한다는 문학적 명제를 정교하게 조율해 낸다.

고통의 응시, 존재의 전환

작품의 끝자락에서, 주인공은 이불 속에서 조심스레 몸을 일으킨다. 이는 단지 몸의 움직임이 아니라, 자아의 구조적 변환을 예고하는 상징적 행위다. 그는 감정을 지우거나 외면하지 않는다. 오히려 그것을 직면하고, 받아들이고, 수용한다.

이 순간은 니체의 '운명애(Amor fati)'를 떠올리게 한다. 과거를 바꾸려 하지 않고, 그 모든 고통과 상처를 포함한 '운명 전체'를 사랑하려는 의지. 그는 이제 더는 반복 강박 속에 머물지 않고, 자신의 서사를 새로운 시선으로 바라본다.

그 수용은 치유가 아니다. 그것은 삶의 방식, 존재의 방식에 대한 윤리적 도약이다. 그는 자기 안의 타자성을 껴안으며, 존재의 균열 위에서 윤리적 주체로 거듭난다.

실존의 문턱, 윤리적 주체의 탄생

『낯선 여자』는 사랑과 상처, 회한과 기억이라는 감정의 미세한 조각들을 통해, 자아가 어떻게 만들어지고 무너지고 다시 구성되는지를 묻는다. 주인공은 망각을 선택하지 않는다. 그는 그 그림자를 껴안음으로써 비로소 자신을 스스로 재구성한다.

작가는 이 단편을 통해 조용히 말한다.

인간이 윤리적 주체가 되는 길은, 자신의 과거를 지우는 것이 아니라 그것을 '껴안는 방식'에 있다.

그는 라캉의 거울 속 타자뿐 아니라, 레비나스적 의미의 타자 — 책임을 불러오는 존재 — 와도 마주 선다.

그리고 이렇게 질문을 남긴다.

'우리는 누구의 얼굴을 통해, 비로소 우리 자신을 껴안을 수 있는가?'

사는 이유

「숨」 중 「사는 이유」에 대하여
기억의 호흡, 존재의 윤리학

상처로 숨 쉬는 존재 _ 기억의 심연에서

연작소설 『숨』은 인간 존재의 가장 밑바닥에서 길어 올린 존엄의 서사를, '숨'이라는 정념적 메타포로 풀어낸 독창적 서사 체계다. 그중 「사는 이유」는 상처 입은 자아가 생존의 이유를 되묻는 이야기다. 체리 홍이라는 인물의 기억을 따라가는 이 작품은 단순한 과거 회상이 아니라, 기억의 윤리학적 작동과 존재의 가능성을 수소문하는 문학적 사유다. 이 단편의 서사적 힘은 트라우마를 폭로하거나 재현하는 데 있지 않다. 오히려 고통을 명확히 언어화하지 않는 방식, 즉 침묵과 공백을 통해 진실에 다가가는 태도에서 비롯된다.

이러한 모호함은 회피가 아니라, 기억이 본질적으로 가진 불완전성과 파편 요소를 드러내는 하나의 인식론적 전략이다. 체리 홍의 "오빠야?"라는 속삭임과 "숨을 쉬어 봐라잉"이라는 방언은 단순한 언어적 호명이 아니다. 그것은 존재의 가장 낮은 자리에서 발화된 생존의 요청이자, 타자의 윤리적 응답을 유도하는 호명이다. 그날 밤, 체리 홍은 '살아남았다.' 그 살아남음은 단순한 생물학적 지속이 아니라, 고통을 인지하면서도 자신을 기억 속에 잠복시키는 방식이다. 숨은 곧 존재다. 그리고 이 존재는 조용히 질문한다. "나는 왜, 그리고 어떻게 이 세계에 남아 있을 수 있었는가."

고통의 대화 _ 타자와의 윤리

작품의 중심에는 체리 홍과 무씨의 대화가 있다. 이 장면은 과거의 고통이 타자와의 관계를 통해 어떻게 다시 언어화되고, 다시 의미화될 수 있는지를 보여준다. 무씨의 "그대의 아픔은 나의 아픔"이라는 말은 단순한 감정적 위로가 아니다. 그것은 레비나스가 말한 타자의 고통 앞에서 자신이 책임을 감지하는 윤리적 응답에 가깝다.

여기서 고통은 더 이상 개인의 소유물이 아니라, 공유되어야 하고 응시하여야 할 '공공의 상처'로 전환된다. 체리 홍은 그 순간, 자신의 고통을 '말할 수 있는 것'으로 전화한다. 이것이 바로 말의 윤리이고, 언어를 통한 존재의 회복이다. 또한 이러한 장면은 라캉이 말한 상상계와 실재계의 틈을 가로지르며, 언어 이전의 '호흡' 자체로 주체를 지탱하는 방식과도 닮았다.

서사의 경계 _ 침묵과 은유의 지도

「사는 이유」는 환상과 현실, 고백과 은유, 침묵과 발화의 경계를 넘나들며 서사를 짓는다. 기억은 이야기의 중심이 아니라, 이야기를 가능하게 하는 조건이다. 체리 홍의 회상은 논리적 재구성이 아니라 정동의 분출이며, 상처 입은 의식이 재구성한 내면의 지도다.

작가는 명확한 선악 구도를 제시하지 않는다. 대신 존재 그 자체를 응시한다. 이 응시는 누가 옳고 누가 그른지를 판단하기보다는, 상처의 경험이 인간의 존재 조건이 되는 방식을 성찰하게 만든다. 마지막 장면에서 체리 홍은 누군가의 품에 안겨 잠든다. 그러나 그 품은 더 이상 낭만적 이상이 아니다. 그것은 무력한 기억 속에서도 그녀를 감싸주었던 한순간의 안식처이며, 존재를 유예할 수 있었던 시간의 흔적이다.

숨의 철학 _ 존재를 복원하는 윤리학

「사는 이유」는 단순한 고통의 기억이 아니라, 기억을 통해 다시 '숨 쉬는' 존재의 철학이다. 체리 홍은 자신의 상처를 외면하지 않고 직면하며, 그것을 자기 존재의 일부로 받아들인다. 이때 비로소 그녀는 새로운 숨을 얻는다.

숨이라는 연작소설 속에서 이 단편은, 말해지지 못했던 이들, 기억 속에 유폐된 존재들이 자기 복원의 가능성을 열어가는 핵심적 지점을 이룬다. 존재는 말할 수 없는 상처를 안고 살아간다. 그러나 그 상처를 더 이상 감추지 않고, 숨으로 기억할 수 있을 때, 인간은 자기 삶을 윤리적으로 사유할 수 있다.

이 작품은 우리에게 조용히 묻는다.

"당신은 지금, 누구의 숨으로 살아가고 있는가?"

그 물음은 단순한 은유가 아니다. 그것은 생존을 둘러싼, 관계적 존재에 대한 형이상학적 질문이다. 그리고 이 질문은 우리가 살아 있는 한, 결코 피할 수 없는 응답의 서사로 남는다. 『숨』 중 「사는 이유」는 상처의 시대에 쓰인 가장 조용한 고백이자, 가장 깊은 철학적 독백이다.

비평적 독해와 문학적 분석

어느 60대 국어 교사 독자가

작가님,

당신의 단편 「사는 이유」 초고는 어둠 속에서도 꺼지지 않는 한 줄기 숨결처럼, 가슴 깊은 곳에서 천천히 피어오릅니다. 한 인물의 고백과 조용한 구원이, 이 이야기 속에서 마치 새벽의 안개처럼 서서히 모양을 드러내고, 연작소설 『숨』 전체의 심연을 더욱 깊고 단단하게 가라앉힙니다.

이 작품은 상처의 결을 따라 조심스럽게 움직이며, 개인의 기억이 어떻게 사회의 시선 속에서 뒤틀리고, 다시 직조되는지를 예민하게 포착합니다. 타자와의 관계 속에서 기억은 언어를 얻고, 전환되며, 마침내 '사는 이유'로 변모합니다. 이야기의 말미, 체리 홍이 "사랑을 찾기 위해 산다"라고 속삭이는 그 순간, 그녀는 더 이상 상처받은 인물이 아니라, 고통의 진실을 응시하고 삶을 능동적으로 선택하는 주체로 다시 태어납니다. 그녀에게 들려오는 남자의 말들은 단순한 위로나 동정이 아닌, '살아내는 이유'에 대한 조심스러운 대답처럼 조용히, 그러나 분명히 울려 퍼집니다.

고통의 고백이 곧 구원의 서사입니다. 「사는 이유」는 체리 홍의 존재를 통해 '살아남음'이라는 단단한 운명을 사유하게 만듭니다. 그녀의 고백은 과거의 기록을 넘어, 지금의 이 순간을 껴안고 버텨내는 존재의 말이 됩니다. 광주 항쟁 속 오빠의 죽음, 아버지에게 씌워진 누명, 그리고 어린 시절의 짙은 상흔 — 이 모든 기억은 그녀를 쓰러뜨리지만, 동시에 다시 일으켜 세우는, 역설적인 힘이 됩니다.

"한순간의 실수가, 내 삶을 얼마나 무겁게 만들었는지…" 이 고백은 단순한 후회의 문장이 아닙니다. 삶의 방어막을 거두고, 자신의 생을 맨살로 직면하려는 절박한 몸짓입니다. 체리 홍은 사랑을 얻기 위해 말하는 것이 아니라, 침묵 아래 숨어 있던 시간을 하나씩 어루만지기 위해 이야기합니다. 그 말끝마다 스며드는 무력감과 체념, 그리고 남자의 조심스러운 응답은 조용하면서도 뚜렷한 구원의 선율로 읽힙니다. "자긍심을 가지세요"라는 단단한 한 문장이, 체리 홍의 내면에 미세하게 존엄의 씨앗을 틔웁니다.

기억의 무게, 그리고 역사적 상흔. 광주의 기억, 사라진 오빠의 서사는 이 단편 속에서 가장 날 선 현실이자, 윤리적 중심축을 형성합니다. "항복하고 두 손을 들고 선두에 서서 나가다가…" 이 구절은 고전 비극의 순교자적 이미지를 불러내며, 그녀의 오빠를 '가장 고귀한 인간 존재'로 남깁니다. 그의 죽음은 단지 사라짐이 아니라, 시신조차 남기지 못한 채 망각으로 퇴장한 존재의 삭제입니다. 체리 홍이 터뜨리는 울음은 슬픔의 표출이 아닌, 무뎌졌던 체념을 깨어 부수는 깊은 내면의 진동입니다.

'보름달도 고개를 숨긴, 그믐의 깊고 어두운 밤'— 이 묘사는 시간과 공간을 중첩하며, 당시 그녀의 내면 풍경을 세밀하게 짜 올립니다. 상처는 그녀의 삶을 수동적으로 관통하는 그림자가 아니라, 그녀 자신을 향해 끊임없이 파고드는 감정의 지층입니다. 체리 홍은 그 심연을 더듬으며 자신의 진실에 닿고

자 합니다.

 진실의 충격, 믿음의 붕괴. 아버지의 누명을 뒤집는 "조작이었다"라는 말은 단순한 위로가 아니라, 체리 홍이 평생 움켜쥐고 있던 믿음의 지반을 흔드는 진실의 폭풍입니다. 그녀는 무지했던 것이 아닙니다. 감당할 수 없는 진실을 스스로 외면해 온 것이며, 이제야 비로소 그 도피를 고통스러운 정직으로 마주하고 있습니다. "왜 그저 믿는 척하며, 외면하며 살아왔을까?" 이 짧은 속삭임 안에는, 체리 홍이라는 인물의 전 생애가 고스란히 녹아 있습니다.

 자기혐오와 존엄의 발아. 당신의 문장은 감정을 폭발시키지 않으면서도, 억제된 진동으로 더 깊은 울림을 남깁니다. 눈물은 단순한 감정의 방출이 아니라, 오랜 자기부정을 넘어서려는 첫 징후입니다. "가시나… 한심한 년…." 이 독백은 자학이 아니라, 다시 자신을 불러내려는 절박한 몸짓이며, 되살아나는 존엄의 가장 아픈 출발입니다.

 체리 홍은 자신의 삶을 주저 없이 '실패'라 말합니다. 그러나 그 고백 속엔 이미 반전의 씨앗이 숨어 있습니다. "이렇게 노는 계집이 된 건, 결국 쉽게 돈을 벌려는 어리석은 탐욕 때문이었어요."라는 말은 자기 비판이자, 동시에 사회적 낙인이 그녀의 언어를 어떻게 잠식해 왔는지를 증언하는 말입니다. 그럼에도 그녀는 멈추지 않습니다. "악착같이 살아갈 거예요."라는 말처럼, 그녀는 고통을 밀어내지 않고, 그것을 끌고 함께 살아냅니다.

 이 단편은 구원자에 의해 변화하는 서사가 아닙니다. 오히려 체리 홍 스스로가 자신의 기억을 언어로 엮어, 자신을 구제하는 이야기입니다. 그러므로 이 작품은 피해의 증언이자, 치유의 메타 서사이며, 인간이 자신을 스스로 서술하며 되살리는 서사적 생존기입니다.

무씨와의 대화는 이 단편의 가장 부드러운 숨결이자, 가장 날카로운 인식의 마디입니다. 두 인물은 서로의 상처를 정직하게 드러내되, 그 틈을 연민과 존중으로 메웁니다. 무씨는 그녀를 구원하려는 이가 아니라, 그녀의 내면을 비추는 거울입니다. '사랑하고 싶다. 사랑할 수 있을까.' 이 고백은 단순한 감정이 아니라 존재의 방식에 대한 회복 선언이며, 사랑은 다시 삶의 중심으로 돌아옵니다. 그것은 다시 숨을 쉬기 위한 이유입니다.

"내가 사는 이유는… 사랑을 찾기 위해서에요."

이 조용한 고백은 절망 너머의 희망이며, 상처를 딛고 선 인간의 가장 뜨거운 목소리입니다. 체리 홍은 더 이상 단순한 피해자가 아닙니다. 그녀는 자신을 다시 쓰고, 사랑하며, 살아갑니다. 그것은 연민이 아니라, 존재를 지켜내려는 의지의 언어입니다.

작가님의 문장은 소리 없이 떨리고, 절제된 문체 속에서 감정의 파문이 시처럼 퍼집니다. '그의 가슴 너머로 별똥별이 꼬리를 물고 밤하늘을 가른다.', '그 말들— 내 가슴에 촉촉이 내리는, 그의 말들.' 이처럼 산문은 시가 되고, 내면은 풍경이 됩니다. 고통을 미화하지 않고도 아름답게, 절망을 외치지 않고도 희망을 품은 문장들. 그 시적 균형 위에 「사는 이유」는 고요히 서 있습니다.

이야기는 한 개인의 고백에 머물지 않습니다. 성적 착취, 여성 혐오, 가족의 붕괴, 민주화 운동의 그림자. 체리 홍의 고백은 사회의 어두운 거울이며, 시대의 침묵 속에 던지는 작은 돌멩이입니다. 문장은 시처럼 울리고, 침묵의 공백은 더 깊은 언어를 엿보게 합니다. 이 단편은, 상처 입은 언어가 어떻게 사회적 발화를 일으키는지를 문학적으로 증명합니다.

기억의 심연, 트라우마의 언어.

마지막 장면, 체리 홍은 "그날 밤"을 회상합니다. 과거의 파편과 현재의 독백이 뒤엉켜, 단순한 재현을 넘어 기억의 왜곡과 무의식을 섬세하게 직조합니다. "오빠야…?"라는 속삭임은 독자의 심장을 조용히 휘어잡습니다. 어린 체리 홍은 고통을 사랑으로, 가해를 보호로 오인하며 기억을 봉인합니다. 이 장면은, 트라우마란 곧 상처 입은 자아가 자신을 지키기 위해 선택한 '기억의 형식'임을 시적으로 증명합니다.

그리고 마침내, 숨의 은유.

"나는 그 품에 안겨 깊은숨을 쉬며…." 이 장면은 「숨」이라는 연작의 심장부를 드러냅니다. 냉기 서린 구들장, 병든 몸, 낯선 위로. 그녀가 '숨 쉬는 법을 배운' 그 밤은, 단순한 사건이 아니라 존재론적 기원의 순간이며, 기억의 문턱입니다. 숨이 막히는 기억. 그 고통 속에서, 그녀는 여전히 살아 있으려 애씁니다.

이 단편은 고통을 감추지 않되, 고통 속에서 다시 피어나는 삶의 가능성을 노래합니다. 그러므로 「사는 이유」는 문학이라는 이름으로, 한 인간이 어떻게 다시 숨을 쉬는지를 보여주는 가장 고요하고 찬란한 서사입니다.

죄와 벌

진실은 늦게 오지만, 길을 잃지 않는다
「숨」의 마지막, 「죄와 벌」에 대하여

중편소설 『죄와 벌』은 도스토옙스키의 그림자를 불러오되, 그 그림자 너머를 응시한다. 이 작품에서 '죄'는 단지 개인의 윤리적 일탈을 넘어서, 집단적 망각과 구조적 폭력의 침묵을 가리킨다. 그리고 '벌'은 제도적 형벌이 아니라, 공동의 성찰과 시민적 각성을 통해 다시 살아내는 존재의 윤리로 확장된다. 이 소설은 그처럼 문학이 어디에 서야 하는지를, 침묵과 증언의 경계 위에서 되묻는다.

『죄와 벌』의 중심 서사는 2025년 4월 4일, 헌법재판소의 대통령 파면 결정이라는 한 시대의 격류를 중심에 둔다. 그러나 이날의 재현은 단지 현실의 기록이 아니다. 그것은 묵시록의 언어이며, '법 이전의 감각'과 '국가 이전의 양심'을 소환하는 상징적 풍경이다. "사람의 이름으로 지켜낸 민주주의"라는 문장은 승리의 기념비가 아니라, 윤리의 시원으로 되돌아가는 선언이다. 문학은 바로 그 시원에 발 딛고 서서, 존재의 진실을 다시 쓰려한다.

주인공 박고시라는 예언자이되, 침묵하는 자다. 그는 모든 것을 예감하지만, 어느 것도 확언하지 않는다. 이 기묘한 인물은 시대의 균열을 감지하면서도 말하지 않음으로써 오히려 더 강한 진실을 증언한다. 그의 침묵은 도망이 아닌 체온을 지닌 윤리의 형태이며, 언어 이전의 장소에서, 말보다 깊은 감각으로 진실을 건딘다. 이처럼 문학은 고발보다 오래된 숨결, 말보다 무거운 침묵을 품는다.

작품 속의 상징들 — '봄', '바람', '바람개비'— 은 단지 계절이나 시간의 은유가 아니다. 그것은 진실이 도달하는 감각의 전조다. 바람개비를 든 아이는 언어 이전에 순결한 중언자이며, 누구보다 먼저 진실을 맞이하는 존재다. 이 모든 감각의 기호들은 현실보다 더 정직한 방식으로 진실을 말하고 있다.

박고시라와 창수의 재회는 감정의 복원이 아니다. 그것은 윤리적 문턱 위에 놓인 대면이며, 침묵과 중언 사이의 위태로운 균형이다. 작가는 이 장면에서 화해나 정답을 제시하지 않는다. 오히려 "그 질문에 박고시라가 대답해야 할 차례였다"라는 마지막 문장을 통해, 질문의 주체를 독자에게 이양한다. 이 열린 결말은 문학이 독자의 윤리적 각성을 요청하는 순간이며, 발화의 주체가 바뀌는 자리다.

『죄와 벌』은 정치적 알레고리를 넘어서 기억의 문법으로 쓰인 서사다. 그것은 "이제 우리가 법이다"라는 선언을 통해, 제도가 감당하지 못한 윤리를 개인의 육성과 감각으로 되돌린다. 이 작품은 제도권의 언어가 아닌, 침묵 위에 적힌 말들, 살아 있는 자들의 감각으로 중언되는 진실의 기록이다.

무엇보다 『죄와 벌』은 연작소설 『숨』의 마지막 고리이자, 가장 깊은 심장이다. 『숨결』에서 생존의 감각을, 『낯선 여자』에서 타자의 윤리를, 『사는 이유』에서 존재의 물음을 써 내려간 작가는, 『죄와 벌』에 이르러 역사와 윤리의 정면을 응시한다. 네 편의 서사는 서로 다른 숨결이지만, 결국 인간 조건이라는 한 울림으로 웅축된다. 『죄와 벌』은 그 숨이 단지 생존의 징후가 아니라, 말하지 못한 이들이 남긴 최후의 시, 우리가 나누어 지녀야 할 기억의 숨결임을 말한다.

이 작품은 하나의 이야기로 멈추지 않는다. 그것은 장소다. 윤리의 장소이며, 시대와 감각이 교차하는 문학의 장소다. 작가는 그 장소에서 중언자가 된다. 그는 잊힌 시대를 다시 부르고, 그 부름은 묻는다.

"침묵은 언제 무너져야 하는가. 중언은 어떻게 다시 시작되는가."

『죄와 벌』은 말한다.

진실은 늦게 오지만, 길을 잃지 않는다.

그리고 그 진실은, 언제나

민주 시민의 이름으로 피어난다.

「숨」 총론:

윤리적 주체성과 문학적 증언의 정치학

연작소설 『숨』에 나타난 '숨'의 미학과 윤리

    연작소설 『숨』은 생리적 호흡에서 존재의 진동으로, 그리고 사회적 연대로 확장되는 숨의 결을 따라, 인간이라는 불완전한 존재가 세계에 어떻게 감응하고 응답할 수 있는지를 수소문하는 문학적 실험이다. 「숨결」, 「낯선 여자」, 「사는 이유」, 「죄와 벌」로 구성된 이 네 편의 작품은 각기 자율적 서사를 품고 있으면서도, '숨'이라는 중심 상징을 공유하며 유기적으로 맞물린 하나의 서사적 몸체를 이룬다.

    이때 '숨'은 단순히 생명을 지속하는 기호가 아니다. 그것은 타자와 세계, 공동체와 역사를 잇는 감각적이자 윤리적인 매개이다. 『숨』은 바로 이 '숨'의 감각을 따라, 인간 존재가 어떻게 말하고, 기억하며, 증언할 수 있는지를 묻는다. 이 연작은 문학이라는 장에서 숨을 사유하고, 그것을 통해 존재의 윤리를 다시 짜는 시도이다.

    서사의 첫 장을 여는 「숨결」은 죽음을 둘러싼 기억과 상실의 내면을 응시한다. 여기서 '숨'은 유한한 생명의 징후라기보다는, 사라진 자를 애도하며 계속 이어지는 정서적 호흡이다. 그것은 죽은 자를 느끼는 살아 있는 자의 '윤리적 감응'이며, 존재의 경계에서 피어나는 미세한 진동이다.

「낯선 여자」는 주체성과 타자성의 경계를 실험적으로 해체한다. 타자의 돌연한 출연은 주체 내부의 균열을 일으키고, 억압된 기억과 무의식의 시간이 '숨'이라는 통증의 리듬으로 되살아난다. 이 작품은 감각과 육체, 기억과 시간이라는 감응의 회로를 통해, 문학이 '타자의 고통'에 어떻게 응답할 수 있는지를 질문한다. 이는 레비나스(Lévinas, Emmanuel)의 윤리학과 호응하며, 주체란 고정된 실체가 아니라 타자의 시선 앞에서 끊임없이 갱신되는 불안정한 존재임을 드러낸다.

세 번째 작품 「사는 이유」는 말해지지 않는 고통에 언어를 부여하는 시도이자, 언어와 윤리 사이의 긴장을 정면으로 감싸안는 텍스트이다. 반복되는 트라우마의 시간 속에서도, 주체는 끝내 침묵을 뚫고 '말하기'를 선택한다. 이때 '숨'은 생물학적 조건을 넘어서, 타자에게 말을 건네며 자아를 다시 쓰는 실존적 윤리의 행위로 변형된다. '사는 이유'는 고정된 진술이 아니라 끝없이 서술되어야만 존재 가능한, 윤리적 언표이자 문학적 약속이다.

마지막 「죄와 벌」은 문학의 정치적 상상력이 가장 첨예하게 드러나는 작품이다. 2025년 4월 4일 대통령 파면이라는 실재 사건을 서사의 중심에 놓으며, 이 작품은 역사와 문학, 증언과 침묵 사이의 긴장을 형상화한다. 여기서 '숨'은 공동체의 호흡이며, 시민적 연대와 윤리적 증언의 은유이다. 박고시라의 침묵과 각성은 단순한 개인의 변화를 넘어, 문학이 감당해야 할 윤리적 책무를 형상화한 상징으로 읽힌다. 이 작품은 정치와 윤리의 교차점에서 문학의 목소리가 어디에 서야 하는지를 다시 묻는다.

이처럼 『숨』은 개인적 내면과 공동체적 사유, 시적 언어와 윤리적 긴장을 교차시키는 독특한 미학적 구조를 지닌다. 특히 이 연작은 문학이 단지 고통의 재현을 넘어, 타자와 시대, 역사와 기억을 향해 끊임없이 말을 건네야 함을 증명한다. 각 편에서 '숨'은 존재와 진동, 타자의 통증, 말하기의 윤리, 공동체적 증언으로 변주되며, 하나의 단어가 어떻게 네 개의 결을 만들어낼 수 있는지를 보여준다.

결국 작가의 『숨』은 문학이 '사는 이유'를 묻는 데 그치지 않고, 어떻게 '함께 숨 쉬는 윤리'를 구성할 수 있는지를 탐색하는 미학적 선언이다.

이 연작은 침묵의 장벽을 넘어 증언의 언어로 향하려는 실천이며, 문학이 다시, 윤리와 정치의 언어로 태어날 수 있음을 증명하는 비평적 사건이다.